어느 자연주의자의 기쁨

어느 자연주의자의 기쁨

존 버로스
지은현 옮김

꾸리에

일러두기

1. 독자들의 이해를 돕기 위해 옮긴이 주＊를 넣었으며, 원문의 주는 본문에 넣었다.
2. 외래어 표기는 일차적으로 국립국어원 표기법을 따랐지만 현재 더 널리 통용되는 표기는 예외적
으로 그대로 사용했으며, 국내에서 출간된 저서의 경우 출간명을 따랐다.
3. 저자가 미국인이므로 새의 명칭은 미국식 명칭에 따랐다.
4. 「나이팅게일을 둘러싼 모험」(1896), 「어느 자연주의자의 기쁨」(1921)을 제외한 나머지 글은 『캐츠
킬산맥에서』(1910)에 수록된 글이다.

차례

나이팅게일을 둘러싼 모험

　스코틀랜드에서 5월 하반기를 뭉그적거리고, 잉글랜드 북부에서 6월 상반기를, 그리고 마침내 런던에서 뭉그적거린 것은 기분 내키는 대로 그 지역을 느긋하게 보고자 함이었다. 그런데 그렇게 늑장 부리는 와중에도 최고의 즐거움 중 하나를 놓칠 위험에 처해 있다는 생각은 조금도 들지 않았다. 그것은 바로 대서양을 건너면서 다짐한 것으로 나이팅게일의 노래를 듣는 것이었다. 그런 이유로 6월 17일 날, 서리와 서식스의 경계 지역인 헤이즐미어 근처의 잡목숲에 있을 때, 늙은 농부가 너무 늦었다고, 나이팅게일이 노래 부르는 시기는 이미 끝났다고 말했을 때 무척 당혹스러웠다. 나는 당시 런던에서 친구들이 추천한 그 농부의 집에서 지내고 있었다.

　"지 생각에는 인자 나이팅게일이 노래 부르는 건 끝난 거 같은디유, 선상님. 요즘 한동안은 들은 적이 없어유, 선상님." 여태껏 내가 마셔보려고 시도했던 것 중에서 제일 독한 발효 사과주를 한 잔 걸치려고 앉았을 때 농부가 말했다.

"이런, 너무 늦었다니요?" 나는 하도 기가 막혀서 말했다. "몇 주 전에 왔어야 했군요!"

"그렇구먼유, 선상님. 진즉에 끝났구만유. 딱 5월에 들을 수 있구먼유. 뻐꾸기도 끝났구먼유, 선상님. 뻐꾸기가 끝나믄 나이팅게일도 끝난 거여유, 선상님."

(잉글랜드 이 지역에서 시골 사람들은 말끝마다 "선상님"이란 말을 이루 말할 수 없이 질질 끌며 느리게 말한다.)

하지만 나는 바로 그날 오후에도 뻐꾸기 소리를 들었기에 그 사실에 힘을 얻었다. 나는 나중에 시골 사람들이 죄다 이 두 새를 그런 식으로 연관 짓는다는 것을 알게 되었다. 뻐꾸기의 노래가 그치면 나이팅게일의 노래도 들을 수 없다는 것 말이다. 하지만 나는 7월 중순까지 거의 매일 뻐꾸기의 노래를 들었다. 매튜 아널드*는 대중들의 의견을 반영해서 「티르시스」라는 시에서 6월 초의 뻐꾸기를 이렇게 읊는다.

꽃은 져버렸네, 나도 따라서 가야지!

이에 대한 해명은 셰익스피어의 작품에서 찾을 수 있다.**

6월에 뻐꾸기 소리를
들었다네, 관심을 두지 않았는데도…….

*Matthew Arnold(1822~1888). 영국의 시인이자 비평가, 교육자. 장학관을 역임하며 영국 교육제도의 개혁에 힘써 근대적인 국민교육의 건설에 크게 공헌하였다. 명상 시인으로도 높이 평가받았다.
**『헨리 4세』 중 1부 3막 2장에 나오는 구절.

그 새는 정말로 8월까지는 가버리지 않기 때문이다. 나는 하루라도 빨리 길버트 화이트의 『셀본의 자연사』를 펼쳐 그 문제를 해결해야 했으며, 그가 나이팅게일이 노래하는 시기를 6월 15일로 한정한 사실을 찾아내고는 더욱더 혼란스러워졌다. 하지만 내 생각에는 철에 따라 달랐다. 모든 부류의 깃털 달린 명가수들이 모두 한날한시에 노래를 그만 부르는 것은 있을 수 없는 일이었다. 조지 1세*가 죽었을 때 나이팅게일들이 그 슬픈 사건으로 인해 슬픔에 빠져 그해에 모두 노래를 그쳤다는 전설이 있긴 하다. 하지만 그의 왕권은 6월 21일까지는 죽지 않았다. 이로 말미암아 보건대 내게 며칠간의 여유를 줄 터였다. 그런 뒤, 길버트 화이트의 책을 더 자세히 들여다보았을 때, 푸른머리되새가 6월 초에 노래를 그친다는 구절을 발견하고는 더더욱 용기를 얻었다. 바로 그날 푸른머리되새의 노래 또한 들었기 때문이다. 하지만 이제 꾸물거릴 시간이 없다는 것은 명백했다. 나는 딱 경계선에 있었으며, 하시라도 마지막 가수가 노래를 그치는 것을 목격할지도 모른다는 생각이 들었다. 나이팅게일은 새끼가 부화하자마자 노래를 그치는 것 같았기 때문이다. 새끼가 부화한 이후로는 새끼를 극성스럽게 다그치는 소리나 불안해하는 음색만 듣게 될 게 빤하다. 그런 이유로, 애틋하게 우는 선율이 새끼를 잃은 슬픔 때문이라고 읊는 시인들은 완전히 잘못된 것이다. 시인 베르길리우스**는 에우리디케를 잃은 후 오르페우스의 슬픔을 이렇게 묘사한다.

*조지 1세(1660~1727). 스튜어트 왕가의 마지막 통치자 앤 여왕의 뒤를 이어 독일계 하노버 왕가의 문을 열었다.
**Publius Vergilius Maro(기원전 70년~기원전 19년). 고대 로마의 시인. 7년에 걸쳐 완성한 『농경시農耕詩』, 미완성 작품인 장편서사시 『아이네이스』 등의 대작을 남겼다.

그리하여 필로멜라*는 포플러 그늘 한가운데에서
붙잡힌 새끼들을 한탄하네. 그 가여운 뒷다리
깃털을 잡아채더니, 앗아가 버렸네. 밤새도록
슬픔에 잠긴 그녀, 나뭇가지에 잠시 앉았네.
그녀의 가련한 이야기에 온 숲이 비애로 가득 찼네.

하지만 어미는 아마도 슬퍼서 그런 게 아니었을 것이다. 새가 노래
하는 것은 추억이 아니라 기대이며, 오직 행복이나 기쁨을 표출하는 것
이다. 단, 짝을 잃은 수컷 새가 마치 잃어버린 짝에게 다시 돌아오라는
듯 며칠 동안 노래 부르는 경우는 예외이다. 어린 새끼가 죽어 버리거
나 다 커서 날아가 버린 후 수컷이 노래의 힘을 되찾을 때는 새로운 새
끼를 고려하고 있다는 신호이다. 말하자면, 그 노래는 새끼들을 잉태하
게 하는 마법의 선율인 것이다. 적어도 이는 다른 명금들의 습성이며,
나이팅게일도 필시 같을 거라는 게 내 생각이다. 숲지빠귀의 둥지가 파
괴되거나 새끼가 죽었는데 계절이 너무 늦지 않았다면, 일주일이나 열
흘 동안 침묵하며, 그 기간 동안 부모새는 그들의 방식에 따라 새끼의
상실을 슬퍼하고 함께 결심하여 수컷은 새로운 노래를 터뜨리기 시작
할 것이며 암컷은 새로운 둥지를 짓기 시작할 것이다. 따라서 그러한
경우에 새끼들을 잃어 비통해하는 것이라고 묘사하는 시인들은 완전
히 헛다리를 짚은 것이다. 수컷의 노래는 바로 새로운 새끼들을 염원하

*나이팅게일의 그리스 신화 속 이름. 아테네의 공주로 언니 프로크네의 남편인 테레우스
에게 겁탈당하고 혀까지 잘린 뒤 언니와 함께 테레우스의 아들 이티스를 죽여 복수한다. 도
끼를 들고 추격하는 테레우스에게 쫓기다 나이팅게일로 변하였다.

고 축원하는 것이다.

　한낮에 그 말을 들은 뒤, 저물녘이 되어서야 겨우 심란한 마음을 가라앉힐 수 있었다. 나는 농부와 건초밭까지 동행하고는 잉글랜드에서는 보기 드문 기구인 풀 베는 기계로 그가 일하는 모습을 보았다. 잉글랜드에서는 아직도 손으로 대부분 풀을 베고 손으로 갈퀴질을 했다. 몹시 불안한 모습의 종다리들이 쓰러지는 풀 위에서 맴돌고 있었다. 둥지가 어떻게 되지나 않을까 노심초사해 하는 모습이었다. 미국 본토에서 쌀먹이새들이 그러한 경우에 하는 모습과 비슷했다. 잉글랜드의 날씨는 매우 불확실하며, 그날그날뿐만 아니라 시시각각의 양상을 예측하는 것이 불가능하기에 농부들은 실제로 비가 내리지 않을 때가 풀을 베기에 알맞은 시간이라고 여기는 것 같았다. 그들은 하늘이 어떤지는 참고하지도 않고 풀을 베어내며, 풀을 건조시킬 수 있거나 소나기가 내리는 사이 풀을 나를 준비가 되어 있는 것을 하늘의 운에 맡긴다. 지금은 구름은 낮고 대기는 습했으며, 토요일 오후였다. 하지만 농부는 자기들이 그러한 것들에 신경 쓴다면 절대 건초를 얻을 수 없을 거라 말했다. 농장은 왕년에 좋았던 시절이 있어 보였으며 농부도 마찬가지였다. 하지만 지금은 둘 다 몰락해 있었다. 턱없이 높은 임대료와 과도한 발효 사과주가 그 둘에 영향을 미치고 있었다. 집안 대대로 내려온 농장은 이제 막 팔려서 다른 사람 손에 넘겨질 참이었다. 그런데도 농부는 그게 반가운 일이라고 했다. 이제는 농사로는 돈이 되지가 않는다고 했다. 하여튼 뭘 해도 돈이 되지 않는다고 했다. 나는 그에게 그러한 농장에서 주 수입원이 무엇이었는지 물었다.

　"그러니께, 가끔은 밀이 불쑥 튀어나오고, 에, 보리가 돌 때도 있고,

에, 돼지들이 새끼를 낳기도 허고 글치유. 돈을 쫌 만져보기도 허지만, 선상님, 아주 많지는 안허유, 선상님. 인제는 돼지들을 치고 있구먼유. 허지만 미국에서 밀을 너무 많이 가져오는 데다 여기 날씨가 원체 굿어서, 선상님, 3년에 한 번쯤밖에 제대로 된 수확을 거둘 수가 없구먼유. 그니께 밀을 키워서는 돈을 만질 수가 없구먼유, 선상님." 또한 귀리도 그다지 좋지 않았다. "고놈들도 키워봤자 코가 삐뚤어지게 막걸리 사먹을 돈도 안 되는구먼유, 선상님." "코가 삐뚤어지게"라는 표현은 그가 즐겨 쓰는 표현이었다. 시인 알프레드 테니슨이 그곳에서 멀지 않은 블랙다운에 여름 별장을 갖고 있었다. "참말로 대단허신 양반이지유, 선상님. 지는 그 양반이 말 타고 돌아댕기는 걸 자주 본다니께유, 선상님."

농부와 한두 시간 보내고 난 뒤, 주변 지역을 조사하려고 길을 나섰다. 그곳은 상당히 험하고 고르지 못한 데다 덤불숲이 우거지고 산울타리가 제멋대로 마구 자라 있었으며 내 눈에는 꼭 나이팅게일이 있을 것만 같았다. 1.5킬로미터에서 3킬로미터 정도의 길을 따라가자 수풀과 숲, 잡목림이 뒤엉켜 있었다. 저 아래의 완만한 계곡에는 낮은 풀밭과 더불어 잔잔한 송어 하천이 있었다. 나는 마주치는 사내아이들과 일꾼들마다 나이팅게일에 대해 꼬치꼬치 물어보았다. 용기를 북돋워주는 말이라곤 거의 듣지 못했다. 너무 늦었다고 했다. "인자 막 노래를 그칠 참이구먼유, 선상님." 잡목림 곁의 목초지로 이어지는 오솔길에서 만난 사내아이가 한 말을 잠시 곱씹어 보았다. 아이는 이틀 전 아침에 바로 그 잡목림에서 나이팅게일의 소리를 들었다고 했다. "아마 일곱 시정도였을 거여유, 선상님. 일하러 가는 길이었으니께유, 선상님." 나는 그아이가 말한 잡목림과 인접한 덤불에서 그날 밤과 다음 날 아침에 내

운수를 시험해 보기로 했다. 철로가 가까이 있어서 새들이 잠을 못 이룰지도 모를 터였다. 잉글랜드의 이 지역에 있는 잡목림은 미국인의 눈에는 낯설어 보이고도 남는다. 처음으로 든 생각은 얼마나 땅을 낭비하는 것인가!라는 것이었다. 마치 땅이 자연상태로 되돌아간 것처럼 들판에 덤불이 자라난 것을 볼 수 있었다. 인접한 수만 평의 목초지와 밭에는 빽빽하게 자란 참나무와 밤나무 가지가 뒤덮여 있는 것을 볼 수 있다. 2미터, 2.4미터, 3.6미터 이런 식으로 높이 자라 있었다. 이러한 잡목림은 농장에서 가치 있고 생산적인 부분이라고 익히 들어왔다. 그들은 우리가 과수원이나 포도밭을 가꾸는 것처럼 정성을 다해 심고 보존했다. 여러 해에 한 번, 아마 5년 내지 6년에 한 번일 터인데, 어린나무가 빨리 자라도록 윗부분은 잘라주고 잔가지는 모두 남겨둔다. 우리나라로 치면 숲 자체를 거둬들이는 삼림지 수확인 것이다. 좀 큰 줄기는 다발로 묶어서 바구니를 짜거나 술통의 테를 만드는 용도로 팔린다. 가느다란 가지와 새로 나온 가지는 인근 오두막이나 촌락에서 빗자루로 만들거나 지붕을 이는 재료가 되며, 부스러기들은 땔감으로 사용된다.

저녁 여덟 시쯤, 몇 시간 전에 답사했던 현장 쪽으로 힘차게 길을 나섰다. 이맘때쯤에는 열 시 넘어서까지도 해가 진 뒤의 어스레한 상태가 지속되었다. 아홉 시 정각이 되어 귀를 곤두세웠지만 그 명가수는 도착이 더디었다. 나는 어떤 나쁜 짓을 꾀하는 사람마냥 잡목림과 산울타리 주위에서 어슬렁거렸다. 풀이 무성하게 자란 정원과 방치된 과수원과 밭 주위에서 꾸물거리기도 했다. 산울타리 층계참에 앉아 있기도 했다가 쪽문에 기대어 있기도 했다. 마음속으로 나의 가수가 실력을 발휘할 수 있는 어둠이 속도를 내고 있다고 생각했다. 날씨는 축축하고 쌀쌀했으며, 우리의 밀회는 슬슬 지쳐갔다. 고무 방수복을 가져왔지만 외투는 아니었다. 고무 뒷면을 신문지로 덧대어 몸에 둘둘 말고 앉아 나의 새를 포위하기로 결심했다. 좁은 골짜기 반대편의 들판과 덤불에 난 오솔길로 몇 분마다 아주머니인지 여자아이인지, 사내아이인지 일꾼인지가 지나가는 모습이 보였다. 내 가까이에 있는 한 오솔길에서도 어두컴컴한 데서 왔다 갔다 하는 모습을 빈번하게 볼 수 있었다. 이 시골에서 사람들은 큰길만큼이나 자주 오솔길로 이동한다. 오솔길은 도로가 주지 못하는 사사롭고 인간미 넘치는 풍경을 준다. 인간의 발에 바쳐진 길이다. 오솔길은 포근한 정서를 가지고 있으며, 시골집의 문으로 가는 길, 소박하고 원시적인 시대로 가는 길을 연상시킨다.

얼마 안 가 낚싯대를 들고 모자와 외투와 장화까지 낚시용으로 갖춰 입은 남자가 목초지에서 나오더니 내 아래쪽에 있는 개울에서 송어를 잡으려고 낚싯줄을 던지기 시작했다. 얼마나 낚시에 몰두하던지! 오로지 손에 쥔 것만 빼고는 세상만사 다 잊고 있었다! 나는 그가 불과 몇 미터밖에 떨어지지 않은 곳에서 기차가 지나다니는 것조차 의식하지 못할 거라는 생각이 들었다. 타고난 낚시꾼은 사냥개와 같다. 사냥감의 냄새가 없어도 사냥감을 추적할 수 있다. 모든 감각과 능력이 제자리에서 맴도는 낚싯대에 집중되어 있었다. 그 남자는 기쁨과 기대감으로 떨며 개울에 구애했다. 그는 낚싯대 끝에 달린 미끼를 쉬지 않고 흔들었다. 그가 낚싯대를 드리운 간격은 매우 좁았으며, 그것을 최대한 활용했다. 그는 드리운 낚싯대마다 미적거리며 시간을 끌었으며, 계속해서 반복했다. 미국인 낚시꾼이라면 일찌감치 하류로 모습을 감췄을 것이다. 하지만 그 강태공은 자신의 낚시터를 이탈하려 하지 않았다. 그는 낚싯대의 손맛을 느끼고 있었다. 그 간절하고도 은밀한 움직임은 그가 낚시를 얼마나 즐기고 몰두하고 있는지를 보여주고 있었다. 드디어 송어가 한 마리 잡혔다. 녀석은 대가리를 휙휙 휘두르며 바구니를 후려쳤다. 마치 뛰어오르는 데 지체한 것에 대한 형벌이라는 듯 말이다. '다음번에는 좀 더 빨리 점프하란 말이야, 알아들었어?'(그건 그렇고, 영국의 송어는 미국의 송어만큼 아름답지 않다. 영국 송어는 양식된 송어에 더 가까운 모습이다. 화려함은 덜하며, 비늘은 더 억세다. 금빛이나 주홍빛을 띠지도 않는다.) 이내 근처 들판의 수풀이 우거진 모퉁이에서 특유의 목구멍을 울리며 흥얼거리는 낮은 소리가 나왔다. 나는 온몸에 전율이 일었다. 당연히 나의 새가 목청을 가다듬는 거라고 생각했다. 그런 뒤 소리가 점점 커지더니 여러 다른 방향에서 반응하거나 반복되었다. 그것은 신기하게도 복화술 같은 효과를 갖고 있었다. 나는 이내 그 소리가 쏙독새의 소리라는 것을 알았다. 곧 "찌르르르르", "쯔르르르르" 우는 소리가 내 주위에서 온통 떠다니는 것만 같았다. 두꺼비가 우는 소리를 살짝 연상시키기도 했지만 어느 쪽에서 우는 건지 더욱 모호했다. 날이 점점 어두워지면서 새들의 노래도 그쳤다. 강태공은 낚싯줄을 감아올리고 떠났다. 이제는 아무 소리도 들리지 않았다. 심지어 그 어디에서도 개구리가 우는 소리조차 들리지 않았다. 나는 잉글랜드에서 개구리의 울음소리를 들어본 적이 없다. 열한 시 정도가 되어 숲에서 나와 한 시간 동안 철로 위로 드리워진 다리에 서 있었다. 나를 반겨주는 어떤 새의 소리도 없었다. 이윽고 산울타리 가까이에서 사초개개비가 기이한 야상곡을 연주하기 시작했다. 희한한 음으로 이루어진 메들리였다. 황급히 쩍쩍거리는가 하면, 높고 짧게 떨리는 소리를 내다가, 꽥꽥 우짖다가, 불안정하게 지저귀는 품새가 다른 새들의 노래에서 군데군데 가져온 듯했으며, 노래 내내 반쯤 채근하고 항의하는 듯한 음색이나 분위기가 흐르고 있었다. 다른 소리는 전혀 들리지 않는 데다 이제는 완전히 어두워졌기에 그 소리는 아주 사적이면서도 기발한 공연과도 같은 효과를 낳았다. 그 작은 새는 스스로 은둔해 있는 듯했으며, 아주 풍부하고도 열성적으로 자신의 감정을 토해내고 있었다. 나는 자정 넘어서까지 그 소리를 들었다. 이윽고 비가 내리기 시작했으나 그 활달한 가수는 한순간도 그치지 않았다. 길버트 화이트는 만약 새가 노래를 멈추면 돌맹이를 덤불 근처로 던지면 다시 노래를 시작할 거라고 했다. 그 새의 목소리는 음악적이지는 않았다. 꼭 쉬지 않고 지저귀는 영국집참새 소리 같았다. 하지만 그 새의 노래나 멜로디는 쉼 없이 활기가 넘쳤으며, 그런 점에서 숲속의 어둠과 현저하게 대비되었기에 그 효과는 단연 만족스러운 것이었다.

사초개개비와 쏙독새의 소리가 그날 밤 내가 들은 유일한 미성의 가수들이었다. 나는 심히 낙담한 채 집으로 돌아왔으나, 말하자면 팔을 베개 삼아 자고 난 뒤, 새벽 네 시 정각에 다시 나이팅게일을 찾으러 길을 나섰다. 이번에는 방치된 정원과 과수원 옆의 좁은 길을 내려갔다. 몇 주간 나이팅게일들이 노래를 불렀다는 말을 들은 곳이었다. 철로 아래쪽으로는 일꾼들의 오두막들이 무리 지어 있었으며, 도로 양쪽에는 덤불과 잡목림이 우거진 울타리들이 있었다. 약 3킬로미터에 이르는 거리였으나 나이팅게일의 소리는 듣지 못했다. 나이팅게일에 관해 한 사내아이에게 물어보자 겁을 먹었는지 대답도 하지 않고 집으로 들어갔다.

늦은 아침을 먹고 난 뒤 다시 힘차게 길을 나섰다. 같은 방향으로 좀 더 멀리 가고 있는데 몇 차례 소나기가 쏟아졌다. 나는 비일비재하게 새들의 노래를 들었다. 종다리, 굴뚝새, 지빠귀, 찌르레기, 흰목솔새, 유럽방울새, 쉰 목소리로 구구거리는 숲비둘기들의 노래였다. 하지만 그 소리들은 내가 찾는 음색이 아니었다. 키 작은 너도밤나무가 무성한 언덕 한쪽에 깊은 구덩이가 파여 있는 길을 지나갔다. 너도밤나무 가지가 위에서 그물을 드리우듯 뿌리가 둑 한쪽에서 그물을 드리우고 있었다. 내 손이 닿을만한 뿌리 틀 속에 굴뚝새 둥지가 있어서 몰래 살펴보았다. 둥근 구멍은 다량의 보드라운 녹색 이끼가 놓인 내부로 이어졌는데 아주 앙증맞은 새 건축가들의 정결한 취향을 드러내는 구조였으며, 재간이 제일 뛰어나다는 생쥐의 거주지만큼이나 깊고 따뜻하고 아늑해 보였다. 그곳에서 어슬렁거리는 동안 한 시골 청년이 나타나 대화를 나누게 되었다. 그랬다, 그도 며칠 동안 나이팅게일의 노래를 듣지 못했다고 했다. 하지만 그 전 주에 길퍼드 근처의 민병대 캠프에서 경계 근무를 서는 동안 거의 밤새도록 들었다고 했다. "'오늘 밤 노래는 정말 끝내주지 않냐?'라고 우리 장병들이 말했어유." 이 말을 듣자 나는 감질나 죽을 지경이었다. 길퍼드는 엎어지면 코 닿는 거리였다. 하지만 그 전 주라니……. 그것은 도저히 도달할 수 없는 거리였다. 그렇지만 그는 꼴을 말리는 시기에 수시로 들었다면서 아직 나이팅게일이 노래를 마치지 않았을 거라 생각한다며 내게 용기를 북돋워 주었다. 나는 그에게 검은머리솔새에 대해 캐물었지만 그가 그 새를 정확히 알지 못한다는 것을 깨달았으며, 내가 언급하고 있는 새가 박새류라고 여기는 듯했다. 박새류 또한 머리가 검기 때문이다. 숲종다리 또한 내가 찾아다니는 새였기에 그에게 물어보았으나 그는 그 새 역시 알지 못했으며, 잉글랜드에서 여러 곳을 거니는 동안 숲종다리를 알고 있는 사람을 딱 한 명만 발견했다. 스코틀랜드에서는 숲종다리가 논종다리나 밭종다리와 혼동되어 있었다.

그다음에는 한 남자와 사내아이를 만났다. 남자는 헤이즐미어 출신의 마을 주민으로 꼭 연통처럼 생긴 중산모를 쓰고 있었는데, 알고 보니 재단사, 이발사, 화가 등등의 여러 직업을 가진 남자였다. 그 남자에게도 흥미진진한 탐문을 이어갔다. 아니, 그날은 아니고 며칠 전 아침에 들었다고 했다. 하지만 그는 새들의 울음소리를 흉내 낼 수 있기에 쉽게 불러낼 수 있다고 했다. 주변에 있기만 하다면 말이다. 그는 길고 뾰족한 풀잎을 하나 떼어내더니 이 뒤로 끼워 넣고는 날카롭고 빠른 음을 토해 내 나를 깜짝 놀라게 했다. 나는 즉시 그 소리가 나이팅게일 노래의 첫 부분에서 읽었던 묘사와 유사하다는 것을 알았다. 소위 "도전"이라 불릴만했다. 아이는 그 남자가 완전히 똑같이 흉내 낸 거라고 장담했다. "츄, 츄, 츄" 하거나 일부 다른 부분들은 정말 비슷했기에 정확한지에 대한 의심이 없었다. 나는 강렬하고 귀청을 찢는 듯한 선율에 화들짝 놀랐다. 하지만 그 소리는 잡목림 숲에서 메아리치며 자주 반복되었는데도 아무런 반응을 이끌어내지 못했다. 나는 그 남자와 저녁 여덟 시 정각에 만나 그가 불과 며칠 전에 나이팅게일의 소리를 무수히 들었다던 특정한 경로를 따라 걷기로 약속했다. 그는 자신이 그 새들을 불러낼 수 있을 거라고 확신하고 있었다. 내 생각도 그랬다.

따스한 햇살이 비치는 오후에, 나이팅게일의 노래를 들을 수 있지 않을까 하는 희망보다는 혹여 내게 정확한 지점을 알려주는 사람을 찾을 수 있지 않을까 하는 희망을 품고 또다시 소풍을 나섰다. 일단 나는 그 사냥감이 아주 가까이 있다고 생각했다. 한 사내아이를 만났는데 불과 15분 전에 나이팅게일의 소리를 들었다는 것이었다. "데블스펀치보울*에 있는 폴캣힐에서였어유, 선상님!" 나는 전에도 그곳에 대해 들어본 적이 있었다. 또 거의 100년 전에 세 명의 살인자들이 처형된 교수대가 그 근처에 있다는 말도 들은 적이 있지만 폴캣힐은 생소한 지명이었다. 그 조합은 나이팅게일이 있을 법한 장소로 보이지 않았으나 황급히 그쪽으로 걸어갔다. 여러 새들이 지저귀는 소리를 들었지만 필로멜라의 소리는 아니었다. 그래서 딱 15분 차이로 건널 수 없는 강을 건넌 게 틀림없다고 결론 내려야 했다. 그 외 다른 사내아이들도 여럿 만나(일요일 날 사내아이들 여럿이 하릴없이 돌아다니지 않는 곳이 있을까?) 내가 찾는 대상에 대해 스스럼없이 알리며 그 새의 노래를 들었을 때 눈이 번쩍 뜨였을 거라고 이야기했다. 하지만 아무 말도 들을 수 없었다. 절망에 빠진 나는 마을 대지주를 찾아갔다. 대지주는 이제 막 교회에 가려고 아내와 함께 집을 나서고 있었다. 그는 되돌아와서 내가 찾는 것을 듣더니 자진해서 자신의 부지에 있는 잡목림 들판으로 나를 데리고 가 촉촉이 젖은 풀밭과 덤불 사이를 오랫동안 거닐었다. 그곳에서 나이팅게일들이 예사로 노래한다는 것이었다. "너무 늦었구먼"이라고 그가 말했다. 그리고 정말로 그래 보였다. 그는 길버트 화이트의 근사한 『셸본의 자연사』 구판을 보여주었다. 그 책에는 내가 이름을 까먹은 어떤 편집자의 주석이 달려 있었다. 그 편집자는 나이팅게일

---

*Devil's Punch-bowl. "언덕의 사면斜面에 있는 움푹 패인 곳"을 의미한다. 적어도 1768년 지도 제작자이자 측량사인 존 로크가 발간한 지도책에서 이름이 유래한다. 하지만 이는 기비트힐(일명 "교수대 언덕")에서 신원미상의 선원을 살해하기 18년 전이므로 이 이름에서 유래했는지는 정확하지 않다.

의 노래가 계속되는 시기를 화이트가 쓴 날짜인 6월 15일에서 7월 1일로 연장시켰으며, 내게 희망을 새로이 안겨주었기에 절이라도 하고 싶은 심정이었다. 대지주는 아직 들을 기회가 있다고 여겼다. 그러면서 내게 명함을 주며 풀잎을 이 뒤에 껴 새 소리를 내는 사람이 실패하는 경우에 대비해 고달밍에 사는 한 연로한 박물학자이자 박제사를 찾아가라고 했다. 고달밍은 9킬로미터 정도 위에 있는 마을이었다. 그러면 틀림없이 내가 제대로 추적할 수 있도록 도와줄 거라고 확신하는 듯했다.

여덟 시 정각이 되어도 해는 아직 지평선 저 멀리 떠 있었다. 나는 헤이즐미어에 있는 이발소 문 앞에 있었다. 그는 그 지역을 요리조리 헤치며 나아가더니 아주 기분 좋은 오솔길로 안내했다. 몇 킬로미터 떨어진 인근 마을까지 이어지는 길이었다. 헤이즐미어에서 거리를 나서니 마치 벽돌담이 길을 열어준 것처럼 주택들이 대각선으로 갈라져 있었으며, 여러 정원 사이를 지나 쪽문을 통과하여 울타리에 난 계단을 넘어 대로와 철로를 가로지르고 경작지와 공원을 통과하여 목적지로 향하였다. 잘 가꾼 넓은 길은 타인 소유지 안에 있다는 이유로 실개천과 동일하게 통행권을 가진 것 같았다. 나는 그 길이 공공도로와 똑같이 수리되고 관리된다고 들었다. 실제로 그 길은 공공도로로 오직 보행자들에게만 개방되었으며, 아무도 가던 길을 멈추거나 옆으로 비켜설 수 없었다. 우리는 그 길을 따라 가파른 언덕으로 갔다. 잡목림과 수풀이 우리 아래에 있는 골짜기로 완만한 곡선을 이루며 길게 펼쳐져 있었다. 내가 잉글랜드에서 보아온 것들만큼이나 야생적이고 운치 있는 풍경이었다. "여우 장갑"이라고도 불리는 디기탈리스*가 나선형의 자줏빛 꽃을 피운 채 사방팔방에 흐드러지게 자라 있었다. 미국에서 재배한 종보다 더 무성하고 더 굵은 야생의 인동덩굴은 이제 막 산울타리를 따라 만개하고 있었다. 우리는 그곳에서 잠시 멈추었다. 나의 안내인이 입으로 새된 소리를 불었다. 몇 번이고 불었다. 그 소리가 얼마나 메아리를 쳤는지, 또 얼마나 온갖 다른 명금들의 잠을 깨웠는지 모른다! 전에는 잠잠했던 우리 아래에 있는 골짜기와 산비탈 너머에서 이내 아름다운 소리가 들려왔다. 되새, 울새, 찌르레기, 지빠귀가 서로는 물론 그들 위에서 휘파람을 부는 사람과 누가 더 크게 우나 경쟁하는 것 같았다. 그중에서도 지빠귀가 제일 풍부하고 크게 노래했다. 하지만 나이팅게일의 음색을 들으려던 것은 헛수고였다. 안내인은 두 번이나 폼을 잡으며 이렇게 인상적으로 말했다. "저기 들리쥬! 지는 들었구먼유." 하지만 우리는 어쩔 수 없이 포기해야만 했다. 소나기가 내렸다. 소나기가 지나가자 우리는 또 다른 풍경이 펼쳐진 곳으로 가서 또다시 새들을 불러냈으나 아무런 반응이 없었다. 어둠이 깔리자 우리는 마을로 돌아왔다.

상황이 심각해 보이기 시작했다. 이런저런 연유로 인해 알을 품는 게 지체되고 있는 나이팅게일이 어딘가에 있으며, 따라서 아직도 노래를 부르고 있다는 것을 알고 있는데 그 현장이 어디인지 도통 단서를 잡을 수가 없었다. 나는 그날 밤 수색을 재개하였으며 다음 날 아침에도 다시 길을 나섰다. 나는 만나는 사람마다 캐물었다.

나그네들을 여럿 만났네.
걷고 또 걷는 이들이었네.
그이들은 흥겹게 노는 내 멋쟁이 향락객들을 보지 못했네.

*높이 1m 정도로 곧추 자라는 2년초 또는 다년초.

그이들이 자는 동안 지나쳐 버렸으니.
누군가 그들이 잘 있다는 소식을 들었네.
시골에서 또는 궁정에서.*

나는 이내 땅거미가 졌을 때 나이팅게일의 소리를 들었다는 젊은 이들이나 그들의 아가씨들을 불신하게 되었다. 그러한 경우 사람의 청각이라는 게 항상 믿을 수 있는 것은 아니며 시각도 마찬가지라는 것을 알았다. 종다리들은 멧새 무리처럼 보이며, 굴뚝새의 노래는 필로멜라의 노래처럼 황홀하다. 고달밍으로 가는 기차에서 물어봤던 한 젊은 쌍은 기차역으로 오기 바로 몇 분 전에 나이팅게일의 소리를 들었다고 했다. 그러면서 그 지점을 자세히 설명하기에 그 길로 되돌아가면 찾을 수 있을 거라는 느낌이 들었다. 그들은 나와 같이 기차에서 내리더니 나보다 앞장서서 거리를 올라갔다. 그들을 시야에서 놓치자 교회 근처의 거리 한 모퉁이에서 내게 손짓했다. 그곳에는 윗가지들을 쳐낸 그늘진 버드나무 사이로 개울과 가까운 목초지의 전망이 펼쳐져 있었다. "방금 들었어요. 바로 저기서요." 내가 다가가자 그들이 말했다. 그들은 갈 길을 갔고, 나는 그쪽으로 귀를 쫑긋 기울였다. 그런 다음, 오래된 교회 뒤의 공동묘지를 대각선으로 가로지르는 오솔길을 따라 좀 더 걸어갔지만 지빠귀가 좀 찍찍거리는 소리를 빼고는 아무 소리도 듣지 못했다. 내 청각은 감식력이 지나치게 정확했다. 그런 뒤, 대지주에게서 받은 명함을 가지고 연로한 박물학자이자 박제사를 찾아갔다. 그는 키가 작고 땅딸막한 남자로, 외모와 말솜씨 모두가 활기찼으며, 친

*랄프 왈도 에머슨의 시 "전령들Forerunners" 중 한 구절.

절하기까지 했다. 멋진 새와 동물 박제품을 갖고 있었는데 그에 대한 자부심이 굉장해 보였다. 그는 내게 숲종다리와 검은머리솔새를 가리키더니 그 새들을 보고 들은 곳을 알려주었다. 그러면서 나이팅게일을 보고 듣기에는 너무 늦었지만 어쩌면 아직 한 번 정도는 노래하는 모습을 볼 수 있을지도 모르겠다고 했다. 하지만 계절이 지날수록 나이팅게일이 점점 목이 쉬었으며 몇 주 전부터는 노래를 부르지 않았다고 했다. 그는 미국에서는 북부홍관조라 부르는 새를 나이팅게일로 여기며 버지니아 나이팅게일이라 불렀는데, 그 새도 나이팅게일만큼이나 고운 휘파람 소리를 낸다고 했다. 그날은 나와 함께 갈 수가 없으니 대신 일꾼을 보내주겠다고 했다. 그는 마구간지기 아이를 오라고 부르더니 나를 어디로 데려가야 할지 상세하게 방향을 일러주었다. 즉, 이징 너머 섀커포드 교회를 빙 둘러 어디 어디로 6킬로미터에서 9킬로미터 정도 돌라고 했다. 그 한 폭의 그림 같은 오래된 마을을 떠나 우리는 드넓고 완만한 언덕으로 출발했다. 비옥하게 경작된 들판 너머로 커다란 나무들이 줄지어 있었다. 너도밤나무, 느릅나무, 참나무였다. 이 땅 곳곳에 배어있는 인간의 평온하고도 유복한 분위기는 특히 이 구역에서 두드러지는 듯했다. 널찍한 공원과 잔디밭에서 편안하고 기분 좋게 햇볕을 쬐는 정서, 남의 감탄에 무관심하고 스스로에 대한 긍지가 강한 정서가 도처에 온전히 배어있었다. 도로는 가장 완벽한 사설 마찻길이나 마찬가지였다. "가정적"이란 말의 진정한 의미는 거의 모든 영국 고장의 풍경에 적용된다. 애정 어린 보살핌과 노고를 떠오르게 하는 집처럼 전원에 대한 자족감이 속속들이 스며들어 있었다. 아름답지만 뽐내지 않고, 질서 있지만 완고하지 않고, 오래되었지만 쇠퇴하지 않는 그런 것 말이다. 그 사람들은 고장을 대단히 아꼈다. 마치 그 고장이 먼저 그들을 아낀 게 틀림없어 보이는 것처럼 말이다. 들판에서 처음 보는 토끼풀 종을 보았다. 잉글랜드 일부 지역에서 많이 자라는 풀로 말의 꼴로 먹는다고 했다. 농부들은 그것을 달구지풀이라고 불렀다. 아마 크림슨클로버일 것이다. 꽃송이는 5센티미터에서 8센티미터 길이로 피처럼 붉다. 크림슨클로버가 흐드러져 있는 들판은 햇살 아래서 아주 영롱한 모습을 드러낸다. 길을 따라 걸으면서 영국파랑어치도 처음으로 보게 되었다. 미국의 파랑어치보다 약간 더 컸으며 목소리가 좀 더 드세고 깃털이 훨씬 더 칙칙했다. 하늘빛을 닮은 파랑어치는 그리 흔하지 않으며 미국 새들 사이에서만큼이나 영국 새들 사이에서도 그토록 완벽한 빛깔은 찾아볼 수 없다. 나와 동행한 사내아이 또한 눈여겨볼 만했다. 그아이는 참으로 별종이었다. 언제든 거들먹거리며 참견할 준비가 되어있지만 이중성으로 가득 찼다는 것을 누구나 곧 알게 된다. 나는 아이에게 자신에 관해 물었다. "지는 그 분을 도와드리구유, 선상님. 어떤 때는 사람들을 구경시켜 주기도 하구유, 또 어떤 때는 심부름도 해유. 일주일에 세 번은유, 선상님, 점심과 차를 얻어 마셔유. 지는 할매와 살고 있지만 엄니라고 불러유, 선상님. 주인님과 교구 목사님은 지 보고 착하고 정직한 아이라고 칭찬해유. 어렸을 때 학교에 다녀서 그런가봐유. 지는 열 살이에유, 선상님. 작년엔 홍역에 걸려서 선상님, 이제 곧 죽겠구나 했어유. 근디 약 한 병을 구했는디 딱 꿀처럼 맛나드라구유. 그래서한 병을 다 먹어버렸구먼유. 그랬드니 싹 다 나았어유, 선상님. 지는 절대 거짓말 같은 거 하지 않아유, 선상님. 진실을 말하는 건 훌륭한 일이구먼유." 그런데도 그 아이는 매사에 거짓말로 슬며시 빠져나오곤 했다.

마치 그쪽으로 가는 길이 항상 기름칠되어 있는 것처럼 말이다. 실제로 그 아이의 말과 행동 모두 능글맞고 천연덕스러웠으며 뻔뻔스럽게 아부하는 듯한 태도도 있었다. 날이 따뜻했기에 아이는 얼마 안 가 추적하는 데 점점 싫증을 냈다. 어느 지점에서 우리는 커다란 저택 부지 언저리를 지나가고 있었다. 깊은 숲속처럼 나무와 관목이 빽빽하게 심어져 있었으며 여러 새들이 노래하고 있었다. 잠시 후, 나의 안내인은 자기가 그 새들 중에서 나이팅게일의 선율을 알아들을 수 있다고 내게 장담했다. 그 일에 실패하면서, 아이는 나에게 우리 앞에 있는 길을 휙 스치며 지나간 제비가 나이팅게일이었다고 뻔뻔스럽게 주장했다! 이내 우리는 큰길을 벗어나 오솔길에 접어들었다. 오솔길은 줄지어 선 웅장한 나무들에 둘러싸인 넓은 경작지 가장자리로 이어졌는데, 그곳의 토양은 이루 헤아릴 수 없는 오랜 세대 동안 정원이었던 것으로 보였다. 오솔길을 따라가니 쪽문이 나왔으며, 나무가 우거진 언덕을 내려가자 이징의 넓은 개울과 작은 마을로 이어졌다. 물고기를 잡던 젊은이가 그날 아침에 그곳에서 나이팅게일의 소리를 들었다고 무심하게 말했다. 그 젊은이는 작은 물고기를 한 마리 잡았는데 모샘치*라고 했다. "그려유." 나의 동반자가 내 말에 대꾸했다. "저 물괴기들은 조막만 혀유. 허지만 조막만 헌 고추가 매운 법이지유." 그런 뒤 우리는 새커포드 교회 쪽으로 갔다. 남부 잉글랜드 대부분의 길가가 그렇듯 그 길가엔 참호가 깊게 파여 있었다. 길 양쪽에는 둑이 약 4미터 정도 올라와 있었는데 담쟁이와 이끼, 야생화, 나무뿌리들로 뒤덮여 있었다. 적의 침략에 맞선 잉글랜드의 최선의 방어는 푹 꺼진 길이다. 전 군이 이러한 참호 속에 매복

*잉어과科의 작은 물고기.

해 있는 동안 적은 탁 트인 평야를 가로질러 움직이다가 자신도 모르게 이렇듯 숨겨진 함정 속으로 툭하면 곤두박질치게 된다. 실제로 어떤 지역에서는 지하에 난 길의 특성 때문에, 또 다른 지역에서는 높은 성벽이나 높은 산울타리라는 특성으로 인해 잉글랜드를 여행하는 보행자는 자신이 보고 싶어 하는 많은 것들을 차단당한다. 나는 자전거 타는 사람들을 부러워하곤 했다. 굴러다니는 버팀대 위에 높이 앉아 있기 때문이다. 하지만 그 오솔길은 장애물을 벗어날 수 있었기에 원하기만 하면 다른 곳을 걸을 필요가 없었다.

샤커포드 교회 주변은 커다란 소나무와 전나무들이 있는 잡목림이었다. 그곳엔 새들이 가득했다. 나의 안내인은 자신이 나이팅게일이라고 선언한 작은 새에게 돌멩이를 던졌다. 아이가 던진 무기는 새와 3미터나 떨어졌는데도 아이는 새를 맞혔다고 우기면서 땅바닥에서 새를 찾는 척했다. 아이는 분명 거짓말할 기회를 만들어낼 필요가 있던 것이었다. 나는 아이에게 이제 더 이상 없어도 된다고 말하며 호주머니에 은화를 찔러주자 아주 신나서 돌아갔다. 나는 그날 오후를 샤커포드 근처의 숲과 잡목림들을 둘러보며 보냈다. 날은 눈부셨고 공기는 훈훈했다. 뻐꾸기가 우짖고 검은다리솔새가 지저귀는 소리를 듣자 좋은 징조라는 생각이 들었다. 조그만 검은다리솔새는 소나무 숲에서 "치비비치비비" 지저귀고 있었다. 흰목솔새는 빠르고 힘차게 "츄치릭" 울거나 "츄리커류" 울며 휙휙 날아다니다가 고개를 휙 숙이다가 길가의 낮은 덤불들 사이로 숨곤 했다. 한 여자아이가 어제 주일학교에 가는 길에 나이팅게일의 소리를 들었다고 하며 그 지점을 가리켰다. 어떤 집 근처의 덤불숲이었다. 나는 그곳 주위에서 맴돌다가 이윽고 창문에서 나를 본 여자가 나를 자신의 토지에 어떤 의도를 갖고 들어왔다고 생각할까 봐 겁이 났다. 그래서 지나칠 때마다 전혀 개의치 않는다거나 정신이 딴 데 팔린 것처럼 보이려고 무척 애썼다. 그러다 내가 쫓고 있던 그 새의 목구멍에서 나오는 약간 닮달하는 듯한 음을 들은 게 확실하다는 생각이 들었다. 틀림없이 바로 그날 새끼가 세상에 나왔을 것이다. 또 다른 여자아이가 그날 아침 학교에 가는 길에 나이팅게일의 소리를 들었다고 하면서 그 길을 가리켰다. 그렇지만 또 다른 여자아이는 내게 흰목솔새를 가리키며 그게 바로 내가 찾던 새라고 했다. 이 마지막 여자아이는 여학생들의 조류학에 대한 나의 믿음에 예상치 못한 충격을 주었다. 마침내 나는 길가에서 돌을 깨고 있던 일꾼을 발견했다. 진지하고 정직한 얼굴의 남자로, 오늘 아침 일하러 오는 길에 나의 새의 소리를 들었다고 했다. 그러면서 매일 아침마다, 또 거의 매일 저녁마다 듣는다고도 했다. 간밤에는 소나기가 내린 뒤에(이발사와 내가 헤이즐미어 근처에서 나이팅게일을 깨우려 했던 바로 그 시각에) 들었는데 변함없이 고운 소리로 노래를 부르더라는 것이었다. 하늘을 나는 심정이었다. 이 남자라면 믿을 수 있을 것 같은 기분이 들었다. 그는 하루 일과를 마치면, 그러니까 오후 다섯 시에 내가 원한다면 자신의 집으로 가는 길에 동행하겠다고 했다. 그 새의 노래를 들은 곳을 보여주겠다면서 말이다. 나는 아주 기쁜 마음으로 동의했다. 그제서야 저녁을 먹지 않았다는 게 떠올라 마을에서 여관을 찾아내 먹을 것을 좀 시켰다. 좀처럼 드문 주문에 깜짝 놀란 주인이 주방 뒤에서 나와 호기심 어린 눈빛을 보이며 내 맞은편으로 왔다. 영국 오지의 이런 여관에서 나는 여러 차례 당황스러운 일을 겪었었다. 그 지역 손님들, 주로 노동자 계급을 위한 숙박시설인데 오직 술만 팔았기 때문이다. 거리 모퉁이에 눈에 확 띄게 있는 대신 꼭 우리나라처럼 대체로 샛길에 있거나 간선도로에서 멀리 떨어져 포장도 거의 안 된 뒷골목에 있었다. 주인은 맥주는 실컷 마실 수 있지만 고기는 한 점도 없다고 했다. 내가 필요한 것을 재촉하자 마침내 호밀빵과 치즈가 조금 나왔다. 그것들과 직접 양조했다는 맥주 한 잔을 마시자 속이 꽤 든든해졌다. 약속한 시각에 그 가난한 일꾼을 만나 집으로 가는 길에 동행했다. 우리는 구석구석 숲이 우거진 수목원 같은 경치로 가득한 고풍스런 길을 따라 3킬로미터 이상 걸었다. 우리 미국의 나뭇잎들은 대부분 파르르 떨며 불안감을 표출하는 데 반하여 왜 영국의 나무들은 항상 그렇듯 의젓하면서도 대단히 평온해 보이는 걸까? 아마도 그들은 오랫동안 숲에서 벗어나 있었으며, 개체별 특성과 특색을 발달시킬 수 있는 여지가 많았기 때문일 것이다. 또한 대단히 비옥한 토양과 과도하거나 금방 변하지 않는 일정한 기후에서 서서히 오래도록 자라났기에 노령에도 질병 없이 운치 있는 모습을 갖게 되었으리라. 참나무, 느릅나무, 너도밤나무 모두가 우리나라에서보다 더욱 눈에 띄는 면모를 지니고 있었다.

이내 나의 동행이 도로 아래의 작은 숲을 가리켰다. 테두리가 넓은 관목들과 어린나무들로 가득한 숲은 목초지로 이어지고 있었으며, 한가운데에는 수목으로 둘러싸인 도시 사람의 저택이 있었는데, 그곳에서 오늘 아침에 나이팅게일의 노래를 들었다고 했다. 그런 다음 좀 더 걸어가더니 전날 저녁에 들었다는 곳인 자신의 오두막 근처를 보여주었다. 이제 겨우 여섯 시였으므로 두세 시간은 기다려야 들을 수 있을 터였다. "아시겠지만 저녁이 되어야 최고로 노래를 잘허겄지유." 새로 사권 친구가 말했다. 나는 최대한 시간을 보냈다. 내가 화가였다면 낡은 오두막 근처의 운치 있는 풍경을 그린 그림을 한 점 가지고 돌아왔을 것이다. 오두막 벽에는 1688이라는 년도가 새겨져 있었다. 몸을 따뜻하게 유지하려면 대부분의 시간을 계속 움직이는 수밖에 없었다. 그렇게 으스스 추운 기온인데도 그 집에는 "깔따구"와 같은 작은 날벌레들이 있었다. 물지도 않고 윙윙 소리도 내지 않았지만 성가시게 했다. 마침내 나는 매끄럽게 쌓아놓은 돌담을 뛰어넘어 소나무 밑에 높이 자란 양치류 사이에 매복했다. 아침에 그가 나이팅게일의 소리를 들었다던 곳이었다. 만약 관리인이 나를 보았더라면 밀렵꾼으로 여겼을 것이다. 나는 그곳에서 오들오들 떨면서 아홉 시까지 쪼그려 앉아 있었다. 숲비둘기들이 구구구구 하는 소리에 귀 기울이고, 둥지가 근처에 있을 것으로 추정되는 어치의 움직임을 지켜보고, 여러 다양한 새들에 주목하였다. 곧이어 노래지빠귀와 울새들이 수풀 경계선을 따라 인접한 들판을 가로지르며 떠들썩하게 지저귀었다. 내게 상당히 민폐를 끼칠 정도였다. 어쩌면 그 소리들이 내가 듣고 싶어 하는 단 하나의 소리를 가리거나 모호하게 할지도 모르기 때문이었다. 울새는 상당히 어두워졌는데도 계속해서 노래를 불렀다. 그 새는 나이팅게일과 관련이 있으며 조금 떨어져서 보면 꼭 나이팅게일처럼 보이기도 하고 행동하기도 한다. 게다가 어떤 음들은 눈에 띄게 날카롭고 음악적이다. 인내심이 거의 바닥날 무렵, 내 앞에서 얼마 떨어져 있지 않은 곳에서 들리는 빠르고 빼어난 외침, 혹은 휘파람 같은 소리에 화들짝 놀랐다. 순간 이발사가 불던 풀피리가 떠오르며 이제 오랫동안 찾아 헤맸던 나의 새가 목구멍을 가다듬고 있다는 것을 알았다. 정신이 번쩍 들었다! 정말 깜짝 놀랄만한 음질이었다. 그 소리는 마치 불화살처럼 어둠을 뚫고 나갔다. 그런 다음 그쳤다. 그 명금과 너무 가까이 있는 게 아닌가 싶어 살금살금 움직여 숲가의 오솔길에 섰다. 깡충깡충 뛰던 산토끼가 몇 발자국 떨어진 곳에서 나를 보았다. 그때 나의 명금이 다시 연주를 하기 시작했으나 모습은 드러내지 않았다. 그저 악기를 조율하고 있을 뿐이라고, 이제 막 침묵과 어둠을 꿰뚫을 준비를 하고 있을 거라고 나는 생각했다. 조금 후에 한 남자와 사내아이가 오솔길로 다가왔다. 나는 그들에게 그 소리가 나이팅게일이 노래 부르는 소리였는지 물어보았다. 그들은 귀 기울이더니 맞다고 장담했다. "맞아유, 선상님. 맞아유. 아! 근디 저 새는 콕백혀 있지 않는구먼유. 5월에는유, 선상님, 여기 숲에 죄다 메아리치는구먼유. 얼레, 또 노래 부르는구먼유. 맞아유, 선상님. 인제 그쳤구먼유. 저 새는 콕 백혀 있지 않는다니께유." 그리고 정말 그 자리에 그대로 있지 않았다. 골똘히 귀 기울이자 숨이 가쁜 듯 거칠게 쉭쉭거리고 찌르르르 우는 소리를 들을 수 있었다. 남자와 아이는 가버렸다. 나는 속으로 부디 그 새가 계속해서 노래 부르게 해달라고 모든 신들의 이름을 부르며 서 있었다. 바로 그때 우리 미국의 갈색지빠귀 같은 새 한 마리가 거의 내 얼굴을 휙 스치며 몇 미터 떨어진 산울타리 너머로 잽싸게 날아가더니 다시 덤불 속으로 들어갔다. 내가 귀 기울이고 있다는 것을 들킨 게 틀림없었다. 부아가 난 새는 내가 산울타리 뒤에서 메마르고 닳아빠진 것 같은 피리 소리에 주시하는 것을 알아채고는 갑작스럽게 공연을 끝내버렸다. 더 이상의 선율도, 속삭임도 없었다. 나는 오랫동안 기다렸다가 그곳에서 물러났다. 그런 뒤 다시 돌아가서 그 격분한 새에게 다시 시작해달라고 애원했다. 그런 다음 서둘러 떠나며 화가 난 나머지 내 뒤에 있는 문, 아니 문이라기보다는 대문을 쾅 닫았다. 다른 성지聖地에 잠시 멈추었으나 아무 소리도 들리지 않았다.

오두막에 사는 가난한 일꾼이 5킬로미터 너머에 작은 마을이 있는데 그곳에 가면 여관이 세 개 있으니까 아마 그날 밤 묵을 숙소를 구할 수 있을 거라고 말해 주었다. 나는 그쪽 방향으로 잰걸음을 하였다. 오로지 오솔길에만 몸을 맡겼다. 결국엔 길을 잃었으며, 지극히 평범한 넓게 트인 들판에 있는 작은 오두막에 다다르자 팔에 아기를 안고 있는 착한 여자가 다시 제대로 된 길을 알려주었다. 얼마 안 되어 들은 대로 다리 옆에 큰길이 나왔으며 몇 걸음 걷자 첫 번째 여관에 다다랐다. 밤 열 시였다. 그 고장 여관의 관습이나 법에 따라 이제 막 불을 끄려던 참이었다. 주인아주머니는 침대방을 내어줄 수 없다고 했다. 남는 방이 하나뿐인데 청소하지 않았으며 그 시간에 청소를 시작할 수는 없다는 것이었다. 아주머니 역시 새처럼 짧고 날카롭게 말했다. 나는 서둘러 다음 여관으로 갔다. 주인아주머니는 침대 시트가 없으며, 침대가 눅눅해서 자기에 적합하지 않다고 했다. 나는 여행객들이 숙박하는 여관이 다 거기서 거기 아니겠냐고 항의했다. 하지만 그 아주머니는 나를 다음 여관으로 보냈다. 그곳에는 사람들이 좀 더 많았으며 외관이나 분위기도 좀 더 여관 같았다. 하지만 아내분이(그럴 때 꼭 남편은 모습을 드러내지 않는다) 딸이 이제 막 결혼해서 집에 온 데다 일행이 너무 많아 나를 재워줄 수 없다고 했다. 내가 얼마나 극한 상황에 처했는지 간청하였으나 허사였다. 방이 없다는 것이었다. 그러면 아무거나 먹을 거라도 좀 있냐고 물었다. 이것도 확신이 없어 보였으나 어쨌든 부엌에서 찾아보겠다고 했다. 하지만 드디어 빵과 식은 고기를 좀 내왔다. 가장 가까운 호텔은 약 12킬로미터 정도 떨어진 고달밍에 있었으며, 내가 그곳에 도착하기 전에 모든 여관이 문을 닫으리라는 것을 알았다. 그래서 아마도 이것은 그저 잠시 불어 닥치는 역경일 뿐, 내가 찾는 행운이 불어올 거라는 생각으로 스스로를 위로하면서 빵과 고기를 우적우적 씹어 먹었다. 나이팅게일들과 함께 나무 밑에서 하룻밤을 보내는 수밖에는 다른 대안이 없었다. 그러면 새벽 시간에 왁자지껄하게 떠드는 그 새들이 깜짝 놀랄 것이다. 이제 얼마나 풍부한 경험을 하게 될까 자축하려던 바로 그때 주인아주머니가 와서 고달밍으로 2륜 마차를 타고 가는 한 젊은이가 내게 마차에 타면 어떻겠냐고 제안했다고 했다. 그 제안을 거절하면 내가 탈출한 정신병자로 보이지나 않을까 겁이 났다. 그래서 나는 마지못해 승낙했다.

우리는 곧 매끄럽고 구불구불한 도로를 따라 마을을 향해 어둠 속을 달렸다. 젊은이는 드럼 연주자였다. 링컨셔 출신이라고 하면서 나보고 꼭 링컨셔 출신 사람처럼 말한다고 했다. 나는 그 말을 믿을 수 있었다. 그래서 나는 지금까지 만났던 어떤 토착민보다도 그의 말투가 미국인의 말투 같다고 전했다. 좀 큰 읍내의 호텔들은 열한 시에 문을 닫았으며, 시계가 바로 그 시각을 알릴 때 한 호텔 앞에 내렸다. 나는 즉시 방으로 안내해 달라고 청했다. 막 잠자리에 들려고 할 때 문을 두드리는 소리가 났다. 종업원이 쟁반에 놓인 계산서를 들이밀었다. "우리는 짐이 없는데다 또……"라고 설명하더니 자기도 나이팅게일을 찾는 척했다! 3실링 6펜스였다. 2실링은 침실 요금이고, 1실링 6펜스는 서비스 요금이라고 했다. 나는 안에서 자는 사람들 중 누구도 일어나기 전인 새벽 다섯 시에 바깥으로 나왔다. 빗장과 문을 열려고 여러 차례 시도한 끝에

안마당으로 나올 수 있었다. 건물들 사이에 지붕이 이어진 곳을 나가면 거리로 통했다. 한 남자가 창문을 열고는 대문 여는 법을 알려주었다. 나는 여전히 아침에 지저귀는 나의 새를 만날 수 있을 거라는 희망을 품은 채 밖으로 걷기 시작했다. 그 전날의 경로대로 걸었다. 아름다운 경작지 가장자리에서 나무와 덤불 사이로 100미터 아래의 반짝이는 강을 내려다보다가 그토록 듣고 싶었던 음색을 드디어 듣게 되었다. 근처의 물가에서 나오는 소리로 내 귀를 찌릿찌릿하게 했다. 나는 비옷을 접어 그 위에 앉았다. 그리고는 이제 드디어 실컷 듣겠구나 혼잣말을 했다. 하지만─새는 노래를 그쳤다. 한 시간이나 머물렀건만 아무런 음색도 들려오지 않았다. 그 소중한 전리품은 내 것이라고 생각하는 바로 그 순간 매번 내게서 교묘히 빠져나가는 운명인 것 같았다. 그럼에도 불구하고 나는 내가 들었던 그 작은 소리를 아주 귀하게 여겼다.

그것은 내게 그 새의 노래가 얼마나 빼어난지를 확신시켜주기에 충분했으며, 그 어느 때보다도 더욱 온전한 선율을 듣고 싶은 마음을 갖도록 했다. 나는 계속해서 이리저리 거닐었으며, 아침 일찍 다시 한번 새커포드 잡목림 주위를 어슬렁거렸고 큰길을 따라 어정거렸다. 남학생 둘이 내게 나이팅게일의 소리를 들었다던 나무를 하나 가리켰다. 두 시간 전에 우유를 짜러 가는 길이었다고 했다. 하지만 나는 에머슨의 시구절만 반복할 수 있을 뿐이었다.

> 나의 온 힘줄은 선의로 이어졌건만
> 그들의 빛나는 자취를 따라잡기에는
> 나의 속도로는 소용이 없네.*

아홉 시에 추적을 포기하고 아침밥을 먹을 곳을 찾아 이징으로 돌아왔다. 크고 편안해 보이는 여관 앞에서 딸과 함께 유리창을 닦고 있던 여주인을 발견했다. 그들은 사다리에 걸터앉아서는 나의 아침밥 부탁을 아주 쌀쌀맞게 대했다. 사실은 들으려고 하지도 않았다. 나는 결국 내쫓겼고, 아침을 굶어야 했다. 그래서 다시 고달밍으로 계속해서 걸어가야만 했다. 그리고 그렇게 분노로 가득 찬 채 5킬로미터를 걸어가면서 사람은 빵에 대해 대단히 쉽게 분노할 수 있다는 것을 알았다.

오후에 쇼터밀에 있는 숙소로 돌아와서, 20킬로미터 떨어진 셀본까지 걸어갈 준비를 하였다. 그날 밤 으스름한 빛 속에서 가는 길이나 다음날 이른 아침에 도착하기 전까지 혹여 나이팅게일의 노래를 들을 기회가 생겨 그들에게 무시당했던 기분을 보상받을 수 있을지도 모른다는 생각에서였다. 오솔길을 걸어 언덕을 지나 리치미어 기슭을 통과해 립후크로 쭉 가면 해가 뉘엿뉘엿 질 시간이라고 확신했다. 거무튀튀한 황토빛의 드넓은 구릉지대에 헤더**와 가시금작화가 완만한 곡선을 이루며 길게 펼쳐진 서리와 서식스의 언덕 풍경은 미국인의 눈에는 생경한 것으로 꼭 흑담비 망토 같았다. 시인 테니슨의 저택은 헤이즐미어 동쪽으로 몇 킬로미터 떨어진 이 어스름한 풍경 한가운데 있었다. 오솔길은 넓은 공유지로 이어지는데 일부는 풀로 뒤덮여 있었고 또 일부는 가시금작화가 자라나 있었다. 이 또한 비-미국적인 모습이다. 잉글랜드는 땅이 갑절로 귀중한데도 그 땅의 대부분이 공원이나 유원지로 쓰이며 또 그중 대부분이 개척되지 않은 공유지로 남겨진다! 이 공유지들

*랄프 왈도 에머슨의 시 "전령들"에 나오는 한 구절.
**낮은 산이나 황야 지대에 나는 야생화. 보라색, 분홍색, 흰색의 꽃이 핀다.

은 흔히 접할 수 있다. 셀본 주위에 광대하게 펼쳐진 공유지는 행어와 그 외 다른 숲들을 아우른다. 그 누구도 사적으로 이용하려고 공유지에 울타리를 치거나 전유할 수 없다. 토지 소유주는 공유지로 부동산의 일부를 형성할 수 없다. 공유지는 국민, 즉 빌려 쓰는 사람 소유이다. 임대한 목초지에서 소를 키우고 집을 짓고 사는 마을 사람들은 가시금작화를 거둬들이고 나무를 벤다. 어떤 곳은 공유지가 왕의 소유로 왕실 부지이다. 울타리로 둘러싸이지 않은 이 넓은 공간은 종종 그 지역의 풍경에 아주 환영할 만한 자유롭고 편안한 분위기를 준다. 언덕 꼭대기 근처에서 노인을 한 명 만났는데 등에 진 가시금작화에 거의 몸이 가려져 있었다. 연료나 기타 용도로 쓰려고 집으로 가져가는 길이었다. 노인은 잠시 멈추더니 고분고분한 태도로 내 질문에 귀 기울였다. 난쟁이 같아 보였는데, 얼마나 추레한지 꼭 다 헐어빠진 난롯가를 떠올리게 했다. 노인은 그 큰 짐더미 밑에 몸을 숙인 채 내게 이를 드러내며 씩 웃었다. 한눈에 보아도 가난하고 못 배운 사람의 전형으로 아마 극빈층 소작농이었을 것이다. 가시금작화 나뭇단과 떼까마귀와 큰까마귀가 둥지를 짓다가 떨어뜨린 나뭇가지로 불을 지핀 난로 곁에서 키워 낸, 마치 걸어 다니는 허깨비를 맞닥뜨린 듯한 기분이 들었다. 절반은 혐오스럽고 절반은 묘하게 사람을 끄는 모습이었다.

리치미어 기슭의 경계에 앉아 제멋대로 자라난 잡목림과 늘 그렇듯 불타오르는 디기탈리스의 광경에 눈과 귀를 기울였다. 그곳에 앉아 있으면서 처음으로 검은머리솔새를 보고 소리를 들었다. 나는 즉시 맑고 힘찬 음에서 나이팅게일을 연상시키는 면이 있다는 것을 알아차렸다. 하지만 실망스러웠다. 그 새가 멋진 경쟁자인 나이팅게일에 보다 가까울 거라고 기대했었기 때문이다. 그 새는 겁이 무척 많았지만, 결국 꽤 여러 차례 모습을 드러내었다. 셀본 근처에서도 그 새의 노래를 수시로 오랫동안 들을 수 있었다. 낭랑하고 활기찬 선율이었지만 내게는 매끄럽고 섬세하게 조율된 게 아니라 전체적으로 투박하게 들렸다. 순수하게 음악적인 측면에서만 따지더라도 그 새를 능가하는 미국 조류의 이름을 여럿 댈 수 있다. 같은 종인 정원솔새와 흰목솔새는 대단히 힘차고 음조가 강하지만, 그들의 노래는 금이 아니라 은으로 만들어졌다고 할 수 있다. 사람들은 영국의 대부분의 명금들의 노래를 들은 뒤 '목청이 큰 작은 새들이군'이라고 속으로 생각할 것이다. 잡목림과 산기슭과 탁 트인 공유지를 오가는 흥미진진한 여정을 하다 보니 어느덧 황혼에 이르렀다.

어느 지점에서 젊은이 셋을 우연히 만났다. 그들은 함께 서서 근처의 들판에서 일하고 있는 개를 한 마리 지켜보고 있었다. 그중 한 명은 아마 대지주의 아들일 터이고, 나머지 둘은 일꾼 같은 차림새였다. 근처의 작은 덤불에서 새들의 근사한 합창 소리가 들려왔다. 울새, 노래지빠귀, 찌르레기 모두가 서로 경쟁하듯 지저귀고 있었다. 나는 시골 젊은이들의 청각에 대한 신뢰도를 시험하려고 그들에게 물어보았다. 그들은 내가 들었던 새들 중 한 마리의 소리가 나이팅게일이라고 대답했다. 그리고는 잠깐 집중한 뒤, 문제의 그 새로 울새를 지목하였다. 그 일은 무척 인상 깊어서 나는 그다음에 만난 남자의 이야기에 별로 관심을 두지 않았다. 그 남자가 방금 길모퉁이를 돌 때 나이팅게일의 노래를 들었다고 했기 때문이다. 나보다 몇 분 앞서였다. 열 시에 립후크에 도착했다. 나는 은근히 이 여관이 다시 나를 무시할 거라 예상했으며, 그럴 경우 몇 킬로미터 떨어진 울머숲으로 발길을 돌려야겠다고 생각하고 있었으나 예상 밖이었다. 잠자리에 들기 전에 조짐이 좋아 보이는 좁은 길을 따라 잰걸음으로 짧게 산책하였으며, 또다시 나이팅게일의 소리를 들었다는 한 쌍을 만났다. "분명히 나이팅게일이었어, 그렇지 않아, 찰리?"

잉글랜드에서 내가 나이팅게일에 관해 물어봤던 모든 사람들이 서로 다 모여서 정보를 교환할 수 있다면, 저에도 바다 건너에서 미친 미국인이 한 명 왔다고 결정하는 데는 오랜 시간이 걸리지 않을 것이다.

나는 새벽 다섯 시에 일어나서 나가겠다고 했다. 주인은 상당히 당혹스러워하는 눈치였다. 처음에 주인은 과연 그게 가능할까라고 여기는 듯했으나 결국 궁지를 벗어나는 방법을 찾을 수밖에 없었으며, 일어나서 나를 위해 직접 문을 열어주겠다고 했다. 전날 밤은 아주 맑았지만 아침은 흐리고 안개가 잔뜩 끼어 있었다. 미국이 자랑할 만한 것 중에 잉글랜드가 가지지 못한 것이 딱 하나 있는데 그것은 바로 남성적인 유형의 날씨였다. 심지어 여성적이지도 않았다. 어린애같이 철딱서니 없다고나 할까. 이따금 완전히 자란 폭풍우가 있다고 듣긴 했지만 말이다. 하지만 나는 심술궂은 어린 소나기가 부루퉁한 청소년으로 이어지는 것 외에는 아무것도 보지 못했다. 구름은 겸양도, 위엄도 없었다. 구름 속에 수분이 한 방울이라도 맺힐라치면(일반적으로 몇 방울씩 맺혔는데) 바로 떨어졌다. 아주 어여쁜 소나기가 여름에 그 고장을 가로지르며 후드득 떨어지는데 그 양이 거의 살수차보다도 많지 않았다. 사람들은 때로 울타리를 뛰어넘어 소나기를 피할 수 있지만, 목초를 베어다 바람과 햇볕에 말리는 사람들은 끊임없이 허둥지둥할 수밖에 없다. 우리 미국에서와 달리 구름이 뭉게뭉게 피어오르는 풍경은 없다. 높이도 없고 깊이도 없다. 구름은 낮고 희미하며 아지랑이처럼 보인다. 꼭 아직 덜 성숙하고 불명확하고 조리에 맞지 않는 젊은이 같다.

셀본까지의 산책길은 안개와 이슬비를 헤치며 가는 길이었다. 마도 요와 댕기물떼새가 우짖는 소리 외에 새의 소리는 거의 들을 수 없었다. 립후크를 떠난 직후 5~7킬로미터 정도 평평하고 거무튀튀하고 황량한 토탄*길을 곧장 걸어가니 왼쪽 조금 떨어진 곳에 울머숲이 나왔다. 낮게 드리워진 구름 아래의 풍경은 을씨년스러웠다. 밑의 땅은 거무스름했으며, 위의 하늘은 음울했다. 몇 킬로미터를 걷는 동안 유일한 생명의 흔적이라고는 매끄럽고 하얀 길을 따라 덜컹거리는 제빵사의 수레뿐이었다. 그 고독의 끝에서 나는 경작한 들판에 이르렀다. 작은 마을과 여관이 있었다. 그 여관에서 (놀랍게도!) 아침밥을 얻어먹었다. 식구들이 아직 아침밥을 먹지 않았다면서, 그들과 함께 식탁에 앉아 든든하게 먹었다. 그곳에서 오솔길을 따라 3킬로미터 정도 가니 들판과 공원이 나왔다. 공공도로는 대부분 아주 비좁아서 한 사람만 지나갈 수 있도록 만든 것 같았으며 높은 담벼락과 산울타리 너머의 경관을 차단해 버리는 형벌을 주었기에 사람들이 오가며 밟아 다져진 오솔길은 언제나 내가 기꺼이 즐겨 찾는 도피처였다. 나는 더 멀리 가야 할지 말지 여부에 대해 크게 신경 쓰지 않으면서 산울타리에 난 층계참을 오르거나 쪽문을 열었다. 그것은 마치 적을 후방에서 공격하기 위해 측면으로 우회하는 것과 같았다. 이렇듯 잘 가꾸어진 들판과 잔디밭, 이

---

*땅속에 묻힌 시간이 오래되지 아니하여 완전히 탄화하지 못한 석탄. 이끼나 벼 따위의 식물이 습한 땅에 쌓이어 분해된 것으로, 광택이 없고 검은 갈색을 띠며 해면 모양이나 실 모양 또는 흙덩이 모양을 하고 있다.

렁듯 아늑한 구석구석, 이렇듯 위풍당당하고 고급스러운 저택들은 뭇 사람들의 시선을 차단하느라 크게 고심했을 것이다. 그런 면에서 오솔 길은 유리한 위치에 있었으며, 신비에 싸인 것들을 뿌리째 뽑아낼 수 있다. 다시 공공도로로 향했을 때 여자 우체국장을 만났다. 아침 우편 물을 갖고 활기차게 걷고 있었다. 우체부인 남편이 죽어서 그녀가 남편 의 자리를 대신하고 있다고 했다. 잉글랜드는 인구가 대단히 밀집해 있 어서 시골도 대도시의 교외 지역이나 마찬가지였다. 그래서 도시에서처 럼 시골 어느 곳이라도 편지가 집 앞으로 배달되었다. 나는 벽돌을 한 짐 진 늙은 흰 말을 몰고 가는 사내아이와 같이 걸어갔다. 아이는 10킬 로미터 떨어진 해들리에 살았는데 새벽 다섯 시에 그곳을 떠났으며 나 이팅게일의 소리를 들었다고 했다. 아이는 확신했다. 내가 다그치자 그 장소를 자세히 설명했다. "마을 남쪽 끝에 있는 톰 앤서니의 대문 옆에 있는 커다란 전나무에서 들렸구먼유." 길버트 화이트가 자주 드나들던 곳에서라면 틀림없이 나이팅게일을 찾을 수 있을 것만 같았다. 하지만 찾지 못했다. 셀본에서 이틀 동안 비를 맞으며 보냈다. 축축하게 젖은 오솔길과 나무가 우거진 작은 골짜기와 가파른 경사지의 숲을 따라 오 들오들 떨며 재미없게 몇 시간을 어슬렁거리며, 나의 새와 온화한 성직 자의 정신에 호소했지만 둘 중 누구도 가까이 다가오지 않았다. 지금 그 장소를 생각해보면 들판에서 풀을 베는 사람들이 초조하게 서두르 는 모습, 어미가 얼마 멀지 않은 곳에서 갈퀴로 꼴을 긁어모으는 동안 오래된 교회 뒤편에 쌓아놓은 건초에 앉아 매 시간 빽빽 울어 젖히던 한 아기의 울음소리가 눈에 선하다. 비가 그치고 건초가 조금 말려지 면, 대부분 여자들이었지만, 수많은 남자들, 여자들, 아이들이 갈퀴로 긁어모으려고 들판으로 모여들었다. 조금씩 조금씩 모인 건초는 결국 엔 모조리 다 합쳐졌다. 그들은 우선 갈퀴로 긁어내었는데, 각자 긁어 낸 자리는 약 100센티미터 정도의 폭이었다. 그렇게 얻은 건초를 땅에 서 한두 시간 정도 마르게 내버려 두고는 또 다른 건초를 잡아 비틀었 다. 그런 식으로 건초를 원뿔 모양으로 쌓아 올리거나 한 줄로 늘어놓 은 건초를 "나를" 때까지 일은 계속되었다. 건초가리에 들여놓기도 전 에 이미 몸은 대개 녹초가 되어 있었다.

셸본에서 알턴으로 갔다. 그 길에는 적의 총격을 피하면서 사격할 수 있도록 판 참호가 길게 늘어서 있었지만 바위처럼 매끄럽고 단단했 다. 거기에서 기차를 타고 런던으로 돌아왔다. 나의 명금의 노래를 들으 려고 백방으로 애쓰지 않았다는 이유로 훗날 자책감을 느낄 어떤 근거 도 남기지 않으려고 다음날 케임브리지를 향하여 북쪽으로 여행을 떠 났다. 아주 운치 있는 옛 읍내인 히친에서 하차하자 드디어 딱 알맞은 곳을 찾아왔다는 생각이 들었다. 역과 읍내 사이에서 마침 "나이팅게 일길"이라고 불리는 거리를 발견했다. 그곳에서 명가수로 유명해서 붙 여진 이름이다. 모퉁이에 소박해 보이는 여관을 지키고 있던 남자가 (그런데 나는 그곳에서도 또다시 방과 식사를 퇴짜 맞았다!) 맞은편 나 무에서 밤낮으로 운다고 했다. 전날 밤에도 들었지만 아침에는 눈에 띄 지 않았다고 했다. 그는 저녁에 수시로 창문을 열어놓은 채 친구들과 앉아 나이팅게일의 선율을 듣는다고 했다. 그러면서 새가 특유의 선율 을 지저귀는 동안 숨죽이고 있으려고 몇 차례나 시도했지만 도저히 그 럴 수가 없었다고 했다. 나는 그것이 과장이라는 것을 알고 있다. 하지 만 저물녘이 되기를 간절히 바라며 드디어 저녁이 왔을 때 순찰대원처럼 거리를 서성거렸다. 다른 길도 이리저리 거닐었다. 가능성이 있어 보이는 또 다른 인근 지역도 어슬렁거렸으나 어깨가 신경통 때문에 욱신거린다는 것 말고는 아무것도 발견할 수 없었다. 아침에도 성공하지 못했기에 그쯤에서 추적을 그만두었다. 그리고는 혼잣말을 했다. "별거 아냐. 내 목적은 결국 이 고장을 보고 산책하는 거였어. 그거면 됐어."

나이팅게일의 노래를 들은 것은 다 합쳐서 채 5분도 안 되고, 겨우 몇 마디에 불과했지만, 그 깜짝 놀랄만한 선율에 나는 만족하고도 남았다.

나이팅게일의 선율에는 시인 알프레드 테니슨이나 그 어떤 훌륭한 오페라단의 여주인공, 또는 유명한 연설가만큼이나 뚜렷하게 거장다운 음색이 있었다. 정말로 여지없이 똑같았다. 완벽한 예술가였다. 다른 모든 새들은 그저 단서와 연구대상일 뿐이었다. 놀랍도록 맑고 자신만만한 음역과 가창력은 다른 모든 음을 쉽게 잠재워 버렸다. 다른 새들이 좀 거칠게 "처르르르르그" 하는 음은 그 새의 빼어난 음색에 들러리를 설 뿐이었다. 시인들 가운데서는 윌리엄 워즈워스가 그 새의 노래를 가장 가깝게 표현했다.

그대의 선율이 어둠과 적막을 가르고 또 가르는구나.
격정적인 화음이 맹렬하구나!

그 새가 집 근처에서 노래 부르면 밤에 사람들이 잠을 못 이룬다는 말을 쉽게 이해할 수 있었다. 나라도 자주 그랬을 테니까 말이다. 그 새의 선율에는 깜짝 놀랄 만큼 정신이 번쩍 들게 하는 무언가가 있다. 번쩍이는 강렬한 섬광처럼 노래는 시작된다. 전반적으로 세련되고 기품 있고 정중하다. 여성들이 밤에 달빛 아래서 나뭇잎으로 에워싸인 창문에 기대어 듣기에 딱 좋은 노래다. 왕립 공원과 숲을 위한 노래, 즉 태평스럽지만 열정적인 삶을 위한 노래이다. 우리나라에는 그토록 어둠과 적막을 가르는 커다란 소리, 그토록 유연한 음역대, 그토록 목청이 터지는 화음과 오래 여운을 끌며 마치는 새의 노래가 없다. 더욱 여리고 구슬픈 선율로 부르는 새는 있을지라도 말이다. 오로지 나이팅게일만이 키츠의 시*에 영감을 불어넣을 수 있었으리라. 과한 욕심도 없고 사소한 것에 애달파 하지도 않는 마음의 소리를 염원하고, 세상의 온갖 시름도 모두 망각하기를 기원하며, 삶의 열병과 조바심에서 벗어나고자 하는 바로 그 시 말이다.

그대와 함께 저 어둑한 숲속으로 사라지고 싶다.

*영국의 시인 존 키츠(John Keats:1795~1821)의 "나이팅게일에 부치는 노래"를 말한다.

눈길의 보행자들

여름에 세상의 아름다움에 경탄하는 사람은 겨울에도 똑같은 경이로움과 찬사를 바쳐야 하는 이유를 발견할 것이다. 화려한 장관이 모조리 지워지는 것은 사실이지만 본질적인 요소는 남아있다. 낮과 밤, 산과 계곡, 잇달아 나타났다 사라지며 근본적으로 영구히 존재하는 무한한 하늘이 그것이다. 겨울에 별은 다시 불붙고, 달은 온전히 승리를 거두며, 하늘은 한결 담백하게 고양된 모양새를 띤다. 여름은 한층 사랑을 갈구하며 유혹적이다. 사람처럼 변덕스럽고, 애정과 감정에 호소하며, 예술적 충동과 탐구심을 조성한다. 겨울은 좀 더 남자주인공다운 배역이며 지적으로 말을 건다. 겨울에는 진지한 연구와 학문이 한결 수월해진다. 사람들은 스스로 더욱 부담스러운 과제를 떠안고, 자신이 가진 약점에는 덜 관대하게 된다.

이를테면, 마음의 힘줄은 겨울에 더욱 발달하며, 여름에는 살집이 통통하게 오르는 식이다. 겨울이 문학에 뼈와 힘줄을 준다면 여름은 조직과 피를 준다고 할 수 있다.

겨울의 담백함에는 도덕적 깊이가 있다. 눈부시게 아낌없이 소임을 마친 뒤 그토록 담백하고 꾸밈없는 자연으로 되돌아가는 습성은 머리나 가슴에서 사라지는 것이 아니다. 그것은 만찬과 와인에서 물 한 잔과 빵 한 조각으로 다시금 돌아오는 철학자이다.

자연은 우리의 가장 친한 친구들이 고상하게 변장한 아름다운 가장무도회이다! 거기에 또다시 비가 내리고 또다시 이슬이 맺힌다. 이슬 물은 흐르지도 않고 넘치지도 않으며 불결한 물관이라는 오명을 듣지도 않는다. 그리고 우리가 진심으로 볼 수만 있다면, 기꺼이 자비심을 베풀려는 의지가 똑같이 그 밑에 깔려있다는 것을 알게 된다.

눈을 들어 흩날리는 눈의 경이驚異를 보라. 종잡을 수 없이 어지럽게 빙그르르 휘날리며 소용돌이치는 눈송이들, 소리 없이 세상을 변모시키며 도랑과 지붕에 떨어지는 절묘한 결정체들, 떨어지는 대상에 티끌 하나 없이 모두 동일한 차림새로 변장시키는 그 경이로움을 보라! 바람에 이리저리 흩날리는 눈은 얼마나 참신하고 멋스러운가! 세로로 홈이 파인 부채꼴 모양의 낡아빠진 울타리가 전례 없는 풍으로 돌연 세상에서 가장 환상적인 주름을 잡기 시작한다! 바람이 거세게 휘몰아치는 길게 늘어선 낡은 돌담을 내려다보면서 나는 처음으로 겨울이 진정 맹렬하면서도 거장다운 예술가임을 알았다. 아, 맹렬한 예술가여! 지평선을 배경으로 어두컴컴하고 춥고 황량한 숲은 얼마나 강철만큼이나 단단해 보이는지!

눈 위에서의 모든 생명과 활동은 그 의미가 더해지며 강조된다. 모든 표현에 밑줄이 그어져 있다. 이 겨울에 깨끗하게 쌓인 눈더미 위에서 가축에게 꼴을 주는 농부의 모습보다 더욱 멋진 모습이 여름에는 거의 없다. 움직임이라든가 선명한 윤곽선, 또 산더미처럼 쌓여있는 푸른 건초더미, 기다란 줄에 매여 고분고분하게 나아가는 소. 이제 막 도착해서 맛 좋은 먹이를 열심히 먹는 모습이라든가 그러한 것이 연상시키는 풍요로움, 하늘의 섭리 같은 모습 말이다. 아니면, 숲속의 나무꾼은 어떤가. 바닥에 쓰러진 나무 주위에는 하얀 부스러기들이 새로이 흩어져 있으며, 그는 거뜬하게 추위를 이겨낸다. 외투는 나뭇가지에 걸려 있고 손에 든 도끼의 소리는 맑고 쩡하게 울려 퍼진다. 서리가 내려 팽팽해진 나무들은 단단하고 딱딱하여 꼭 현악기 같은 소리가 울린다. 아니면, 길을 내는 사람들은 어떤가. 눈보라가 휘몰아친 바로 다음 날, 눈 속에 파묻힌 길을 다시 내거나 바람에 휩쓸려 쌓인 눈더미를 없애려고 온통 하얀 세상을 정적 속에서 황소와 썰매로 힘차게 나아가는 사람들 말이다.

겨울에는 모든 소리가 쩡쩡하다. 즉, 공기를 더욱 잘 투과시킨다. 밤에는 노스산*에서 꾸준히 포효하는 소리가 더욱 뚜렷하게 들린다. 여름에 노스산 산허리에서 불어치는 산들바람은 고양이가 아주 기분 좋게 갸릉갸릉 하는 소리 같다. 하지만 겨울에는 언제나 똑같이 낮고 침울하게 으르렁거린다.

참으로 맹렬한 예술가로다! 이제는 더 이상 화폭과 물감이 아니라 대리석과 끌로 작업한다. 밤이 고요해지고 달이 가득 차오르면, 나는 눈부시게 맑은 달빛과 눈을 가만히 바라보러 나간다. 대기 곳곳에는 잠재해 있는 불길로 가득하며, 추위는 나를 따뜻하게 데워준다. 부엌의 아궁이와는 또 다른 식으로 말이다. 세상이 "눈의 무아지경" 속에서 내 주위에 아무렇게나 널려 있다. 구름은 진주처럼 보는 각도에 따

*North Mountain. 캐츠킬산맥에 속하는 산 중 하나.

라 색깔이 변하며, 눈보라가 휘몰아치는 상태로부터 최대한 멀리 떨어져 있는 것처럼 보인다. 떠다니는 온갖 하찮은 것에서 벗어난 내재된 아름다움, 구름의 유령이다. 나지막한 산을 본다. 불룩불룩 솟아있는 산줄기들이 하늘을 배경으로 새하얗고 차갑게 고개를 치켜들고 있으며, 깊숙이 쌓인 눈은 여기저기서 울타리들의 검은 선을 지워버린다. 이내 산자락 위 저 멀리서 여우 한 마리가 우는 소리가 들린다. 온몸을 환히 빛나는 털로 감싼 여우가 거기에 앉아 내가 있는 쪽을 내려다보고 있는 모습이 눈에 선할 정도이다. 귀 기울이면, 골짜기 숲속 뒤쪽에서 누군가가 여우에게 대답한다. 겨울의 야생의 소리이다! 거칠고 섬뜩하다. 귀신이 나올 것 같은 나지막한 산 사이에서 그 소리는 점점 커진다! 늑대가 울부짖는 소리가 이 산맥에서 멎고 흑표범이 포효하는 소리가 그친 이래 그 소리와 비교할만한 것은 아무것도 없다. 지독히도 야생적이다! 나는 그 소리를 들으려고 한밤중에 일어난다. 새로이 들리는 소리기에 사람들은 그러한 야생의 동물들이 우리 사이에 있다는 것을 알게 되어 크게 즐거워한다. 이맘때에 자연은 자신의 맹렬함을 견딜 수 있는 모든 고동치는 생명을 최대한 활용한다. 자연은 얼마나 충심으로 이 여우를 지지하는지 모른다! 눈길 위의 모든 보행자들의 삶을 얼마나 뚜렷하게 드러내는지 모른다! 눈은 위대한 밀고자이며, 지워버리는 만큼이나 효과적으로 비밀을 일러바친다. 숲속으로 들어가면 나는 무슨 일이 벌어졌는지 모조리 알게 된다. 들판을 건널 때면 생쥐 한 마리가 자신의 이웃을 찾아간 사실까지도 기록되어 있는 것을 본다.

　붉은여우는 내가 사는 고장에서 풍부한 유일한 종이다. 작은 회색여우는 바위가 많은 가파른 지역과 덜 혹독한 기후를 선호하는 것으로 보인다. 크로스여우*는 이따금 보이며, 아주 오래된 맹수들 사이에서는 은백색의 전통이 있다. 하지만 붉은여우는 사냥꾼의 전리품이며, 사냥꾼들에게는 모피동물만이 이 산맥에서 눈여겨볼 만한 가치가 있다. 나는 아침에 나가 새로이 내리는 눈을 따라 여우가 길을 가로지르며 다닌 모든 지점을 본다. 집에서 겨눌 수 있는 소총 사정거리 내의 이 지점에서 여우는 한가로이 지나갔다. 닭장 부지를 정찰할 목적이었던 게 분명하다. 저 선명하고 뚜렷한 발자국, 저것은 조그마한 개의 서투른 발자국이 틀림없다. 여우의 야생성과 민첩성이 모두 눈길에 찍혀 있다. 이 지점에서 여우는 겁을 먹었거나 별안간 싸웠던 사실을 떠올렸으며, 울타리를 거의 건드리지도 않고 길고 우아하게 건너뛰어 바람처럼 빠르게 언덕 위로 질주했을 것이다.

야생의 대자연을 날쌔게 펄펄 뛰어다니는 야생의 생물은 얼마나 아름다운가! 나는 여우의 사체를 수시로 보았으며, 사냥개들이 위쪽 들판을 가로지르며 여우를 몰아대는 것을 멀리서 목격한 적이 있다. 하지만 숲에서 제멋대로 자유로이 뛰어다니는 여우를 만나는 설렘과 흥분은 느껴보지 못했었다. 그러다 비로소 어느 추운 겨울날, 저쪽에서 사냥개가 짖어대는 소리에 이끌려 산꼭대기 근처에 가서 다시 그 소리가 나오기를 기다리며 서 있었다. 개의 경로를 단정 지었기에 나의 위치를 선택할 수 있었다. 이는 주목할 만한 사냥감을 손아귀에 넣으려는 모든 초보 수렵광들의 야망이 자극한 것이었다. 꾹 참으면서 오랫동안 기다렸다. 이윽고 한기가 돌면서 추위로 온몸이 곱아 막 돌아가려는 찰

*cross fox. 은여우와 붉은여우의 교배종. 등과 어깨 부위에 검은 십자의 무늬가 있기 때문에 크로스란 이름이 붙었다.

나 어렴풋한 소리를 들었다. 나는 눈을 들어 세상에서 제일 멋진 여우를 바라보았다. 그 누구도 흉내 낼 수 없을 정도로 사뿐사뿐 우아하게 달리고 있었다. 누군가 훼방놓은 게 분명했으나 사냥개에게 쫓기는 것은 아니었으며, 무슨 생각에 골똘히 빠졌는지 나를 보지는 못하였다. 내가 10미터도 안 되는 거리에서 놀라움을 금치 못하며 경탄하는 마음으로 꼼짝도 못하고 서 있는데도 말이다. 나는 참으로 아름다운 존재를 유심히 훑어보았다. 검은색 다리, 풍성한 꼬리 끝이 흰색으로 되어 있는 커다란 수컷이었다. 하지만 갑작스럽게 나타난 그 독보적인 아름다움에 넋을 잃은 데다 홀딱 빠져 있었기에 여우가 둔덕 너머로 사라지는 모습을 마지막으로 얼핏 볼 때까지도 나는 사냥꾼으로서의 임무를 자각하지도, 또 내가 사냥꾼으로서 두각을 드러낼 절호의 기회를 무의식적으로 놓쳐버렸다는 사실도 깨닫지 못하였다. 나는 욕먹어도 싸다는 듯 반쯤 화가 나서 총을 꽉 움켜잡고는 나 자신과 모든 여우들에게 성이 난 채 집으로 돌아왔다. 하지만 그 이후로 그 경험을 토대로 여우에 대해 다시 생각하게 되었고, 결국엔 사냥감을 손아귀에 넣었으며 가장 좋은 점은 여우도 모르게 여우의 털보다 더욱 값진 것을 빼앗은 거라고 결론지었다.

산 위에서 울부짖는 사냥개의 소리는 철저히 겨울의 소리로, 여러 사람의 귀에 음악으로 들린다. 트럼펫 소리처럼 길고 낮게 짖는 소리는 1.6킬로미터 정도에서도 들린다. 이번에는 산속 깊숙이 후미진 곳에서 희미하게 들려오다가, 이번에는 여전히 희미하긴 하지만 그래도 꽤 또렷이 들린다. 사냥개가 어떤 돌출된 지점으로 가면서 그 소리는 바람에 실려 오다가 곧 물이 마른 협곡에서 완전히 사라진다. 그런 뒤 다시 휠씬 더 가까이에서 터져 나오며, 여우에게 접근할수록 점점 더 소리가 커진다. 이윽고 우리 바로 위에 있는 산등성이를 맴돌면서 소리는 더욱 크고 맹렬해진다. 북쪽으로 질주하면서 그 소리는 지형과 바람에 따라 잦아들기도 하고 커지기도 하다가 비로소 들리지 않게 된다.

여우는 속도를 조절하면서 대체로 사냥개보다 1킬로미터 앞서가며, 때로는 잠시 멈추어 쉬를 갖고 기분을 풀거나 경치를 바라보거나 추격자에게 귀를 기울이곤 한다. 사냥개가 여우를 지나치게 바싹 압박하면 여우는 이 산 저 산으로 끌고 다니다가 보통 사냥꾼에게서 달아난다. 하지만 만약 추격이 더딘 경우 여우는 산봉우리나 산마루에서 뛰어놀다가 경험이 풍부한 사냥꾼의 희생물이 된다. 녀석을 잡는 게 수월하지는 않지만 말이다.

아주 활기차면서도 흥미진진한 추격은 탁 트인 들판에서 목양견이 여우에게 다가갈 때 벌어진다. 때로는 이른 아침에 일어난다. 여우는 자신의 우월한 속도에 자신만만하게 의존하는데 내 생각에는 여우가 개에게 경주하자고 꼬드기는 게 아닐까 싶다. 하지만 개가 영리한 녀석이고 그들이 달리는 코스가 평탄한 지면을 지나 내리막길이라면 여우는 있는 힘을 다해 뛰어야 하며, 그런 다음 때로는 추격자에게 치이는 오욕에 시달려야 한다. 추격자가 속도로 인해 여우를 물어 챌 수 없을지라도 말이다. 하지만 나지막한 산을 오르거나 숲에 들어가면 여우의 우월한 민첩함과 날렵함이 즉시 빛을 발하여 거뜬히 개를 뒤로 제친다. 자기보다 몸집이 작은 개에게 여우는 별로 두려움을 드러내지 않는데, 집에서 멀리 떨어져서 그 둘만 맞닥뜨릴 때는 특히 더 그렇다. 그러한 경우, 한 마리가 먼저 꽁무니를 빼고 달아나면 다른 한 마리도 달아

나는 것을 본 적이 있다.

　신기한 광경은 여름에 자주 벌어지는데, 암컷이 새끼를 갖고 있을 때이다. 개를 데리고 산에서 거닐고 있을 때 우리는 거의 위협하는 듯 험하게 울부짖는 소리에 소스라치게 놀란다. 이내 그 소리를 알아차린 개가 꼬리를 엉덩이 사이로 내린 채 체면이고 뭐고 당혹스러운 표정을 역력히 드러내며 우리 쪽으로 슬금슬금 온다. 여우가 불과 몇 발자국 뒤에 있기 때문이다. 우리는 개에게 재빨리 큰 소리로 외친다. 그러면 개는 격분하여 빙글빙글 돌며 맹렬하게 짖기 시작한다. 마치 실추한 명예를 일소해 버리겠다는 듯 말이다. 하지만 곧 다시 여느 때보다도 더 겸연쩍은 표정으로 슬금슬금 우리 쪽으로 온다. 이쯤 되면 개라는 이름에 걸맞는 이름값도 못하는 것이다. 여우는 개에게 상당한 수치심을 주어 위기에서 벗어난다. 문제의 비밀은 여우의 성별에 있다. 비록 여우가 한 행동이 오로지 새끼를 안전하게 지키려는 노파심에서 비롯된 것으로 보인다고 말하는 것이 여우의 명예를 위하는 일이긴 하지만 말이다.

　여우의 주목할 만한 특징 중 하나는 크고 풍성한 꼬리에 있다. 저 멀리 눈 위에서 달리는 모습을 보면 꼬리가 몸집만큼이나 눈에 띈다. 그래서 짐으로 보이기는커녕 오히려 가볍게 펄펄 나는 몸짓에 기여하는 것으로 보인다. 꼬리는 움직이는 선을 부드럽게 해주고, 계속해서 반복적으로 수월하게 몸의 균형을 잡을 수 있도록 해준다. 하지만 눈이 녹아 땅바닥이 질척거리는 날 사냥개에게 쫓길 때면 종종 후줄근하게 젖어 무거워져 심각한 불편을 초래하게 되기 때문에 굴로 피신할 수밖에 없다. 여우는 그렇게 하는 것을 끔찍이 싫어한다. 자존심과 종족의 전통이 바깥에서 달리도록 자극하는 데다 바람과 속도에 대한 상대적인 우월성을 보이기 때문이다. 오직 상처를 입거나 무겁거나 덥수룩한 꼬리만이 굴로 피신하는 식으로 문제를 회피하도록 내몰 것이다.

여우의 기민함과 교활함이 얼마나 탁월한지 알려면 덫을 가지고 시도하면 된다. 녀석은 "불여시"이므로 늘 무슨 농간이 있지나 않을까 의심한다. 그래서 녀석을 꾀로 이기려면 여우보다 더욱 여우다워야 한다. 언뜻 보기에는 그렇게 하는 게 아주 수월해 보인다. 녀석은 누가 봐도 무심하게 우리가 걸어가는 오솔길을 가로지르거나, 들판에서 우리의 발자국을 따라 걷거나, 우리의 발로 밟아 다져진 길을 따라 걷거나, 외따로 떨어진 헛간과 건초더미 부근에서 어슬렁거린다. 한겨울에 멀리 떨어진 들판으로 돼지나 닭, 개의 사체를 물고 가며, 밤에는 종종 눈이 여우가 한 짓을 감춘다.

경험이 부족한 시골 청년은 겉으로 이렇듯 경솔해 보이는 여우의 겉모습에 속아 별안간 모피로 부자가 되겠다는 계획을 세우고는 왜 전에는 자신이나 다른 사람들이 미처 이런 생각을 떠올리지 못했는지 의아해한다. 나는 이런 부류의 젊은 자작농을 한 사람 알고 있다. 그는 외딴 산허리를 발견하면서 부의 근원을 찾아냈다고 상상했다. 산허리의 두 숲 사이에 죽은 돼지를 한 마리 갖다 놓으면 인근의 모든 여우들이 밤마다 만찬을 벌이러 나타날 거라 여긴 것이다. 구름은 잔뜩 눈을 품고 있었으며, 첫 눈송이들이 회오리치며 날리기 시작하자 그는 덫과 빗자루를 들고 출발했다. 이미 마음속으로는 첫 여우모피로 얻게 될 은화를 한 푼 두 푼 세고 있었다. 세심하게 주의를 기울이며 두근거리는 가슴을 안고 그는 덫이 땅 밑에 잘 파묻힐 수 있도록 소복이 쌓인 눈을 치웠다. 그런 다음 정성 들여 덫 위에 흙과 눈을 살살 뿌리고는 자신의 발자국을 완전히 쓸어버린 뒤 그 교활한 "불여시"를 위해 준비해둔 깜짝선물을 보며 의기양양하게 웃으며 재빨리 물러났다. 흙과 눈은 그를 도와주는 데 일조할 것이며, 내리는 눈은 순식간에 그가 한 모든 일의 흔적을 없애버릴 터였다. 다음날 새벽에 그는 모피를 가지러 갔다. 그는 내리는 눈이 그 일을 효과적으로 해냈으며, 자신의 비밀을 잘 지켰을 거라 믿었다. 덫이 보이는 곳에 다다르면서 산기슭의 울타리에 전리품이 박혀 있는지 살펴보려고 눈을 크게 떴다. 좀 더 가까이 접근하자 마음속의 확신을 쫓아내고 대신 의심이 들어앉았다. 표면이 손상되지 않았기 때문이다. 가운데가 약간 볼록하게 솟은 곳이 돼지가 있는 장소라는 것을 표시하고 있었지만 어찌 된 일인지 근처에 발자국이 하나도 없었다. 산자락을 올려다보며 그는 여우가 여느 때처럼 살코기가 있는 쪽으로 느긋하게 걸어가 몇 미터 앞까지 가서는 방향을 획 돌려 엄청난 보폭으로 숲속으로 사라졌다는 사실을 알았다. 모피를 얻으려고 덫을 놓은 젊은 사냥꾼은 한눈에 자신의 기술이 잘못되었다는 것을 알고 분개하며 쇠로 만든 덫을 파내 집으로 가져가 갑작스럽게 다른 방향으로 은화 다발을 얻을 궁리를 했다.

노련한 덫 사냥꾼은 가을이나 처음으로 깊이 쌓이는 눈이 내리기 전에 착수한다. 너무 외지지 않은 들판에서 낡은 도끼로 얼어붙은 땅속을 조그맣게 찍어낸다. 대략 가로 25센티미터에 세로 12센티미터 정도이다. 그리고는 7센티미터에서 10센티미터 깊이의 흙을 파내어 그 구멍을 마른 잿더미로 채우는데 그 속에는 구운 치즈 조각이 놓여 있다. 여우는 처음에 몹시 의심스러워하며 가까이 가지 않는다. 꼭 의도적으로 설계한 것처럼 보이기에 코앞에 다가가기 전에 그것이 어떻게 작동하는지 볼 것이다. 하지만 치즈가 입맛을 돋우는 데다 추위는 매섭다. 녀석은 매일 밤 조금씩 더 가까이 다가가 이윽고 표면에서 한 조각 물어 올릴 수 있게 된다. 성공에 힘입은 여우는 죽을 운명을 지닌 인간과 마찬가지로 이내 잿더미 사이를 마음껏 파헤치고 밤마다 신선하게 제공되는 맛있는 끼니를 찾는다. 얼마 가지 않아 경계심을 떨쳐버리고 의심도 꽤 가라앉힌다. 이런 식으로 일주일 동안 미끼를 놓은 뒤, 살랑살랑 눈이 내리기 직전에 덫 사냥꾼은 조심스럽게 덫을 바닥에 숨겨놓는데, 우선 쇠에서 나는 냄새를 없애버리거나 중화시키기 위해 솔송나무 가지로 쇠를 철저히 그을린다. 날씨가 좋고 적절한 예방책이 취해졌다면 성공할 것이다. 비록 여전히 대단히 승산이 없긴 하지만 말이다.

여우는 보통 아주 살짝만 덫에 걸린다. 덫의 물리는 부분 사이에 발가락 끝이 걸려있는 정도이다. 녀석은 무척 조심스러워서 발가락에 상처 하나 입히지 않고도 덫을 퉁길 수 있거나, 심지어 덫을 퉁기지 않고도 밤마다 치즈를 해치워버릴 수도 있다. 나는 늙은 덫 사냥꾼을 한 사람 알고 있는데, 그는 여우보다 한술 더 뜬 방법을 찾아내었다. 치즈 조각을 냄비에 묶어놓으면 다음 날 아침 가엾은 여우의 주둥이가 덫에 걸리는 식이었다. 덫은 꽉 조이지는 않았다. 단지 움직임에 지장을 줄 뿐이지만 빠져나오려고 갖은 애를 쓸수록 더욱 단단히 붙들리는 결과를 내었다.

포획자가 접근하는 모습이 보이면 여우는 자신을 보이지 않게 하려고 기꺼이 쥐구멍으로 들어가려 한다. 녀석은 땅에 바짝 엎드려 꼼짝도 하지 않다가 발각된 것을 알아채면 비로소 달아나려고 필사적으로 최후의 발악을 하지만, 우리가 가까이 다가가면 버둥거리던 몸짓을 중단하고는 몹시 소심한 전사라는 본성을 드러내는 식으로 행동한다. 즉,

수치스러움과 죄책감, 극도로 두려운 표정이 뒤섞인 채 땅바닥에 겁을 먹고 웅크리고 있다. 한 젊은 농부가 내게 숲 언저리에 덫을 놓아 여우를 추적했다고 말하였다. 그곳에서 그는 그 교활한 "불여시"가 어떤 작은 나무에 숨으려고 하는 모습을 포착했다. 대부분의 동물은 덫에 걸리면 싸우려는 근성을 보인다. 하지만 여우는 이빨로 공포의 대상이라는 것을 드러내기보다는 발의 민첩성을 더욱 믿는다.

숲속에 들어가면 발자국의 수와 종류가 만물의 단단하게 얼어붙은 측면과 뚜렷한 대조를 이룬다. 그 눈 덮인 적막 가운데서도 따뜻한 생명의 온기가 여전히 싹트며 뛰어다니고 있다. 여우의 발자국은 들판에서보다 훨씬 더 적다. 하지만 산토끼라든가 스컹크, 자고새, 다람쥐와 쥐 등의 발자국은 무수하다. 쥐의 발자국은 무척 어여뻐서 눈밭의 침대보에 환상적인 수를 놓은 것처럼 보인다. 우리는 무엇이 이 조그만 동물로 하여금 은신처에서 나오게 했는지 호기심이 인다. 쥐들은 먹이를 구하기 위해서라기보다는 친구들과 즐겁게 놀려고 이리저리 뛰어다닌 듯싶다. 언제나 가급적 빨리 뛰어가서 그루터기와 그루터기, 또 나무와 나무 사이를 허둥지둥한 보폭으로 연결시키긴 하지만 말이다. 쥐들이 드러내놓고 이동할 때는 그렇게 하지만, 보통은 눈 밑에 숨겨진 길과 구불구불한 지하 통로가 있다. 이는 그들의 주요 교통수단임이 틀림없다. 지면 아주 가까이에 여기저기 솟아 있는 이러한 통로는 눈으로 동그랗게 덮여 있어 곧 부서질 것만 같고, 산등성이처럼 살짝 이랑진 부분은 표면상의 경로를 드러낸다. 나는 녀석을 아주 잘 안다. 녀석은 농부에게는 "사슴쥐"로, 동식물 연구자에게는 "흰발생쥐"로 알려져 있다. 비단처럼 아름다운 털을 가진 동물로 야행성이며 커다란 귀와 크고 고운 눈,

야생적이면서도 천진난만한 묘미를 준다. 하얀 발과 하얀 배가 특징인 앙증맞은 녀석이다. 낮에 잠이 들어 있을 때 아주 쉽게 잡히며, 유럽과 아시아의 흔한 들쥐처럼 간사하고 사악한 면이 전혀 없다.

나무 몸통 높이 난 구멍에 겨울을 지낼 요량으로 너도밤나무 열매를 비축해 놓은 것도 바로 그 녀석이다. 모든 알맹이는 정성 들여 껍질을 벗겨내며, 구멍은 풀과 나뭇잎으로 안을 대어 저장고로서의 역할을 한다. 나무꾼은 이 소중한 저장고를 빈번하게 함부로 써버린다. 나무 한 그루에서 거의 반 펙*을 치우는 것을 본 적도 있다. 알맹이는 마치 아주 섬세한 손길로 올려놓은 것처럼 희고 깨끗했다. 그 작은 동물이 그만큼의 양을 모아 하나씩 하나씩 껍질을 벗겨 5층에 있는 방으로 나르는 데 얼마나 오랜 시간이 걸렸을까! 녀석은 숲에 국한되지 않는다. 가을철에는 특히 옥수수밭과 감자밭 사이에서도 꽤 흔히 볼 수 있다. 쟁기로 밭을 갈 때 어미 사슴쥐가 여섯 마리의 새끼를 젖꼭지에 매달고 달아나는 것을 본 적이 있다. 앞뒤 가리지 않고 엄청난 속도로 달렸기에 새끼 몇 마리는 젖꼭지를 놓쳐 잡초 한가운데로 나가떨어졌다. 나머지 가족들과 함께 그루터기에서 피신해 있던 초조한 어미는 이내 다시 돌아와 잃어버린 새끼를 찾아갔다.

눈길을 걷는 보행자들은 대부분 야간 보행자들이기도 하며, 눈길 위에 남겨놓은 기록은 우리가 그들의 생활과 행동에 대해 알 수 있는 주요 실마리이다. 산토끼는 야행성으로, 밤에 매우 활기찬 동물이긴 하지만 숲에서는 다니던 길만 다니며 낮에는 활동이 거의 없이 잠잠하다. 소심하기 때문에 숨으려고 별로 애쓰지 않으며, 대개 통나무나 그루터

*peck. 곡물이나 과일의 계량 단위. 1펙은 약 9리터에 해당한다.

기 또는 나무 옆에 쪼그리고 있고, 추위와 눈으로부터 부분적으로 피신할 수는 있지만 또한 적의 희생물이 되기 더욱 쉽기 때문에 암석이라든가 절벽에 툭 튀어나온 바위 밑에 피하는 것으로 보인다. 이러한 고려는 토끼가 스스로 선택한 결정인 게 틀림없다. 이러한 면과 더불어 또 다른 여러 면에서 볼 때, 산토끼는 집토끼와는 엄연히 다르다. 산토끼는 땅속에 굴을 파지 않으며, 쫓길 때 굴이나 구멍으로 피신하지 않는다. 탁 트인 들판에서 붙잡히면 무척 당혹스러워하며, 개에게도 쉽게 따라잡힌다. 하지만 숲속에서는 단박에 달아난다. 여름에 잠자는 토끼를 처음으로 깨우면 발로 땅을 격렬하게 긁어대는데 이는 놀람이나 불만을 표출하는 것이다. 즉, 짜증이 치밀었다는 것을 표현하는, 말 못하는 동물의 방식이다. 산토끼는 몇 미터를 깡충깡충 뛴 다음 마치 위험의 정도를 결정하겠다는 듯 아주 짧은 순간 동안 멈춘다. 그런 다음 한결 더 가벼운 발걸음으로 통통 뛰며 서둘러 간다.

녀석의 발은 커다란 패드 같으며, 발자국에는 여우라든가 또는 기어오르거나 구멍을 파는 동물들에게서 보이는 날카로운 관절로 이어진 것 같은 흔적이 거의 없다. 그럼에도 다른 모든 동물들처럼 무척 어여쁘며, 무슨 일이 벌어졌는지를 명백히 보여준다. 발자국에는 과감하거나 사악하거나 교활한 흔적이 전혀 없으며, 소심하고 천진난만한 성격이 뜀박질마다 새겨져 있다. 녀석은 울창한 숲에서 숱하게 볼 수 있는데, 너도밤나무와 자작나무 관목이 가득 찬 곳을 선호하며 그 나무들의 껍질을 먹고 산다. 자연은 다소 녀석을 편애하며, 녀석의 극심한 지역적 특성과 주변환경이 서로 상응하도록 짝을 맞춘다. 가령 여름철에는 적회색, 겨울철에는 흰색, 이런 식으로 말이다.

우산살 모양으로 뻗은 자고새의 날카로운 발자국은 겨울철 눈밭 위의 환상적인 자수에 또 하나의 무늬를 보탠다. 녀석의 경로는 선명하고 강렬하게 줄지어 있다. 이따금 상당히 갈팡질팡하지만 대체로 매우 똑바르며, 제일 울창하고 제일 헤치고 들어가기 힘든 곳으로 나아가, 우리로 하여금 통나무를 넘고 덤불 사이로 이끌며 경계심과 기대심을 갖게 하다가 느닷없이 불과 몇 미터 앞에서 노래를 한바탕 불러 젖혀 흥겨운 노래가 나무들 사이로 울려 퍼진다. 인내심과 정신력의 완벽한 승리이다. 강인한 토종 새여, 부디 그대의 발자국이 적어지지 않기를, 자작나무를 찾는 횟수가 줄어들지 않기를!

날카롭고 간결하고 가느다란 다람쥐의 발자국 또한 그들만의 역사를 갖고 있다. 하지만 겨울에 다람쥐의 발자국을 보기는 퍽 드물다! 자연주의자들은 다람쥐들이 대부분 겨울에 동면에 들어간다고 한다. 하지만 양 볼이 불룩한 호주머니 같은 얼굴을 한 조그만 약탈자인 얼룩다람쥐가 아무 이유 없이 여러 날에 걸쳐 굴로 메밀을 나른 것은 분명 아니다. 얼룩다람쥐는 겨울잠을 예상하고 있는 것일까? 아니면 대단히 왕성한 식욕에 대한 요구에 대비하고 있는 것일까? 붉은날다람쥐와 회색큰다람쥐는 무척 겁이 많긴 하지만 겨울에 어느 정도 활동적이다. 나는 그들이 일정 부분 야행성이라는 생각이 든다. 방금 이곳으로 회색큰다람쥐 한 마리가 지나갔다. 저 나무에서 내려와 이쪽으로 쭉 가더니 너도밤나무 열매를 찾아 땅을 파고는 눈 위에 밤송이를 남겨놓았다. 녀석은 어디를 파야 한다는 것을 어떻게 알았을까? 극심한 강추위가 계속되는 겨울에 외딴 들판에 있는 헛간으로 먼 길을 떠난 녀석을 알고 있다. 녀석은 거기에 밀이 있다는 것을 어떻게 알았을까? 돌아가려고 시도하면서 그 모험심 강한 동물은 뻔질나게 뛰어 내려가다가 소복이 쌓인 눈 속에 갇히곤 했다.

녀석의 집은 오래된 자작나무나 단풍나무 줄기에 있는데, 맨 위쪽 나뭇가지들 한가운데에 입구가 있다. 봄에는 이웃하는 너도밤나무 꼭대기 속 나뭇잎이 우거진 잔가지에 여름 별장을 지어 그곳에서 새끼를 기르며 대부분의 시간을 보낸다. 하지만 더욱 안전한 은신처인 단풍나무를 버리지는 않으며, 가을철이나 위험이 닥칠 때면 새끼든 어미든 그쪽에 드나든다. 이 임시 거처가 나뭇가지 한가운데 있는 것이 품격 때문인지 즐거움 때문인지, 아니면 위생상의 이유 때문인지 가족의 편의를 위해서 때문인지에 대해 언급하는 것을 자연주의자는 빼먹어왔다.

그 품위 있는 동물은 습성이 매우 뚜렷하며, 행동거지도 매우 우아하고, 움직임도 매우 날렵하고 과감하여 새와 자연의 형태가 얼마나 아름다운지를 불러일으키는 것과 유사하게 감탄하는 마음을 자아낸다. 나무 사이를 헤치고 나아가는 모습은 거의 비행이나 다름없다. 실제로 날다람쥐는 회색큰다람쥐보다 유리한 점이 거의 없거나 아예 없으며, 속도와 민첩성 면에서도 전혀 비교될 수 없다. 발을 헛디디거나 실수로 떨어지면 날다람쥐는 옆에 있는 나뭇가지를 붙잡아야만 한다. 연결 부분이 끊어진다면 녀석은 제일 가까이에 있는 나뭇가지로 무모하게 뛰어올라야 하며, 이빨의 도움을 받는다 해도 버팀목을 확보해야 한다.

녀석의 장난기와 흥은 가을에 시작된다. 새들이 우리 곁을 떠나고 자연의 축제 분위기가 가라앉기 시작한 후이다. 고요한 10월 아침에 심심풀이 삼아 녀석을 찾아 숲으로 가는 사냥꾼의 시간은 얼마나 흥미진진한지 모른다! 숲의 문턱을 경쾌하게 가로지른 뒤 처음 나타나는 통나무나 바위에 앉아 신호를 기다려보라. 너무나 고요해서 갑자기 새로운 청력을 얻은 듯싶고 시선을 어지럽히는 움직임도 없는 그때, 나뭇가지가 바스락거리는 소리를 듣게 되고, 다람쥐가 나뭇가지로 뛰어오르거나 나뭇가지에서 뛰어나오면서 나뭇가지가 흔들리거나 튕기는 것을 볼 수 있다. 혹은 마른 잎들 속에서 소동이 일며 한 마리가 땅 위를 달리는 모습을 보게 된다. 녀석은 아마 침입자를 보았을 테고, 침입자의 은밀한 움직임을 좋아하지 않기에 더 가까이 오는 것을 피하고 싶었을 것이다.

이제 녀석은 앞에 장애가 없는지 보려고 그루터기를 오른 다음, 나무 밑에서 주위를 살펴려고 잠시 멈춘다. 녀석이 미끄러지듯 달릴 때 꼬리는 뒤에서 물결 모양으로 움찔거리는데 그 모습은 움직임에 우아함과 품위를 더한다. 아니면 부실한 알맹이가 떨어지거나 나뭇잎 위에서 달그락거리는 껍질 부스러기를 통해 녀석이 가까이에 있다는 사실을 처음으로 알게 된다. 또는 우리를 잠시 관찰하지 않고 내버려 둔 뒤 우리가 위험하지 않다고 결론 내리면 녀석은 나뭇가지에서 꼬리를 실룩샐룩 움직이면서 찍찍거리거나 삑삑 소리를 내기 시작할 것이다. 오후 늦은 시간, 여전히 정적이 감돌 때 동일한 광경이 반복된다. 꽤 드물긴 하지만 검은다람쥐도 있다. 검은다람쥐는 회색큰다람쥐와 거리낌 없이 짝짓기를 하는데, 회색큰다람쥐와는 털 빛깔만 차이를 보일 뿐이다.

보다 크기가 작으면 붉은날다람쥐의 발자국이라는 것을 알 수 있다. 붉은날다람쥐는 회색큰다람쥐보다 더 흔하고 덜 품위 있으며, 더 수시로 헛간과 밭 주변에서 사소한 절도죄를 저지른다. 껍질이 벗겨진 오래된 나무와 다 쓰러져가는 낮은 솔송나무에 숱하게 서식하며, 그곳에서 밭과 과수원으로 소풍 가서 울타리 꼭대기를 따라 질주하는데 울타리는 편리한 교통수단을 제공할 뿐 아니라 위험이 닥쳐올 때 안전하게 후퇴할 수 있도록 해준다. 녀석은 과수원 주변에서 어슬렁거리며 시간을 보내는 것을 좋아한다. 또, 돌담 꼭대기나 말뚝 울타리 제일 높은 곳에 똑바로 앉아서 씨를 먹으려고 사과를 갉아낸다. 그럴 때 꼬리는 등의 곡선에 맞추어 둥글게 구부러지고 앞발은 사과 위에 올려놓고 자세를 바꿔가며 돌리는데 그 광경이 무척이나 어여쁘며, 발랄하고 앙증맞은 외모는 녀석이 그간 저지른 온갖 나쁜 짓을 속죄하고도 남는다. 서식지에서, 또 숲에서, 녀석은 아주 시끄럽고 흥겹게 까분다. 무언가 좀 색다른 것이 출현했을 때 잠깐 생각한 뒤 위험하지 않다고 결론 내리면 녀석의 한없는 장난과 즐거움이 고양된다. 그럴 때 녀석이 요란하게 찍찍거리는 소리는 스스로도 자제할 수 없다. 그런 다음 나무줄기로 쏜살같이 달려가 조롱하듯 꽥꽥 비명을 지르고는 나뭇가지로 깡충 뛰어 쨱쨱 소리를 내며 춤을 추듯 날뛴다. 우리를 위한 특별 자선공연이다.

다람쥐의 이 명백한 흥겨움과 조롱에는 매우 인간적인 면이 있다. 그것은 일종의 역설적인 웃음으로, 그 웃음 속에는 자의식으로 가득한 자부심과 의기양양함이 내포되어 있다. "넌 참 우스운 녀석이구나!" 녀석은 이렇게 말하는 것 같다. "진짜 서투르고 어설퍼. 꼬리도 없는 꼬라지하고는! 날 봐, 날 보라고!" 그러면서 녀석은 최고로 멋진 자세로 신나게 뛰어논다. 자, 다시 말하지만, 녀석은 우리를 즐겁게 해주고 우리의 관심을 촉발하는 것처럼 보인다. 그러다 별안간 천진난만하게 어린애같이 반항하거나 놀리는 듯한 분위기를 풍긴다. 귀여운 작은 악동인 얼룩다람쥐는 자신의 굴 위에 있는 돌에 앉아 마치 우리에게 구멍으로 들어가기 전에 어디 한번 잡을 수 있으면 잡아보라고 말하는 것 같다.

우리는 돌멩이를 하나 집어 녀석에게 던진다. 그러자 "메롱! 못 잡겠지롱!"이라는 소리가 녀석의 은신처 저 깊숙한 곳에서 나온다.

2월에는 또 하나의 발자취가 눈길 위에 나타난다. 호리호리하고 섬세하다. 회색큰다람쥐보다 3분의 1 정도 크며, 서두르거나 속도를 낸 흔적이 없다. 반대로 이루 말할 수 없이 차분하고 여유로운 낌새를 보여준다. 시로 바짝 붙어 있는 발자국이 고리가 기이하게 조각된 사슬처럼 보인다. 등줄무늬스컹크의 발자국이다. 녀석은 6주간의 잠에서 깨어 다시 사회로 나왔다. 녀석은 밤의 나그네로 매우 대담하고 뻔뻔하게 헛간이라든가 닭장, 외양간 같은 곳에 다가가며, 때로는 건초 더미 아래서 한 철을 날 숙소를 차지한다. 녀석의 사전에 서두름이란 단어는 없으며, 이는 눈길 위에 난 궤적을 보면 알 수 있다. 녀석은 아주 은밀하고 교묘한 방식으로 들판과 숲 주변을 살금살금 돌아다니며, 우리가 알아챌 수 있을 정도로 걸음걸이에 변화를 주지도 않으며, 울타리가 진로를 가로막고 있을 때는 기어 올라가는 것을 피하려고 틈새나 입구 쪽으로 향한다. 무지하게 게을러서 굴도 손수 파지 않고 마못의 구멍을 무단점거하거나 바위 속 갈라진 틈을 찾아낸다. 녀석은 그곳에서 사방팔방으로 돌아다니는데, 축축하고 눈이 녹아 날씨가 풀리는 날을 선호한다. 녀석은 신중함이라든가 교활함 같은 게 거의 없으며, 덫이 놓이자마자 전혀 개의치 않고 그 안에 발을 내딛는데, 이는 온갖 형태의 위험에 맞서 고약한 냄새로 처벌을 가할 수 있는 방어책에 절대적으로 의지하기 때문이다. 녀석은 인간에게든 짐승에게든 그 모두에게 철저히 무관심하기에 피하려고 서두르지 않을 것이다. 여름철에 땅거미가 질 때 들판을 거닐다가 녀석을 거의 밟을 뻔한 적이 있었는데 우리 둘 중에 훨씬 더

불안해한 것은 나였다. 탁 트인 들판에서 공격받으면 녀석은 정면보다는 궁둥이를 드러내는 전례 없는 전술로 적의 계획을 혼란에 빠뜨린다. "자, 어디 한번 덤벼보라고!" 녀석의 태도는 목양견까지도 잠시 주춤거리게 한다. 이런 식으로 몇 번 맞닥뜨린 뒤 녀석을 향해 일상적인 적의를 품게 된다면, 우리의 공격 양상은 신속히 녀석 주위에 둥그렇게 원을 그리며 빙빙 도는 것으로 귀착될 것이다. 원의 반경은 녀석에게 돌멩이를 던졌을 때 제대로 맞아 효과를 볼 수 있는 정확한 거리면 될 것이다.

녀석은 지켜야 할 비밀이 하나 있으며 그것의 효과를 잘 알고 있다. 그리고 그 비밀을 가장 효과적으로 쓸 수 있을 때까지는 본색을 드러내지 않도록 주의를 기울인다. 나는 녀석이 쇠로 만든 덫에 걸렸을 때조차도 평정심을 유지하는 모습을 보았다. 부당하게 누명을 뒤집어쓴 것 같은 표정으로 꽉 죄는 덫에서 발을 잡아 빼내려고 조심스럽게 찬찬히 움직이고 있었다. 그럴 때 절대 녀석에게 동정심을 가져서도, 또 도움의 손길을 내밀어서도 안 된다!

얼굴과 머리는 또 얼마나 앙증맞은지 모른다! 이빨은 또 얼마나 곱고 섬세한지, 꼭 족제비나 고양이 이빨 같다! 대략 3분 1 정도 자라면 아주 귀여워 보이기에 사람들은 애완동물로 탐을 낸다. 녀석은 상당히 발육이 빠르긴 하지만, 아직 어린 나이일 때도 우리의 후각에 매우 강력하게 호소할 수 있을 정도이다.

녀석보다 습성 면에서 더욱 깨끗한 동물은 없다. 꼴사나운 짓을 하는 다루기 힘든 녀석도 아니다. 또한 살이나 털이 무기로 무장되어 있다는 것을 암시하지도 않는다. 내가 알고 있는 가장 조용한 동물로, 지금까지 관찰한 바에 따르면 목양견이 돌담에서 녀석의 은신처를 발견했을 때 손으로 빗자루를 쓰는 것과 같은 초조하고 장황한 소리를 내었을 때를 빼고는 아무런 소리도 내지 않는다. 암탉의 알이라든가 어린 가금류를 유달리 좋아하는 것 때문에 농부를 몹시 짜증 나게 만든다. 녀석은 인증된 식도락가이며 닭장 약탈의 전문가이다. 다 자란 닭뿐만 아니라 태어난 지 얼마 되지 않아 아주 연약한 병아리도 녀석의 희생양이다. 밤에 어미 닭은 십여 마리의 새로 부화한 병아리들을 품고는 굉장한 자부심과 만족감을 갖고 자신의 깃털 안에 새끼들을 모두 안전하게 숨겨 두고 있다고 느낀다. 아침이 되면 어미 닭은 절망적으로 이리저리 헤매다닌다. 금쪽같은 새끼들 중 겨우 두세 마리만이 보이기 때문이다. 무슨 일이 일어났던 걸까? 새끼들은 어디로 사라진 것일까? 절도범인 스컹크가 그 수수께끼를 풀어줄 수 있다. 어둠을 틈타 살금살금 접근해서 하나씩 하나씩 암탉의 소중한 새끼들을 훔친 것이다. 자세히 살펴보면 새끼들의 조그만 노란 다리나 부리, 심하게 짓이겨진 몸의 일부가 땅바닥에 흩어져 있는 모습을 보게 될 것이다. 아니면 암탉이 부화하기 전에 녀석은 암탉을 찾아내거나, 똑같이 날랜 손재주로 알을 모두 해치워 버리고는 녀석에게 불리한 증언을 하는 혈흔이 묻은 빈 껍질만을 남겨둔다. 새들, 그중에서도 특히 땅바닥에 둥지를 짓는 새들은 녀석의 약탈 성향으로 인해 비슷한 방식으로 고통을 겪는다.

방어를 하기 위해 의존하며, 바로 그 이유 때문에 사람들 사이에 인기가 없는 주원인인 분비물은 녀석을 애완동물로 기르는 데 반대하는 타당한 이유를 제공하며, 사냥감으로서의 매력을 망쳐놓는 요인으로, 결코 우리의 후각에 제공되어서는 안 되는 엄청나게 무례한 것이다. 분비물에서는 코를 찌르는 강렬한 악취가 나는데 이는 질병이나 부패로 인한 역겨운 성질의 것이 아니다. 정말로 "개코"라면 정제된 강렬함을 즐길 수도 있으리란 생각이 든다. 냄새는 거의 극치에 가까우며, 코를 얼얼하게 만든다. 정신을 번쩍 들게 하는 강장제지만, 의학적인 성질을 갖고 있다고는 볼 수 없다. 기를 북돋는 용도로 쓰도록 추천하고 싶지는 않다. 비록 한 늙은 농부가 내게 그런 용도로 썼을 때 틀림없이 효험이 있다고 장담하긴 했지만 말이다. 어느 날 밤, 암탉들 사이에 자다 말고 소란스러운 소리가 들려 농부가 도둑을 잡으려고 후다닥 뛰어나가 보니 불시에 기습당한 스컹크가 간섭받아 무척 짜증 났다는 듯 농부의 얼굴에 대고 복수심에 가득 차서 분노의 분비물을 뿜어댔는데, 그 어마어마한 효과로 인해 잠시 동안 농부는 완전히 눈이 멀고 그 악당에게 복수할 기력까지 잃었으며, 악당은 그때를 틈타 탈출했다고 했다. 하지만 농부는 그 후로 두 눈이 마치 불로 정화되는 듯한 느낌이 들었으며 시력이 훨씬 더 좋아졌다고 단언했다.

3월에는 곰을 조그맣게 축소해 놓은 듯한 미국너구리가 절벽에서 튀어나온 바위턱의 굴에서 나와 눈 위에 날카로운 발자국을 남겨 놓는다. 짝지어 이동한 흔적을 흔히 볼 수 있는데, 마르고 허기진 쌍은 작정하고 노략질을 일삼는다. 그들은 여름과 가을에는 포식하고 겨울에는 동면하며 봄에는 굶주리는 골치 아픈 시간을 보낸다. 4월에 작년에 태어난 새끼가 들판 주변에서 기어 다니는 모습을 본 적이 있다. 굶주림 때문인지 기어 다닐 힘도 없어 보였으며, 내가 서식지로 데려다주려고 꼬리를 들어 올렸을 때도 아무런 저항을 하지 않았다.

나이든 미국너구리들 또한 몹시 수척했으며, 먹이를 찾아 대담하게 헛간이나 닭장, 외양간 같은 딴채로 접근했다. 초봄 어느 날 아침, 우리 집 목양견인 커프의 소리가 들려온 적이 있다. 아직 해가 뜨기 전인데도 귀청이 따갑도록 맹렬하게 짖어댔다. 우리가 잠자리에서 일어나 집에서 약 150미터 정도 떨어진 곳에 있는 물푸레나무 밑에서 녀석을 발견했을 때, 녀석은 잎사귀가 다 떨어진 나뭇가지 속에 회색으로 보이는 물체를 올려다보고 있었으며, 태도나 소리로 보아 우리더러 자기를 도우러 오는데 왜 이리 굼뜨냐며 아주 안달복달해 하는 듯했다. 현장에 도착한 우리는 나무에서 흔치 않은 크기의 미국너구리를 한 마리 보았다. 한 과감한 등반가가 나무에 올라가 녀석을 흔들어 떨어뜨리겠다고 제안했다. 바로 이것이 우리 커프가 바라던 것이었다. 녀석은 젊은 주인이 나무를 재빨리 타고 오르는 모습을 보자 아주 신나서 껑충껑충 날뛰었다. 미국너구리에게 약 2미터 내지 3미터 가까이 접근하면서, 그는 녀석이 매달려 있는 나뭇가지를 붙잡아 오랫동안 격렬하게 흔들었다. 하지만 녀석은 붙잡은 나뭇가지를 놓칠 위험도 전혀 없었으며, 등반가가 나뭇가지를 새로 붙잡으려고 잠시 멈추자 으르렁거리며 등반가 쪽으로 방향을 틀더니 진격할 뜻을 명백히 드러냈다. 이 때문에 녀석을 추격하던 등반가는 전속력으로 땅에 내려와야 했다. 마침내 총을 발사해 떨어뜨리자 개와 싸움을 벌였는데, 아주 크고 힘 좋은 녀석으로 얼마간 서로 물고 뜯으며 야단법석을 떨었다. 약 15분 정도 흐른 뒤, 테리어 개가 쥐에게 하는 식으로 녀석을 물고 흔들며 이빨로 녀석의 등허리를 물어뜯었다. 녀석은 여전히 굽히지 않고 전의에 불타고 있었다.

미국너구리들은 삶에 대한 집착이 대단히 강하며, 오소리처럼 언제나 자신들 크기만 한 몸집과 무게를 가진 개를 무찌른다. 마못은 끌처럼 파낼 수 있는 이빨을 갖고 있어 혹독하게 물 수 있지만, 미국너구리는 거기에다 사지의 민첩성과 힘 또한 갖고 있다.

　미국너구리들은 가을이나 여름이 끝나갈 무렵에만 먹잇감이 된다고 여겨지는데, 이때가 살집이 오르면서 육질이 고소하기 때문이다. 이맘때쯤 외딴 내륙지방에서는 소일거리 삼아 미국너구리들을 사냥한다고 잘 알려져 있다. 녀석은 완전히 야행성이라서 밤에만 사냥할 수 있다. 산 근처의 외진 산허리에 있거나 두 숲 사이에 있는 옥수수밭은 녀석들이 출몰하는 모습을 가장 흔히 볼 수 있는 곳이다. 옥수수가 아직 덜 익었는데도 녀석들은 꼭 돼지마냥 옥수수를 잡아당겨 겉껍질을 찢은 다음 즙이 터지는 연한 알갱이를 먹는다. 녀석들이 먹어치우는 것보다 흠집이 생기거나 못쓰게 되는 것이 훨씬 더 많다. 때때로 녀석들은 옥수수밭을 황폐하게 만들기에 농부들에게는 크나큰 시름이다. 그러나 그러한 지역의 이웃들은 모두 미국너구리 사냥용으로 훈련된 개를 갖고 있으며, 사내아이들과 젊은 남자들은 사냥놀이에 아주 환장한다. 잔치는 달이 뜨지 않은 어두운 밤 여덟 시나 아홉 시경부터 개시하며, 살금살금 옥수수밭에 다가간다. 사냥개는 자신이 할 일을 잘 알고 있다. 옥수수밭에 들어가 "찾아!"라는 말을 들으면 샅샅이 수색하며 그 어떤 다른 냄새에도 속지 않는다. 우리는 사냥개가 엄청난 속도로 여기저기 옥수수 사이를 덜거덕거리며 힘차게 달리는 소리를 듣는다. 미국너구리들은 귀를 쫑긋 세우고 밭 반대편으로 달아난다. 정적 속에서 우리는 간혹 녀석들이 숲 쪽으로 부랴부랴 갈 때 돌맹이가 벽에 달그락달그락 부딪히는 소리를 들을 수 있다. 아무것도 발견하지 못한 사냥개는 얼른 주인에게 돌아와서 "여긴 아무도 없습니다"라고 특유의 말 못하는 식으로 말한다. 하지만 사냥개가 냄새를 맡는다면 우리는 이내 돌담에서 시끄럽게 달그락거리는 소리를 들은 다음, 숲으로 들어가면서 다급하게 짖는 소리를 들은 뒤 몇 분 이내에 미국너구리가 대피한 나무 밑에 다다르면서 크게 반복적으로 짖는 소리를 들을 수 있다. 그런 다음 일행이 미국너구리를 쫓아 허겁지겁 산으로 올라가고 숲으로 들어가고 덤불숲과 어둠을 헤치고 나아가다 땅에 쓰러져 있는 나무에 걸려 넘어지고 도랑과 움푹 꺼진 땅속에 자빠지고 모자를 잃어버리고 옷이 찢어지면서 비로소 마침내 충실한 사냥개가 으르렁거리는 소리에 이끌려 가보면 나무에 다다른다. 이제 순서상 처음으로 해야 하는 것은 불을 피우는 것이다. 불빛이 녀석의 모습을 밝히면 총으로 쏘아야 한다. 불빛에서도 보이지 않는다면 도끼로 나무를 쓰러뜨려야 한다. 이런 일은 살아있는 나무도 희생시킬뿐더러 힘도 너무 많이 들기에 나무 밑에 진을 치고 앉아서 아침까지 기다려야 한다.

하지만 겨울에 그토록 중시되었던 동물의 이러한 면에 대한 우리의 관심은 3월이 되면 서서히 줄어들기 시작한다. 엄청난 변화가 다가올 것이라는 풍문이 허공에 떠돈다. 우리는 겨울이 가기만을 간절히 바란다. 겨울은 참으로 덧없어 제자리에 머물 수 없기 때문이다. 보이지 않는 손이 얼음 조각상의 외관을 훼손한다. 겨울의 끝은 이제 그 정교함을 잃었다. 흠잡을 데 없이 깨끗했던 눈더미는 이제 흙으로 얼룩지고 비바람에 해져버렸다. 가늘고 긴 물결 모양으로 곱고 단단하게 줄지어 있던 설선雪線은 모두 사라졌다. 나지막한 산들을 우아하게 장식하고 있던 눈은 이제 풍치를 해치고 있다. 세상을 덮었던 티끌 하나 없는 순백색 웨딩드레스의 자취는 이제 해지고 더러운 흰 침대보처럼 남아있다.

그렇지만 겨울은 투쟁 한번 없이 왕위에서 물러나지는 않을 것이다.

날마다 흩어진 병력을 결집시키고 밤마다 나지막한 산 위에 흰 천막을 쳐 기꺼이 잃어버린 땅을 되찾을 것이다. 그러나 맞닥뜨릴 때마다 왕자가 승리한다. 천천히 그리고 마지못해 백발의 영웅은 산으로 퇴각하며, 이윽고 마침내 남쪽에서부터 본격적으로 비가 내려 하룻밤 사이에 죽는다.

설원의 붉은여우

 그날은 정말로 온통 하얬다. 90센티미터의 눈이 쌓일 정도로 하얬으며 구름 한 점 없이 햇살이 내리쬐는 2월 14일이었다. 하도 눈이 부셔 눈을 깜빡이지 않고는 바라볼 수 없었으며, 눈물이 흘러 시야를 가렸다. 바람이 눈을 흩날려 보낸 언덕 꼭대기에 갈아놓은 땅뙈기는 바싹 마른 혀가 물을 반기는 것만큼이나 눈을 반갑게 맞이했다. 눈부신 햇살의 사막에서 그것은 그야말로 상쾌한 오아시스였다. 나는 눈 위에 주저앉아 나의 두 눈을 멱 감게 하며 눈을 한껏 즐겼다. 따끔따끔 아리던 두 눈의 통증이 꼭 찜질한 것처럼 없어졌다. 아주 온화하면서도 전체적으로 매우 유익한 요소로 인해 눈은 아주 위풍당당하게 자신을 내세운다. 온 세상을 재빠르게 온전히 눈 자체로 만들어 버린다. 양보나 타협이라고는 조금도 없이 절대군주로 지배한다. 우리의 두 눈을 어질어질하고 당혹스럽게 하며, 눈부신 햇살에 눈부시게 맞선다. 겨울철에 눈이 내리는 것은 대지와 대지 깊은 곳의 모든 것들에 내미는 자비의 손길이지만, 대지 위에서 움직이는 모든 것들에게는 장벽이자 금지 명령이다.

우리는 길고 가파른 언덕을 힘겹게 올라갔다. 그곳에는 털이 빽빽한 다년초인 멀레인 줄기나 키 큰 잡초들만 간혹 눈밭 위에 있었다. 언덕 꼭대기 부근은 눈이 잔뜩 쌓여 돌담과 땅 밑의 모든 흔적을 덮어 없애고 있었다. 이 언덕들은 5월까지는 이렇듯 눈이 허리띠처럼 언덕을 두르고 있으며 때로는 쟁기도 그 옆에서 하던 일을 멈추고 있다. 산등성이 꼭대기에서부터 순백의 광활한 풍경이 우리 앞에 펼쳐져 있었다. 얼룩 하나 없이 매끄럽게 메워진 농장들이 수 킬로미터에 걸쳐 산허리에 매달려 있거나 길게 경사진 언덕에 가로놓여 있었다. 울타리나 돌담은 반쯤 지워진 검은 선처럼 보였다. 나는 태양을 등지기도 했다가 손으로 눈을 가리기도 했다. 그 풍경 속에서는 모든 물체나 움직임이 선명하게 드러났다. 2.5킬로미터쯤에 있는 여우도 한 마리 볼 수 있었다. 농부들은 소에게 꼴을 먹이거나 밭에 거름을 주거나 말을 물가로 몰고 가고 있었다. 사람들이 언덕 밑을 가로지르며 걷고 있었다. 아이들은 멀리 떨어진 학교로 설렁설렁 가고 있었다. 우리의 두 눈은 그러한 풍경들을 주목하지 않을 수 없다. 그 풍경들은 수 킬로미터에 걸쳐 빛나는 새하얀 땅에 새겨진 검은 얼룩이다. 눈은 이러한 죄악에 얼마나 아낌없이 자선을 베풀며 덮어주는가! 얼마나 대지를 돋보이게 하는가! 사실은 저기 보이는 정원이 척박한 땅일 수도 있으며, 군데군데 보조개처럼 움푹 파인 완만한 산비탈이 목초지 중에서도 제일 평탄하지 않은 곳, 바위와 돌로 뒤덮인 곳이라는 것을 결코 의심하지 않게 한다.

그런데 1.2킬로미터 떨어진 산꼭대기 근처의 뻥 뚫린 들판을 기어가는 저 검은 얼룩은 무엇일까? 꼭 환하게 밝혀진 표면을 가로질러 가는 파리 같다. 저 멀리서 컹컹 짖는 소리가 우리를 향하여 은은하게 떠돈다. 우리는 그것이 사냥개라는 것을 알고 있다. 아침 일찍부터 부지런히 산등성이를 넘었던 녀석은 30분 전 여우의 발자국을 찾은 이래 이제 여우가 간 길을 따라가고 있다. 여우는 빅마운틴*으로 향하고 있다. 우리는 길을 재촉해 산등성이에 이르렀으며, 그곳에서 2~3일 정도 지난 사냥꾼들의 발자국을 발견했다. 그들의 흔적을 따라가 보니 산등성이의 숲이 나왔다. 우리는 정상 바로 앞의 고원에 있었다. 우리가 넘어지지 않도록 눈이 어느 정도 떠받쳐 주었으나 눈길을 헤치고 나아가면서 다리로 눈의 깊이를 잴 수 있었다. 눈이 엉덩이까지 차올라 있었다. 이제 우리는 그야말로 순백의 세상에 들어섰다. 꼭 마술사의 속임수 같았다. 정말로 나무들이 눈으로 변해 있었다. 제일 잔가지가 꼭 커다란 하얀 사슴뿔 같았다. 우리의 두 눈은 양털처럼 폭신폭신한 미로 앞에서 갈 길을 잃었다. 야트막한 산등성이에서 숲은 완전히 헐벗었었지만, 이제 우리 주위에 있는 모든 산의 정상은 나무가 눈으로 가득 채워진 북극과도 같다는 사실을 알아차렸다. 이 한랭대의 시작은 지평선 전체에 걸쳐 뚜렷하게 나타나고 있었다. 설선은 호수나 바다의 해안선만큼이나 반반하게 흐르고 있었다. 실로 한층 따뜻한 해류가 모든 골짜기를 채우고, 야트막한 봉우리를 잠기게 하며, 하얀 섬들을 한층 더 높아 보이게 했다. 서리를 맞은 나뭇가지들이 구부러져 있었다. 바람에 흔들려도 눈은 떨어지지 않았다.

눈은 혹처럼 들러붙어 있었다. 자세히 살펴보니 나뭇가지들이 살얼음으로 덮여 있었는데, 꼭 전깃줄처럼 눈줄을 따라 가느다란 꽃차례

*Big Mountain. 캐츠킬산맥 서남쪽에 위치하고 있으며 접근이 쉽지 않고 인적이 드문 산이다. 높이 1127미터.

들과 이파리들이 싹을 틔우고 있었다. 서리와 구름이 초래한 새로운 종류의 잎사귀 같았다. 나뭇가지는 하늘을 가렸고, 여름철의 잎사귀들만큼이나 무성하게 숲의 경치를 가득 채웠다. 태양은 눈부시게 빛났고 하늘엔 엷은 구름 한 점 없었다. 여전히 우리는 폭신폭신한 하얀 그늘 속에서 걸어갔다. 산들바람이 산마루에서 불어오고 있었지만, 눈으로 된 커튼을 열어젖히고 눈으로 된 침실로 타오르는 촛불을 가져갈 수 있을 정도였다. 사냥개가 여우를 이토록 하얀 어둠 속으로 몰아넣는다면 우리가 어떻게 여우를 볼 수 있단 말인가? 개가 짖으며 압박하는 소리를 들어도 허사일 터였다. 산토끼들의 발자국이 수도 없이 나 있었다. 녀석들의 보드라운 발바닥은 사방에 발도장을 남겨 놓았으며, 때로는 3미터도 가뿐히 뛰어넘었다는 것을 선명하게 보여주고 있었다. 녀석들이 규칙적으로 순회하는 곳을 우리는 일정한 간격을 두고 가로질렀다. 숲은 녀석들에게 최적의 장소였다. 나무들이 키가 작고 빽빽했으며, 보다시피 가끔은 산토끼들보다 더욱 하얀 옷을 입고 있었다.

쥐들의 발자국 역시도 얼마나 빽빽했는지 모른다. 그중에서도 흰발생쥐의 발자국이 가장 많았다. 하지만 간혹 훨씬 더 섬세한 발자국이 있었는데, 보폭이나 뜀뛴 거리가 겨우 3센티미터 정도밖에 떨어져 있지 않았다. 몸길이가 4센티미터 정도 되는 몸집이 작은 뾰족뒤쥐로, 내가 아는 가장 작은 두더지이거나 쥐 종류일 것이다. 한번은 숲에서 야영을 하고 있을 때로, 이 쥐방울만 한 뾰족뒤쥐 중 한 마리가 야영지에 세워둔 빈 양동이에 들어가 죽어 있었다. 아침에 발견했을 때는 이미 죽어 있었기에 추위 때문이었는지 아니면 양동이에서 빠져나올 가망이 전혀 없이 죽었는지는 모르겠다.

어느 지점에서는 쥐들의 발자국이 비정상적으로 빽빽한 경우가 있었다. 키 작은 사탕단풍나무 주위였다. 녀석들의 곡물창고가 틀림없었다. 장담하건대 거기에 너도밤나무 열매를 저장했을 것이다. 나무의 구멍에는 입구가 두 개 있었다. 하나는 바닥에, 또 하나는 2미터 내지는 2.5미터 위쪽에 있었다. 위쪽에 있는 구멍은 딱 쥐 크기만 했는데 다람쥐 한 마리가 침입하려 하고 있었다. 다람쥐는 단단한 나무를 거의 3센티미터 깊이까지 깎아 파놓았으며, 나무 부스러기들이 주위에 눈처럼 흩뿌려져 있었다. 다람쥐는 그 안에 무엇이 있는지 알고 있었으며, 쥐들은 그 녀석이 알고 있다는 것을 알고 있었다. 그렇기에 쥐들은 소스라치게 놀라 눈 위에서 미쳐 날뛰었다. 해적질을 하는 붉은날다람쥐에게 거침없이 불편한 심기를 드러냈다는 게 내 생각이다. 얼마 떨어지지 않은 곳에 쥐들이 눈으로 들어가는 구멍을 갖고 있었는데, 그 구멍은 아마 땅속의 아늑한 굴로 이어졌을 것이다. 그쪽으로 쥐들이 은밀히 먹이를 치우는 동안 다람쥐가 등을 돌린 채 일을 하고 있었을 것이다. 밤이 되면 다람쥐는 한 번 더 강제로 밀고 들어갈 것이다. 다람쥐가 구멍이 비어있다는 사실을 알아차린다면 얼마나 놀려먹는 재미가 쏠쏠하겠는가! 이 토종 쥐들은 매우 신중하며, 하루 벌어 하루 먹는 식으로 근근이 살아가는 다람쥐들에게 겨울 식량을 약탈당하는 것을 방지하기 위해서는 여러모로 예방조치를 취해야 할 것이다.

우리는 새로 난 여우 발자국을 여럿 보았으며 사냥개가 찾기를 바랐으나 개에게서는 소식이 없었다. 30분 동안 어쩔 줄 몰라 허둥댄 뒤 조심조심 숲을 헤치며 걸어가자 훤히 뚫린 들판이 나왔다. 골짜기 아래에서부터 위로 길게 펼쳐져, 산 뒤편 너머까지 걸쳐져 있었다. 폭이 넓은 그 하얀 지대는 아래쪽으로 계속 급경사를 이루다가 다른 들판과 합류하여 1.6킬로미터 떨어진 산기슭을 따라 완만한 곡선을 이루며 길게 이어졌다. 동쪽으로는 산골짜기 좁은 길 사이로 인근 고장의 풍경이 회백색 뭉게구름처럼 두둥실 떠 있었다.

경험 많은 여우 사냥꾼은 이처럼 높은 곳에 오게 되면, 언제나 밑에 펼쳐진 들판을 세심히 살펴보며, 날카로운 눈매로 바위나 돌담 위에서 잠들어 있는 여우를 발견하는 일이 다반사이다. 그러한 경우, 소총으로 무장하고 있는데 사냥개가 가까이에 없다면 그 불쌍한 동물은 절대 잠에서 깨어나지 못한다. 여우는 거의 항상 산등성이 측면이나 산 아래의 탁 트인 들판에서 한숨 잔다. 밑에 있는 분주한 농장을 내려다볼 수도 있고, 개가 짖는 소리라든가 소가 음매하고 우는 소리, 암탉이 꼬꼬댁하고 우는 소리, 애나 어른이나 할 것 없이 사람들의 소리, 큰길에서 이동하는 소리 등 여러 소리를 들을 수 있는 곳이다. 그쪽에 있으면 만반의 경계태세를 갖출 수도 있다. 사냥꾼이 위쪽에서나 뒤에서 출현하는 것은 언제나 가슴을 쓸어내리는 일이기 때문이다.

우리는 이곳에서 잠시 멈추어 우리 앞쪽에 있는 빅마운틴으로 귀를 곤두세웠다. 사냥개의 소리를 듣기 위해서다. 하지만 아무 소리도 들리지 않았다. 흰멧새 떼가 행복한 듯 짹짹 지저귀며 우리 위로 높이 날아갔다. 새파란 하늘을 배경으로 훨훨 나는 하얀 새 떼는 꼭 솜뭉치 같은 눈송이가 펄펄 내리는 것 같다는 인상을 주었다. 붉은양지니의 소리도 들었으며, 홍방울새가 아주 약하게 짹짹거리는 소리도 들었다. (이번 계절에는 처음 본) 때까치 또한 이쪽으로 온다는 것을 이 기회를 통해 알았다. 때까치는 마른 나뭇가지 끝에 내려앉았는데, 그곳에서는 산 양쪽의 골짜기를 들여다볼 수 있다. 녀석은 필시 먹잇감인 박새들을 찾아 살금살금 돌아다니고 있었다. 이내 박새 한 무리가 숲속에서 나오는 모습이 보였다. 때까치에게 쫓기자 박새는 나무에 있는 다람쥐 구멍으로 대피했다. 자, 이때! 저것은 사냥개의 소리가 아닌가, 아니면 애타게 들리기를 바라는 마음을 비웃는 환청인가? 입을 헤 벌리고 숨을 죽이며 우리는 귀 기울였다. 맞았다, 그것은 우리 개 "싱어"의 소리였다. 녀석은 버트엔드 쪽을 향해 산꼭대기 너머로 여우를 몰고 있었다. 버트엔드는 이 구역에서 사냥꾼들이 걸어갈 수 있는 "극한"이었다. 잠시 후, 개의 소리가 다시 멎었다. 우리는 녀석의 소리가 재차 들리기를 기다렸다. 그런 다음, 세 번째 소리를 기다렸다.

"정상 주위에서 쫓고 있나 봐." 일행이 말했다.

"가 보자고." 우리는 출발했다.

우리가 빅마운틴을 등반하기 시작한 곳인 개척지 너머의 숲에는 눈이 더욱 빼곡히 매달려 있었다. 지금까지 횡단한 지역보다 수백 미터는 더 높은 산등성이 위에 자리한 최고봉이다. 우리는 이따금 눈에다 엉덩방아를 찧었지만, 대개 오래된 지층이 넘어지지 않도록 지탱해 주었다. 위로 올라갈수록 어스름하고 소리 없는 고독 속으로 들어갔으며, 모자와 외투에는 꼭 방앗간 주인의 것처럼 하얀 분이 발려졌다. 힘들더라도 30분만 걸어가면 드넓고 평평한 정상에 도착할 터였다. 여우와 사냥개가 여러 차례 서로 엇갈리거나 마주친 그곳 말이다. 그 문제에 관해 이야기하면서 걷는 동안, 별안간 개가 우리 쪽으로 곧장 오는 소리를 들었다. 숲이 온통 눈으로 메워져 있어서 녀석이 약 100미터 안짝에 있는 산에서 갑자기 튀어나올 때까지 녀석이 오는 소리를 듣지 못한 것이었다.

"우리가 여우의 방향을 바꾸게 했어!" 우리는 당황한 나머지 꽥 소리 질렀다.

아니나 다를까, 그랬다. 개가 시야에 나타났다. 개는 잠시 당혹스러워하더니 왼쪽으로 휙 돌고는 마치 동굴에 뛰어든 것처럼 순식간에 보이지도 들리지도 않게 되었다. 숲은 정말 동굴 같았다. 위에 해가 비치는 설화석고*로 만든 동굴 말이다. 우리는 각자 위치를 잡고 기다렸다. 이렇듯 노련한 사냥꾼들은 어디에 서 있어야 하는지를 정확히 알고 있다.

"여우가 돌아온다면 저기를 넘어서 여기로 내려올 걸세." 100미터도 떨어지지 않은 두 지점을 가리키며 일행이 말했다.

우리는 각자 여우가 지나는 지점에 서 있었다. 해는 가려졌지만 햇살이 얼마나 빛나던지! 크고 작은 나뭇가지들이 태양 속에서 꼭 등불처럼 빛났다. 내 밑에 있는 솜털딱따구리 한 마리가 우리를 보며 계속해서 호들갑을 떨었다. 고맙기 짝이 없는 일이었다. 내 주변은 온통 부드러운 흙더미였으며, 그곳에 암석들이 묻혀 있었다. 그것은 퇴적암들의 묘지였다. 그때였다! 사냥개였다. 녀석의 목소리는 우리 맞은편에서 시작되어 골짜기를 가로질러 오는 걸까, 아니면 우리가 있는 쪽 산 아래에서 들려오는 걸까? 잠시 간격을 둔 뒤, 녀석의 목소리가 놀라울 정도로 가까이에서 들려왔다. 개가 우리에게서 멀리 떨어져 맞은편 등성이를 따라가고 있다고 생각하던 바로 그때였다. 눈덩이가 나뭇가지에서 후드득 떨어졌고, 한 마리가 출발했다. 하지만 여우는 아니었다. 그런 다음 내 밑에 펼쳐진 하얀 풍경 사이로 노란빛을 띤 붉은색인지 붉은빛을 띤 노란색인지 하여튼 붉은빛 아니면 노란빛을 얼핏 보았다. 그것은 낮은

*雪花石膏. 흰 알맹이의 치밀한 덩어리로 되어 있는 석고.

지대에서 나와 느긋하고 의기양양하게 다가왔다. 나는 얼추 맞힐 준비가 되어 있었다. 여우는 딱 사정거리에서 벗어나 멈추더니 사냥개의 소리에 귀 기울였다. 티끌 하나 없는 수면 위에 뜬 단풍잎만큼이나 눈부셔 보였다. 녀석은 싸울 상대를 골랐지만 나에게 오는 게 아니라 나와 함께 간 일행에게로 향하였다. '오, 이런 어리석은 여우 같으니라고. 넌 지금 죽음의 손아귀로 곧장 들어가는 거야!' 동료는 나무 바로 곁에 서 있었다. 나는 여우에게 기꺼이 눈짓을 할 수도 있거나 신호를 보낼 수도 있었을 것이다. 할 수만 있다면 말이다. 녀석을 쏘는 게 정말로 안타까워 보였으나 이제 녀석은 내 힘이 미치지 않는 곳에 있었다. 나는 겁이 나서 움찔했고, 그때 쿵 소리가 나면서 총알이 발사되었다! 여우는 악을 쓰며 울부짖다가 벌떡 일어나더니 벼랑 위로 돌진했다. 사냥꾼의 과녁은 빗나가지 않았으며, 총에 기름을 치지 않아서 화약의 힘이 약해졌을 거라고 했다. 총성을 들은 사냥개가 회오리바람처럼 득달같이 달려오더니 맹렬하게 쫓아갔다. 이제 여우와 개 둘 다 피를 흘리고 있었다. 개는 발뒤꿈치에서, 여우는 총을 맞은 곳에서 피가 줄줄 흘렀다.

몇 분 안 돼 산 밑에서 특유의 길게 울부짖는 소리가 들려왔다. 여우를 들이받거나 새롭고 범상치 않은 일이 일어났을 때 사냥개가 늘 내는 소리였다. 그런 경우 사냥개는 이렇게 말하고도 남는 것 같았다. "경주는 끝나고 겁쟁이는 구멍으로 들어갔네. 우우우우." 소리가 나는 방향으로 헐레벌떡 뛰어가는데 눈이 말 그대로 허리춤까지 차올라왔다. 우리는 곧 현장에 도착했다. 약 100센티미터 정도 되는 눈이 툭 튀어나온 거대한 바위를 지붕처럼 덮고 있었다. 개는 번갈아 뒤꿈치를 핥아대고 낑낑대며 여우에게 호되게 으르렁대고 있었다. 여우가 도망쳤던 구멍 입구는 부분적으로 막혀 있었다. 나는 눈을 파내어 말끔히 치우면서 "해가 들이치는 한 눈보라가 들이칠 것이다"라는 잘 알려진 속담에 대해 생각했다. 내 생각에 여우는 늘 피난처를 갖고 있거나 상황이 긴박할 때에는 어디로 도망쳐야 하는지 즉시 알아차린다. 그곳은 바위 속에 수직으로 된 커다란 틈이 있는 것으로 밝혀졌다. 주인의 격려에 힘입은 개는 그 안으로 들어갔다. 나는 툭 튀어나온 바위 입구 속으로 머리를 집어넣어 어슴푸레한 빛 속에서 개를 지켜보았다. 개는 천천히 조심스럽게 나아가고 있었다. 이윽고 피가 뚝뚝 떨어지는 뒤꿈치만 볼 수 있었다. 거기서 잠시 녀석을 방해하는 장애물 같은 게 있었으며, 녀석이 완전히 사라지고 나서 얼마 안 가 여우와 일대일로 맞붙어 사투를 벌이는 소리가 들려왔다. 바위 밑에서 격렬하게 맞닥뜨린 여우는 조용했으며 개는 귀청이 따갑도록 짖어댔다. 하지만 시간이 지나면서 힘과 체중 면에서 월등히 앞선 개가 우세했고 여우는 거의 초주검이 되어 있었다. 내가 여우의 머리를 토닥거리며 용감무쌍한 방어를 칭찬하자 여우는 의혹에 가득 찬 눈빛으로 나를 보며 눈을 깜박거렸다. 하지만 사냥꾼은 재빨리 그리고 자비롭게, 빠르게 사그라지는 여우의 목숨에 종지부를 찍어야 한다. 여우의 송곳니는 유별나게 크고 무시무시해 보였으며, 개의 얼굴과 코에는 송곳니에 깊숙이 물린 흔적이 여럿 있었다. 여우의 털가죽을 재빨리 벗기자 가늘고 늘씬한 근육질 형체가 드러났다.

내가 보게 되리라 예상했던 것만큼 여우의 몸이 형편없이 마르지는 않았다. 여러 날 동안, 어쩌면 여러 주 동안 먹이를 거의 맛보지 못했을 거라고 내 장담할지라도 말이다. 겨우 죽음을 모면할 만큼의 소량의 먹이로 어떻게 엄청난 활동력과 지구력을 지속할 수 있는지는 수수께끼다. 눈이 내렸다. 몇 주, 아니 몇 달 동안 사방에 눈이 내렸고, 강추위가 이어졌으며, 닭장도 접근할 수 없었고, 인근에 양이나 돼지의 사체도 없었다! 자신의 서식지에서 나와 오래도록 머나먼 길을 걸어 다닌 사냥꾼이 그 어떤 것도 잡았다는 흔적은 거의 볼 수 없었다. 드물긴하지만, 겨울 동안 여러 번 숲에서 토끼나 자고새를 놀래킨 흔적이 역력히 보이긴 했지만 말이다. 여우는 틀림없이 이 계절에 여름과 가을에 풍성하게 차려졌던 맛 좋은 식사에 대한 기억(혹은 지방질)을 주로 먹고 살았을 것이다.

돌아오는 길에 산을 넘어오다가 우리는 어느 한 지점에서 눈 위에 얼룩진 핏자국을 보았다. 여우의 발자국이 그 주변에 매우 빼곡하게 나 있었다. 우리는 수컷 두 마리가 거기서 싸움을 벌인 게 분명하다고 결론 내렸다. 발자국은 상당히 선명했다. 여우는 2월에 구애하러 다니며, 개들과 마찬가지로 질투심에 눈이 멀었던 게 아닐까 싶었다. 까마귀 한 마리가 내려앉더니 핏자국을 찬찬히 살펴보았다. 까마귀가 좀 더 멀리서 보았더라면 평평한 바위 위에서 자신이 찾고 있던 살점을 발견했을 것이다. 우리 사냥개의 후각은 이제 너무 무디어져서, 대놓고 말하자면, 또 다른 흔적을 살펴볼 생각도 하지 않은 채 머리에 영광의 월계관을 얹은 채 후다닥 집으로 달려갔다.

농촌 생활 천태만상

나는 훌륭한 문명의 시금석은, 어쩌면 가장 좋은 시금석 중 하나는, 시골 생활이라고 생각해왔다. 시골 생활이 안전하고 즐거운 곳, 읍내의 여러 편의시설이 시골의 크나큰 혜택과 광범위한 자유와 합쳐진 곳에서는 한 차원 높은 수준의 문명이 퍼져있다. 스페인이나 멕시코, 남미 여러 나라에 제대로 된 시골 생활이 있을까? 사람은 언제나 도시에서 거주해왔지만 시골에서 거주하는 사람들과 언제나 동일한 감각을 갖는 것은 아니었다. 거칠고 야만적인 사람들이 도시를 건설했다. 그런고로, 역설적으로 보일지 몰라도, 도시는 시골보다 더 역사가 깊다. 사람은 도시를 만들고 충분히 문명화된 후에 고독을 두려워하지 않게 되었으며 자연과 어떻게 더불어 살아야 하는지를 알게 되었다. 신은 시골에서의 삶을 장려하였다. 적에 대한 두려움과 방어의 필요성으로 인해 처음으로 도시를 건설한 뒤, 아테네, 로마, 카르타고, 파리가 건설되었다. 법이 약할수록 도시는 강해졌다. 아벨을 살해한 후 카인은 에덴의 동쪽으로 가 도시를 건설하였다. 그 이후 살인 혹은 살인에 대한 두려움, 강도 혹은 강도에 대한 두려움으로 인해 대부분의 도시를 건설하였다. 아프리카 중심부로 들어가면 사람들이나 부족들이 모두 마을이나 소도시에서 산다는 사실을 알게 될 것이다. 정글이나 숲 매우 가까이에 읍내가 있다. 시골이라는 게 없다. 어떤 사람에게서든지 가장 바람직한 모습은 도시로 몰려들게 하여 혼을 쏙 빼놓게 하는 본능이 아니라 시골로 이끌어 거기에서 뿌리를 내리도록 하는 본능이 틀림없다.

눈발은 가벼울수록 더욱 많이 휘날린다. 마찬가지로 사람은 더욱 경박할수록 이런저런 바람이 들어 읍내나 도시로 간다.

시골 생활을 하기 이전의 도시 생활에서 유일하게 주목할만한 예외로 떠오르는 것은 고대 게르만족들이 마련한 것으로, 타키투스*는 그들이 도시도 또 인접한 정착촌도 없었다고 말한다.

그들은 흩어져 있거나 따로 떨어져 거주했다. 사람들은 샘이나 목초지, 작은 숲에서나 만날 기회가 있었다. 그들의 마을은 우리(로마인들)의 마을과 달리 인접하는 건물들이 줄지어 늘어서 있지 않도록 설계되었으며, 모든 집은 보안의 수단이든, 화재에 대비해서든, 건축 예술에 대해 무지해서든, 텅 빈 공간이 둘러싸고 있었다.

고대 게르만족들은 실로 진정한 시골 사람들이었다. 그들이 도시를 사랑하는 로마인들의 제국에 쳐들어가 마침내 로마 자체를 약탈한 것은 별로 놀랄 일이 아니다. 얼마나 털북숭이에 얼마나 강인하고 남성미 넘쳤는지 모른다! 같은 방식으로 시골의 더욱 신선하고 활기 넘치는

*Publius Cornelius Tacitus(55?~120?). 로마의 역사가.

피는 언제나 도시를 분출하게 한다. 고트족과 반달족*은 숲에서 살고 농사를 짓던 민족들이다. 결과적으로 그들이 없었다면 로마는 어떻게 되었을까? 도시는 급격하게 사람들을 고갈시킨다. 가족은 떨어져 나가고, 사람은 약아빠지고 유약해진다. 새로운 인류의 물줄기는 언제나 시골에서 도시로 흘러가게 되어 있다. 그다지 새롭지 않은 물줄기는 다시 시골로 흘러들어오는데 대부분 지칠 대로 지치고 핏기가 없어진 상태다. 흘러들 때는 동맥혈이며, 다시 돌아올 때는 정맥혈이다.

국가는 항상 대도시에서부터 먼저 썩기 시작한다. 실제로는 어쩌면 항상 썩어 있을지도 모르며, 멸균되어 신선한 시골의 피를 공급받아야만 구제받을 수 있다.

하지만 내가 말하고자 하는 바는 시골 생활 일반이 아니며 농촌 생활의 천태만상에 관한 것일 뿐이다. 그중에서도 내 고장에서의 농촌 생활이다.

뉴욕의 초기 정착민 중 많은 사람들이 뉴잉글랜드** 출신으로, 그중에서도 아마 코네티컷주 출신이 가장 많을 것이다. 우리 선조는 코네티컷주 출신이었다. 코네티컷 이주민은 처음에 대체로 퍼트넘 카운티, 더치스 카운티, 컬럼비아 카운티 등 강이 있는 지역에 머물렀다. 그곳에서 마땅히 자리를 잡지 못하면 오렌지 카운티나 델라웨어 카운티, 혹은 쇼하리 카운티로 또다시 떼 지어 가서 대개 거기서 터를 잡았다.

---

*고트족은 3~5세기에 로마 제국에 침입하여 이탈리아 · 프랑스 · 스페인에 왕국을 건설한 튜튼 민족의 한 파. 반달족은 5세기에 서유럽에 침입하여 로마를 약탈한 게르만의 한 종족. 흔히 로마 문화의 파괴자로 불린다.
**뉴잉글랜드는 지리적으로 메인, 버몬트, 뉴햄프셔, 매사추세츠, 로드아일랜드, 코네티컷, 이 여섯 개 주로 구성된 지역이다.

하지만 일찍이 뉴욕주는 멀리 동쪽 지역에서는 발견되지 않았던 하나의 요소를 농촌 생활에 도입시켰다. 즉, 네덜란드적인 요소이다. 그러한 것들은 뉴잉글랜드에서는 보이지 않았던 다소 고풍스러운 특색을 주었다. 네덜란드인들은 허드슨강 주변과 올버니 부근, 모호크계곡 등 여러 곳에 뿌리를 내렸으며, 그들의 농촌 건축과 주택 건축의 자취는 그쪽 구역에 여전히 남아있다. 네덜란드식 헛간*은 속담이 되었다. "네덜란드 헛간만큼이나 넓다"는 말이 바로 그것으로, 뭇사람들에게 그 말이 적용될 때는 "해야 할 말이 좀 더 남아있다"는 뜻이다. 이러한 헛간의 주요 특징은 어마어마하게 확장된 지붕에 있었다. 들여다보기 편하도록 설계된 지붕은 꼭 대피처나 보호물을 연상시켰다. 처마는 아주 낮았고 마룻대는 아주 높았다. 긴 서까래와 짧은 기둥은 꼭 할머니들이 입는 옷처럼 예스럽게 허리선이 올라가 있었다. 거의 정사각형으로 땅 위에 큼지막하게 서 있었다. 그 형태로 보건대 어김없이 유럽의 습한 기후가 연상되었다. 그곳에서는 곡물과 건초를 단단히 묶어 쌓아두는 대신 여러 장대 위에 펼쳐 놓아 지붕 밑의 공기의 흐름에 노출되도록 했다. 네덜란드에서는 우리나라에서보다 용적량이 아니라 표면적이 더욱 중요한 문제였다. 우리의 농부들은 우리의 고장과 같은 기후에서는 지붕이 작을수록 더욱 좋다는 점을 알아냈다. 우리의 건조한 대기에서는 지붕에 공기가 통하기만 한다면 건초를 아무리 깊고 많이 쌓아놓더라도 향긋함이 유지되기 때문이다.

"네덜란드식 헛간"은 특히 짚으로 이었을 때─거의 모두 짚으로 이

*Dutch barn은 일반적으로 "헛간"이라는 뜻으로 고착되었으며, 기둥과 지붕만으로 된 건초 헛간을 말한다.

었는데—퍽 고풍스러웠으며, 역시 짚으로 덮은 좀 더 낮은 지붕의 우리를 한쪽에 갖춰 겨울 폭풍이 불 때 그 아래로 가축이 대피하도록 했다. 도색하지 않은 거대한 박공구조*는 제비들이 둥지를 짓기 알맞게 구멍이 파여 있는데 상당한 크기의 언덕의 한 구역 같았으며, 지붕은 언덕의 비탈처럼 기울어져 있었다. 커다란 문엔 항상 튀어나온 덮개가 있었으며, 문 자체는 상단부와 하단부가 가로로 반씩 나뉘어 있었다. 상단부 문은 흔히 개방된 채로 두어 그 문을 통해 풀을 벤다든가 곡식을 타작하고 있을 때 도리깨가 번쩍이는 모습을 일별할 수 있었다.

네덜란드식 농가 역시 들여다볼 때마다 즐겁다. 농가는 흔히 돌로 낮게 지어졌는데, 창문에는 문설주가 깊이 세워져 있었으며 커다란 화덕이 있었다. 헛간의 문처럼 출입문은 항상 상단부와 하단부로 반씩 나뉘어 있었다. 날씨가 좋을 때면 우리의 큼직한 여닫이문이 그렇듯 아이들이 노는 마루에 찬바람이 들이치지 않으면서도 햇빛과 공기가 들어오도록 상단부 문을 열어둘 수 있었다. 네덜란드식 집과 네덜란드식 헛간의 이러한 특징은 요즘 우리 건축물에서도 분명 보존할 만한 가치가 있다.

첫 양키** 정착민들의 통나무로 만든 외양간을 계승한 헛간 또한 고풍스러웠다. 커다란 헛간의 목재 역시 도색하지 않았는데, 특히 달개지붕이 비스듬히 잇대어져 있는 소 외양간이 추가되었을 때는 더욱 한 폭의 그림 같았으며, 지붕이 그 위로 길게 드리워져 있었다. 위에 건초다락이 있는 개방된 우리가 헛간 측면에 있을 때는 그곳에서 암탉들이 꼬꼬댁 울며 둥지를 숨겼고, 열린 창문에는 언제나 건초가 매달려 있었다.

*맞배지붕의 측면에 人자형으로 붙인 건축 부재.
**미국 북부, 특히 뉴잉글랜드 지방 사람을 말한다.

커다란 목재로 만든 이러한 헛간들과 "네덜란드식 헛간"은 원시림의 단풍나무나 자작나무 혹은 참나무를 잘라 만들었으며, 인근에 사는 팔심 센 남자들이 힘을 합쳐 헛간을 들어 올려 적소에 배치했다. 목재들은 부두나 선창에 쓰여도 좋을 정도로 무겁고 단단했으며, 건초와 곡물의 냄새를 흡수하면 그윽하고 은은한 향기가 났고, 내부는 근사하고 견고하고 넉넉해서 기분 좋은 정취로 가득했다! "대들보"는 그 위로 내던져지는 건초로 인해 반들반들 윤이 나게 되었으며, 기둥과 기둥 사이를 건너지르는 세심하고 견고한 형태였다. 누구라도 이렇듯 오랫동안 잘 건조시키고 오랜 시간 공들인 오래된 헛간의 풍부한 색조로 된 목재로 의자나 테이블, 책상, 침대나 벽판 같은 가구를 만들고 싶다는 생각이 들 것이다. 그런데 말끔하게 색칠된 채 유리창이 달리고 통풍구로 장식되고 금박의 풍향계가 설치되어 있는 빤한 구조를 따르는 말쑥한 헛간이라면 어느 누가 관심을 가지겠는가? 인간의 지혜로운 눈은 소박하고 수수한 것을 소중히 여기며, 꾸미지 않은 간소한 구조를 좋아한다. 색깔 자체를 안중에도 두지 않는 도색되지 않은 헛간을 소중히 여기거나, 겉으로 보이는 모습이 아니라 내부가 쓸만한 거처를 소중히 여긴다. 농장 건축물들이 가축이나 농작물, 간소한 생활을 연상시키는 게 아니라 도시의 허영심과 복장 및 장비에 대한 자부심을 연상시키며, 이익을 탐하는 것처럼 보인다든지 분수에 넘친다든지 하면 당연히 눈에 거슬리게 된다.

실제로 인간사와 일에서의 숭고함은 예술이나 문학에서처럼 언제나 사랑과 겸손에 기인한다. 자부심이라든가 이기심, 혹은 비열한 동기에서 나오는 것은 순식간에 사라지며 날아가 버린다. 그저 지나가는 사람이 어떻게 볼까를 떠나 농장이 농부의 풍취를 더할수록 밭과 건물들에선 인간의 보살핌과 노고의 냄새가 더욱 짙게 나며, 우리는 그런 농장에 대해 생각할수록 더욱 즐거워진다.

이 고장의 농장 생활과 농장 풍경이 50년 전이나 100년 전보다 아름답지 않다는 것은 두말할 필요도 없는 사실이다. 이는 부분적으로는 기계가 출현한 탓으로 기계는 농부들의 일을 그만큼 대신해 주었으며 그런 이유로 농부는 흙에서 한층 멀어지게 되었다. 또 부분적으로는 사람들 사이에 농사일에 대한 염증이 커지고 있기 때문이기도 하다. 옛날 정착민들인 우리의 아버지들과 할아버지들은 농장을 무척 소중히 여겼으며, 그것 이상을 생각할 수가 없었다. 하지만 후세대는 도시와 유행을 추구하며, 그쪽으로 달아날 기회만을 기다리고 있다. 당시 개척자의 삶은 늘 다소 숭고했다. 헛되고 어리석은 생각이 들어찰 여지가 없었다. 개척자의 삶은 고된 전쟁이었으며 사람들은 외양에 신경 쓸 시간이 없었다. 우리 할아버지와 할머니는 이 고장으로 왔을 때 가족을 부양하며 하루하루를 보냈으며, 숲 사이로 길을 내고, 황소 한 쌍으로 쟁기를 몰아 세간을 모두 구했다. 이웃들은 조부모님이 통나무집을 짓는 것을 도와주었다. 지붕은 검은물푸레나무의 껍질로 덮었으며, 마룻바닥은 흰물푸레나무를 쪼개어 깔았다. 돌로 만든 커다란 굴뚝과 붉은 점토로 회반죽을 바른 화덕은 불빛과 온기를 주었으며, 고기를 요리하고 빵을 구웠다. 물론, 요리할 고기나 구울 빵이 있을 때는 말이다. 조부모님은 그 집에서 살며 가족을 부양했으며, 알콩달콩한 삶의 행복을 찾았다. 그분들의 시답잖은 후손은 조상으로부터 이어받은 흙에 대한 애정에 못 이겨 행복을 찾을 목적으로 도시와 도시에서의 인위적인 방식에서 벗어나 모든 미국 시민에게 공짜인 시골에 꽤 널찍한 땅을 얻었다. 초라하고 낡은 농가는 버려지고, 말끔하고 현대적인 시골 주택이 들어섰다. 자갈로 덮인 산책로와 도로가 만들어졌으며, 나무와 산울타리가 심어졌다. 투박하고 낡은 헛간이 손질되었다. 그리고 모든 것이 수리된 뒤, 어딘가 염려스러운 소유자는 멀찍감치 서서 바라보며 자신이 목표로 한 운치있는 풍경을 얼마나 많이 놓쳤는지 계산했다. 우리의 새 주택들은 당연히 이전의 낡은 통나무집보다 비교도 안 되게 안락하고 편리했으며, 우리가 만약 자존심과 허영심을 버리고 온 세상이 지켜보고 있다는 사실을 잊을 수만 있다면 그 집들 역시 충분히 아름다웠을 것이다.

자기자신을 잊는 사람이야말로 우리가 좋아하는 사람이다. 그리고 거주지 자체를 잊는 거주지야말로 눈을 벅차오르게 하는 거주지이다. 거주지의 목적이 거주자들을 보호하고 비바람으로부터 피신하며 거주자들에게 그 안에서 편안함을 느끼게 하는 것이기 때문이다. 어떤 멋진 대성당을 볼 때 우리는 그 대성당 건축자들에게 힘을 불어넣은 것은 자부심이 아니라 신에 대한 두려움과 경외심이라는 것을 알고 있다. 하지만 부자 농부의 저택이나 도시에서 온 갑부의 대저택을 볼 때 우리가 보는 것은 돈에 대한 자부심과 사회 권력의 오만함이다.

나는 기계가 농촌 생활의 운치를 일부 앗아갔다고 말하련다. 우리가 아무리 기계와 기계를 발명하는 능력에 찬사를 바친다 할지라도 사람과 같은 기계는 없다. 손으로 손수 마치는 일은 기계가 전해줄 수 없는 장점과 품질을 갖추고 있다. 풀 베는 사람들이 일렬로 늘어서 있고, 그들 뒤에 낫을 휘둘러 한 줄로 가지런히 베어나간 목초지의 모습은 여럿이 팀을 이뤄 운전사까지 갖춘 중장비 차량보다 더욱 운치있다. 마찬가지로 공중에서 도리깨로 곡식 이삭을 떨어 낟알을 거두는 타작질도 질식할 듯한 먼지를 뿜어내며 시끄러운 소음과 더불어 전반적으로 대소동을 벌이는 기계보다 눈과 귀를 더욱 즐겁게 한다.

때로 타작은 야외에서 큼지막한 돌덩이 위나 마른 풀밭에서 이루어졌다. 또, 특히 메밀을 타작할 때는 쓸만한 헛간 바닥을 가지고 있지 않거나 기계를 빌릴만한 여유가 없는 농부가 간혹 그곳에서 타작하기도 했다. 도리깨질 소리는 우리가 상상하는 것보다 더욱 크게 찰싹찰싹 소리를 낸다. 눈부신 10월 날씨에 붉게 익은 농작물을 거둬들이는 광경을 보는 것은 무척 즐거우며, 도리깨질로 떨어낸 곡식을 비바람이 들이치지 않는 구석진 곳이나 삼나무가 늘어선 풀로 뒤덮인 좁은 길에 서너 단씩 묶어 놓은 모습을 보는 것도 무척이나 즐겁다. 세 명이서 도리깨질로 떨어낼 때는 경쾌한 음악이 따로 없다. 네 명일 경우에는 서로 아주 빨리 뒤따라 떨어내기에 쉼 없이 찰싹찰싹 타작하는 소리가 나며, 다른 사람이 칠 때와 박자를 잘 맞추어야 한다. 끼어들어 가는 시간과 틈새를 딱 맞추는 게 대단히 중요하다. 한 사람이 도리깨를 지푸라기 위에 놓으면 두 번째 사람은 곧장 도리깨를 들어 올려야 하며 세 번째 사람의 도리깨가 중간쯤에 있을 때 네 번째 사람의 도리깨는 곧장 공중 높이 있어야 한다. 각기 회전할 때마다 네 번의 타격을 가하며 신속하게 회전하는 바퀴 같다. 풀을 베는 것과 마찬가지로 타작도 혼자 할 때보다 여럿이 함께할 때 훨씬 더 수월하게 할 수 있다. 그럼에도 여러 농부들과 일꾼들은 늦가을 거의 전부와 겨울철을 끝도 없이 쌓인 귀리와 호밀 단을 두드리며 헛간에서 갇혀 지낸다.

한두 세대 전에는 지금보다 훨씬 일을 많이 해야 했기에 농부들은

"품앗이 모임"을 만들었다. 또 하나의 숭고한 요소가 추가된 것이다. "열매 씨 빼기 품앗이", "옥수수 껍질 벗기기 품앗이", "들어 올리기 품앗이", "옮기기 품앗이" 등등이 그것이다. 목수들이 집이나 헛간에 들어갈 재목을 마련하고 토대를 갖추면, 수 킬로미터 주위에 있는 이웃들에게 함께 와서 "들어 올려" 달라고 청하였다. 선택된 시간은 오후였다. 오전은 목수와 농장 일손들이 문지방을 놓고 "멍에"*를 받쳤다.("멍에"라는 이름은 마루 밑의 어둠과 적막 속에 놓인 거칠게 자른 목재에 아주 걸맞는 이름이다!) 일손들은 도착해서 커다란 대들보와 기둥과 장선과 버팀대들을 각기 제자리에 맞춰 날랐으며, 사내아이들이 가져온 참나무 못으로 서로 잇대고 단단히 고정시켜 소위 첫 "각주"를 세웠다. 그런 다음 통나무를 잡거나 끌 때 사용하는 쇠갈고리가 달린 긴 막대가 분배되었고, 15~20명 정도의 남자들이 각주에 나란히 줄지어 배열하였다. 대장목수는 모서리 기둥이 흔들리지 않도록 균형을 잡으며 구령을 내렸다. "꽉 잡아!", "자, 세워!", "치켜들어!", "위로 올려!" 기둥이 어깨높이만큼 올라가면 상당히 무거워지기 때문에 잠시 멈추어야 했다. 쇠갈고리 막대기가 필요한 때였다. 모든 남자가 단단히 붙잡고 온몸으로 떠받치며 구령을 기다렸다. "자, 다 같이!" 대장이 외쳤다. "끌어올려!", "영차, 영차!", "영차, 영차!" 모두 젖 먹던 힘까지 다해 목청껏 소리 지르며 온 힘을 쏟아부었다. 천천히 커다란 목재들이 올라갔다. 구령 소리가 점점 더 커지며 이윽고 각주가 올라갔다. 그런 다음 수직으로 세워지면 기둥이 모두 올라갈 때까지 하나씩 하나씩 똑같은 방식으로 올려졌다. 그

*동바릿돌 또는 동바리 위에 얹어 마루청을 받치는 나무.

런 다음 그 위로 대형 판재가 얹혀졌다. 목재들은 건축물에 세로로 연결되었으며 밑에 있는 문지방과 아귀가 딱 맞았다. 그 뒤 시간적 여유가 있으면 서까래들을 올렸다.

모든 인근 지역에는 특히 집이나 헛간의 틀을 "들어 올리기 품앗이"에 능숙한 남자가 항상 있었다. 그는 과감하고 힘이 세고 빨랐다. 작업을 지도하고 감독하는 것을 도왔다. 못이나 거멀못을 쥐고 제자리에 박아 넣어 각주를 처음으로 세우는 사람도 그였다. 그는 대망치를 손에 쥔 채 높고 위험한 지붕을 걸어 다녔으며, 구멍에 못을 끼워 넣었고, 무거운 연장을 공중에서 휘둘렀으며, 못을 때려 박았다. 그는 다람쥐만큼이나 그곳에서 편안하게 있었다.

이제는 주로 주택에 경골구조*가 사용되고, 헛간용으로는 한결 가벼운 목재들이 사용되므로 구식으로 들어 올리는 모습을 거의 볼 수 없게 되었다.

옮기는 것도 하나의 행사이기는 마찬가지였다. 농부는 옮겨야 할 헛간이 있거나 낡은 집이 있던 자리에 새 집을 짓고 싶어 하는 경우가 있었는데, 후자의 경우에는 한쪽으로 끌어내야 했다. 이 작업은 여러 남자와 말 한 마리가 여러 대의 도르래와 굴림대를 써야 했다. 그런 다음 구조물은 순전히 소의 힘으로 끌었다. 멍에를 씌운 소가 있는 인근의 모든 사람에게 도움을 청했다. 헛간이나 집은 지렛대로 들어 올렸고 숲에서 자른 커다란 굴대들을 그 아래에 놓았으며, 굴대들 밑에는 활재滑材를 놓았다. 이 굴대들은 안전하게 사슬로 묶어 못으로 고정시켰다. 두

*원목을 균일한 소단면 각재로 제재製材해서 가볍고 시공이 간편하며 저렴하게 만든 목조 골조의 구성 방법. 19세기 미국에서 발달하였다.

줄로 길게 늘어선 거세된 수송아지들과 수소들이 각기 굴대를 하나씩 홱 끌어당겼으며, 한편 남자들과 사내아이들은 구령에 따라 커다란 지렛대의 도움을 받았다. 천천히 두 줄로 늘어선 덩치 큰 소들은 멍에에 자세를 바로 하며 자리 잡았다. 굴대들을 감싼 대형 사슬이 단단히 조여졌고, 소를 모는 데 쓰는 막대기들이 12개 이상 휘둘러졌으며, 12명 이상의 사람들이 한 조의 소에게 목청껏 소리 지르며 재촉했다. 그러면 구조물이 흔들리면서 끽끽거리거나 삐걱거리는 소리가 났다. 그런 다음 소몰이꾼들은 더욱 박차를 가했다. 완벽한 불협화음이 빚어내는 바벨탑이었다. 소들은 온 힘을 쏟았다. 눈이 툭 튀어나오고 콧구멍을 벌렁벌렁거렸다. 구경꾼들은 환호성을 지르며 썰매를 탄 아이만큼이나 날렵하게 낡은 집이나 헛간에서 물러났다. 그렇지만 항상 그런 것만은 아니었다. 때로는 사슬이 끊어지거나, 굴대 하나가 암석에 걸리거나, 그 자체로 땅속에 박혀버리기도 했다. 보통 흥미진진하게 만들기에 충분한 작은 사고나 지연도 있었다.

내가 자란 뉴욕주의 한 구역에서는 아마가 자라곤 했다. 우리는 아마 겉껍질로 짠 셔츠와 바지를 입고, 수건과 침대 시트로 썼다. 당시에는 농장에 사는 아이들의 셔츠나 바지에 구멍이 나 있는 게 비웃음을 사는 일이 아니었다. 고행을 한다는 점에 있어서는 옛날 수도사들이 육욕을 억제하려고 입곤 했던 헤어셔츠*나 아이들이 입던 아마옷이나 크게 다를 바 없을 것이다. 하지만 덜 풀려서 떨어지지 않았던 줄기라든가 다발이 빨래를 하거나 자주 입어 마디가 꺾여 느슨해지면 훌륭한

---

*hair shirts. 과거 종교적인 고행을 하던 사람들이 입던, 거칠고 불편한 천으로 만든 셔츠.

의복이 되었다. 만약 나무를 잡고 있는 손을 놓치게 되었는데 셔츠가 나뭇가지나 나무 마디에 걸린다면, 그 셔츠가 목숨을 구해줄 것이다.

하지만 이제는 어디서 아마를 으깨어 섬유를 분리해내는 도구나 아마를 두드리는 도리깨, 아마를 훑는 쇠빗, 실패 같은 것을 볼 수 있을 것이며, 끈을 위한 용도나 총의 탄약 마개 용도, 혹은 모닥불을 지피는 데 쓰는 아마 부스러기를 어디서 얻을 수 있단 말인가? 갈대 줄기로 만든 실패나 물레, 베틀 같은 것들에 대한 얘기를 이제는 더 이상 들을 수 없다. 내가 쇠빗에 대해 마지막으로 아는 것은 교반용 기계에서 일하는 양* 뒤에 있는 벽에 걸려있었다는 것이다. 양이 일을 게을리하거나 주춤거려 기계가 멈추면 쇠빗은 언제든 확실히 양에게 박차를 가하도록 할 준비가 되어 있었다. 낡은 베틀은 닭장에서 암탉의 보금자리가 되었다. 또, 아마를 으깨어 섬유를 분리해 내는 도구는 망가져 버렸다. 아, 이제 그러한 것들은 어디에, 도대체 어디에 있을까?

농장에서 생산한 농산물을 멀리 떨어진 시장으로 가져가는 것 역시도 하나의 행사였다. 예를 들어, 가을에 버터를 강으로 운반하는 여정은 꼬박 왕복 나흘에 걸쳐 이루어졌다. 물건을 사고파는 것은 잡화점 몇 군데에서 이루어졌다. 옷, 사내아이들을 위한 새 모자와 부츠, 여자아이들을 위한 원피스와 숄, 망토를 가지고 돌아왔으며, 그 외에도 여러 소식과 희한한 일, 멀리 떨어져 있는 세상의 낯선 정보도 가지고 왔다. 농부는 며칠 동안 출발할 준비를 했다. 음식이 마련되면 그 여정 동안 숙박비용을 아끼려고 도시락을 쌌으며, 말에게 먹일 귀리도 챙겼다. 밤새도록 버터를 싣고, 쌀쌀한 11월 아침에 동이 트기 전에 아버지는 일

*과거에는 우유에서 버터를 만드는 기계를 발로 밟아 돌리는 고된 일을 양이나 개가 했다.

어나 길을 나섰다. 내 귀에는 아직도 마차 소리가 들리는 듯하다. 얼어붙은 땅 위로 천천히 덜컹거리며 마차는 저 멀리로 사라져갔다. 나흘째 되는 날 저녁이 가까워지면 우리 모두는 아버지가 돌아온다는 기대감에 부풀었지만, 대체로 캄캄해져서야 언덕을 내려오는 마차 소리가 들리거나 문 앞에서 불을 켜라고 부르는 아버지의 목소리가 들려왔다. 사내아이들이 충분히 자랐다 싶으면 해마다 번갈아 가며 아버지와 동행해 이윽고 모두가 그 유명한 여정 속에서 멋진 강과 증기선, 또 멀리 떨어진 도시의 무수하게 경이로운 것들을 보았다. 내가 갈 차례가 왔을 때 나는 일주일 전부터 굉장히 들떠 있었다. 옷을 제대로 챙겼는지, 너무 추운 차림은 아닐지, 아니면 출발하기로 되어 있는 시간에 앞서 이 세상의 종말이 오는 것은 아닐지 전전긍긍했다. 출발하기 전날 나는 여정 중의 식단을 보충하고자 사냥감을 찾아 숲을 이리저리 헤매다녔으며, 자고새 한 마리와 올빼미 한 마리를 쏠 수 있을 정도로 운이 좋았지만, 올빼미는 먹지 않았다. 나는 갑판 제일 높은 곳에 앉아 여행을 했으며, 그때 이후로 여행하면서 보았던 것이나 앞으로 다시 보게 될 그 어떤 것보다 더욱 경이로운 광경들을 많이 보았다.

하지만 이제는 그 모든 것이 변했다. 철도는 거의 모든 주거지를 관통하거나 주거지 근처에 길을 내었으며, 온갖 경이롭고 경탄스러웠던 것들이 하찮아졌다. 그러나 아직도 농장의 본질적인 매력은 남아 있으며 언제까지고 남아 있을 것이다. 농작물, 소, 과수원, 벌, 닭은 언제나 보살핌을 받을 것이며, 땅은 개간되고 개선될 것이며, 헛간과 주택은 지어질 것이며, 흙, 물, 불, 바람 같은 만물의 원소를 직접 접촉할 것이며, 구름과 날씨를 주시할 것이며, 새, 짐승, 식물은 자연과 더불어 은거할 것이며, 세상의 미덕과 본질에 한층 더 통달하게 될 것이다. 농부는 진정한 자연주의자여야 한다. 그 모든 것이 쓰여진 자연의 책은 밤낮으로 그 앞에 펼쳐져 있다. 그가 아는 모든 것은 얼마나 달콤하면서도 유익한가!

다른 주와 마찬가지로 뉴욕 역시 언제나 이런저런 종류의 지역 산업에 의해 농장의 지배적인 특징이 정해진다. 뉴욕 동부 중심부에 있는 고지대의 추운 여러 지역에서는 다음과 같은 산업이 유력하게 급성장하고 있다. 즉, 서쪽에서는 곡물과 과일을 재배하고 있다. 허드슨강 주변의 구역에서는 베리, 커런트, 포도 같은 작은 열매를 재배하고 있으며, 다른 지역에서는 우유와 버터가, 또 다른 지역에서는 도로를 포장하고 집을 꾸미는 데 쓰는 돌을 채석하고 있다. 나는 최근 얼스터 카운티의 한 구역을 방문했는데, 그곳에서는 모든 사람들이 길고 곧은 막대기로 둥근 테를 만들어내는 것 같았다.* 대화라고는 오로지 그 둥근 테에 관한 것이었다. 둥근 테 말이다! 지나가는 사람마다 테를 싣고 가거나 테를 실으러 가고 있었다. 주 연료는 테를 깎아냈을 때 생기는 부스러기나 버려진 막대기였다. 테를 팔 때까지는 돈이 한 푼도 없었다. 농부가 곡식이나 부츠 한 켤레, 또는 아내에게 줄 원피스라도 한 벌 구하려면 읍내로 테를 한 짐 가득 싣고 가야 했다. 사람들은 테를 훔치고, 가로채고, 사고, 팔고, 투기했다. 길모퉁이가 있으면 테가 있었다. 대형 테, 소형 테, 온갖 나무통용 테였다. 맥주 저장용 테, 버터 저장용 테, 포도주 저

---

*당시에는 물푸레나무나 히코리나무, 자작나무나 관목 등의 가지를 특별한 목적에 맞춰 잘라내었다. 보통 여름과 가을에 잘라내고는 덜 바쁜 한겨울에 목적에 맞게 작업했다. 나무껍질이나 싹을 제거해야 했기 때문이다. 이 길고 곧은 막대기는 무거운 짐을 옮기는 굴림대나, 잘게 쪼개고 망치로 평평하게 두드린 후 물에 담갔다가 바구니를 짜거나 술통의 둥근 테두리와 같은 것에 사용되었다. 가장 기이한 용도는 19세기에 여자들이 입었던 드레스 밑부분을 둥그렇게 퍼진 상태로 두게 하는 보강재였다

장용 테, 기름 저장용 테 등이었다. 히코리나무로 만든 테도 있었고, 자작나무 테, 물푸레나무 테, 밤나무 테 등 세상을 한 바퀴 돌 정도의 테가 있었다. 또 다른 곳에서는 지붕을 이는 지붕널 천지였다. 모두가 솔송나무로 지붕널을 자르고 있었다.

뉴욕주 동부 대부분의 카운티에서 농장의 수익과 이윤은 소를 중심으로 돌아갔다. 유제품이 제일 중요한 문제였다. 우유는 뉴욕의 시장으로 수송될 수 있었지만 버터는 수송될 수 없었기 때문이다. 대형 헛간과 마구간과 젖 짜는 작업장, 또 광활한 목초지와 무수한 언덕 위의 소들은 그 고장 농업의 두드러진 특징이다. 질 좋은 목초와 깨끗한 물, 이 두 가지는 낙농업이 성공하기 위해서는 필수적이다. 그리고 그 둘은 대개 함께한다. 차가운 샘이 풍부하게 흐르는 곳에서는 풀이 부족하지 않다. 소가 야생에서 자란 다양한 잡초들을 뜯어 먹으면 우유와 버터에서 그 풍미가 드러나게 마련이다. 붉은토끼풀꽃처럼 연하고 즙이 많은 목초나 잘 건조되어 향긋한 냄새가 나는 건초는 맛 좋은 우유와 감미로운 버터를 만든다. 또, 어느 누구의 소유도 아닌 자연 그대로의 목축 지역이라는 매력적인 요소도 있다. 5월에 오렌지 카운티를 지나가다 보면 산뜻한 선녹색으로 매끄럽게 펼쳐진 들판과 언덕을 볼 수 있다. 그것은 풀 한 포기가 얼마나 아름답고 효과적인지를 새로이 경험하게 해준다. 초목은 이와 같은 보기 드문 덕목 외에도 우유와 버터에 풍미를 더함으로써 그 고장의 우유와 버터를 유명하게 만든다.

델라웨어의 모든 수원水源을 따라 그 땅에는 꿀까지는 아니더라도 젖이 흐른다. 평상시보다 오래 계속되는 가뭄 때를 빼고는 초목이 아주 무성하며, 게다가 너도밤나무와 자작나무 숲의 연한 잎들은 좋은 대체

재이다. 버터는 주력상품이다. 모든 주부는 이름난 버터 제조자이거나 그렇게 되고 싶어 하며, 델라웨어 카운티의 버터는 오렌지 카운티의 버터와 시장에서 경쟁한다. 델라웨어는 고지대의 선선한 방목지이다. 농장들은 산 측면에 비스듬히 기울어져 있거나 언덕 위로 겹쳐 있거나, 아니면 돌담이 둘러져 있거나 돌담으로 막혀 있다. 길게 펼쳐진 목초지와 초원지대가 한눈에 들어오고 너울거리는 곡식들이 경작된 밭과 땅뙈기에 번갈아 가며 나타난다. 고풍스러운 모습 같은 것은 거의 없이 꾸밈없고 드넓고 수수하다. 농가는 절로 하얗게 덧칠되고, 창문에는 녹색 블라인드가 드리워지며, 헛간과 차고는 하얀 테두리에 붉은빛이 입혀진다. 대문간 옆으로 수로가 흐르고, 마당에는 줄줄이 늘어선 양철 냄비들이 햇빛을 받아 반짝이며, 커다란 바퀴가 달린 교반기는 우유 보존실 옆이나 그 뒤에서 덜커덩거리고 있다. 겨울은 혹독하고 눈은 깊이 쌓인다. 주 연료는 여전히 너도밤나무나 자작나무, 단풍나무 같은 나무이다. 11월이나 12월에 첫눈이 올 때 산에서 엄청난 양의 통나무들을 힘겹게 끌고 와 잘게 쪼개서 목재창고나 헛간 밑에 쌓아둔다. 그곳에서는 여전히 도끼가 겨울을 지배하기에 날마다 하루 종일 장작더미 위에서 도끼로 장작을 패거나, 얼어붙은 나무 사이로 메아리치는 도끼 소리를 들을 수 있다. 나뭇가지에는 나무를 자르는 사람의 외투가 매달려 있으며, 그가 잘라낸 나무의 하얀 부스러기들이 눈 위에 흩뿌려져 있다.

소가 많으면 그만큼 건초가 많이 필요하다. 따라서 낙농장에서 건초 만들기는 농부의 한 해에서 "질풍노도의 시기"이다. 목초가 너무 억세지기 전에 좋은 상태로 거둬들이는 것은 대단히 중요한 문제이다. 농장은 이러한 목적에 모든 자원과 힘을 쏟아붓는다. 30일에서 40일간에 걸친 전쟁으로, 그 기간 동안 농부와 그의 "일손"들은 땀과 비, 무수한 큰조아재비와 토끼풀과 맞붙어 싸운다. 그 모든 과정은 전투를 치르듯 긴박하게 서두르며 흥분을 자아낸다. 외부로부터 도움의 손길이 마련된다. 인근 지역에서 사람들이 떼 지어 몰려오는 것이다. 지배적인 산업이 다른 무언가이고, 긴급하게 해야 할 일이 비교적 없는 사람들이다. 즉, 통 만드는 사람, 대장장이, 또 다양한 부류의 노동자들이 자신들의 도구를 내려놓고 큰 낫을 가지고 건초 만드는 일을 찾아 나선다. 모두가 다른 종류의 일을 할 때보다 한층 높은 목소리로 진력을 다해야 한다. 품삯은 보통 때보다 추가되며, 작업은 그에 상응해야 한다. 일꾼들은 새벽 네 시 반이나 다섯 시까지 목초지에 도착하여 아침밥을 먹기 전에 한두 시간 정도 풀을 벤다. 솜씨 좋은 일꾼은 자신의 기술에 자부심을 갖고 있다. 그는 "속을 잘라내지" 않으며, 그가 "베어낸 자리"는 완벽하다. 그가 낫을 휘둘러 한 줄로 베어나간 자리에서는 거의 골을 볼 수 없다. 그는 풀에 맞서서 표면을 평평하고 확실하게 친다. 아주 억센 풀은 한 번 더 내려친다. 갈퀴로 건초를 쓸어갈 때면 우리는 단 한 포기도 남아있지 않다는 사실을 발견한다.

미국인들은 최고의 풀베기 선수들이거나 선수들이었다. 외국인은 절대 그토록 달인의 손길을 발휘할 수 없다. 목초지에는 나름의 규칙이 있다. 혼잡하게 되기를 바라지 않는 한, 다른 사람이 베어내는 자리를 절대 침범해서는 안 된다. 일꾼들은 저마다 차례대로 무리를 이끈다. 큰 낫은 아주 날카롭게 갈려 있어서 나머지 사람들의 도전을 자극할 정도로 크고 선명하게 울린다. 뒤에서 풀을 베는 사람에게 방해가 되지 않도록 피하는 것이 아닌 한, 옆 사람에게 너무 가까이 붙어서 풀을 베는 것은 실례다. 이런 면에서 약간 생각 없는 사람 때문에 수시로 경주가 벌어지곤 한다. 두 사람은 각기 서로를 애먹이려 한다고 믿으며 하루 종일 같이 풀을 벨 수도 있다. 한 사람은 앞장서서 힘차게 낫을 휘두르고, 나머지 한 사람은 뒤지지 않으려고 바싹 쫓아간다. 그렇게 하여 이내 서로 열을 내기 시작한다. 처음에는 조금 열을 내던 것이 얼마 안 가 더욱 열을 내게 되며, 이내 경주에 돌입한다. 한 줄로 가지런히 베어나가야 하는 자리에서 이탈하는 것은 대단한 수치이다. 건초를 거둬들이는 것은 처음부터 끝까지 정정당당하고 사내다운 작업이다. 건초 작업을 하는 젊은이들이 일 년 내내 농장에서 다른 일을 해치우는 것은 아니다. 그것은 초원과 여름 하늘 밑의 체육관이다. 그 또한 얼마나 그림 같은 풍경이 가득한지 모른다! 매끄러운 경사지에 쌓아놓은 건초더미의 길게 늘어져 가는 그림자가 점점이 박혀 있는 풍경이며, 크고 널찍한 등에 발갛게 상기된 뺨을 한 채 짐을 지고 좁은 길을 따라 걸어가다가 나무 밑을 휙 스치는 풍경이며, 아직 마치지 못한 무더기들을 쇠스랑 한가득씩 건초더미를 쌓는 이에게 넘기는 풍경이며, 결국 탐스런 배 모양으로 완성되면 그 꼭대기에 기둥을 꽂아 놓은 풍경들이란! 아마 가을과 겨울에 한 살배기 송아지들은 건초더미 주위를 맴돌며 맨 아랫부분을 뜯어먹을 것이고, 그러다 이윽고 건초더미 윗부분이 불룩 튀어나오게 되면 송아지들은 그 아래서 폭풍우를 피할 것이다. 또는 농부는 그곳에서 소에게 "꼴"을 먹일 것이다. 이는 농장에서 목격하는 가장 운치있는 풍경 중 하나이다. 20마리, 혹은 30마리, 혹은 40마리의 젖소가 들판에서 뜯어먹기를 고대하면서 그 건초더미 쪽으로 줄지어 가거나 그 주위에 무리를 이루고 있을 것이다. 건초에서는 녹색 부스러기들이 우수수 굴러떨어지며, 티끌 한 점 없는 눈 위에 조그맣게 무더기를 이루어 흩어져 있을 것이다. 가축이 먹은 후에는 흰멧새와 홍방울새 등 새들이 와서 부스러기라든가 잡초나 풀의 씨앗을 쪼아먹을 것이다. 밤에는 쥐를 잡을 요량으로 여우와 올빼미가 올 것이다.

소들이 눈길을 헤쳐 건초더미로 가거나 언덕 밑에 있는 샘에 가려고 낸 길 또한 얼마나 아름다운지 모른다! 언제나 다소 제멋대로이긴 하지만, 폭이 넓고 단단한 둥근 발굽이 여기저기 들쭉날쭉하게 움푹 패어 있다.

사실 소는 진정한 의미에서 길을 찾아내고 길을 만들어내는 길잡이다. 느긋하게 의도적으로 움직이는데, 녀석이 가는 길은 쉽고도 안전하다는 것을 보장한다. 숲 사이로 소의 자취를 따라가면, 최단 코스는 아니더라도 최고 코스는 보장받을 수 있다. 덤불과 잔가지들을 터벅터벅 밟는데 어떻게 나무뿌리조차도 해어뜨리지 않을 수 있을까! 소 떼는 자연스럽게 일렬로 나뉘어 길을 떠나며, 거의 모든 지면을 무수한 발굽으로 매끄럽고 탄탄하게 다지는 데는 오랜 시간이 걸리지 않는다.

소가 하는 모든 방식을 들여다보노라면 참으로 즐겁다. 목초지에서 풀을 뜯어 먹든, 숲에서 나뭇잎을 뜯어 먹든, 나무 아래서 되새김질을 하든, 외양간에서 여물을 먹든, 둔덕에서 쉬고 있든 말이다. 소에게는 미덕이 있다. 선량함 그 자체이며, 건강한 냄새가 뿜어져 나오며, 온화한 눈동자 속에 온 세상의 풍경이 담겨 있다. 수 킬로미터에 걸친 목초지와 방목지의 품질과 향기는 소라는 존재가 만들어낸 것이다. 나는 나라의 옥새를 맡는 임금이 되기보다는 차라리 소를 치는 사람이 되겠다. 소가 있는 곳에 아르카디아*가 있으며, 소가 지배하는 곳에서는 만족스럽고 겸허하면서도 달콤하고 편안한 삶이 있다.

농장에서 어린 시절을 보낸 이는 축복받았다 할 수 있으며, 만약 그것이 낙농장이었다면 그의 기억은 한층 더 향긋할 것이다. 몇 년 동안 사시사철 매일매일 소 떼를 목초지 이곳저곳으로 몰고 다니는 그 여정에서 얼마나 많은 청춘을 보내며 얼마나 많은 자연을 맛보았을까! 이렇듯 전원 속을 한가로이 소풍 다니는 심부름은 얼마나 많은 핑계거리를 주었을까! 새들과 새의 둥지들, 베리 열매들, 다람쥐들, 마못들, 소들이 헤매 다니며 뜯어 먹기 좋아하는 너도밤나무 숲, 향긋한 노루발풀들, 이름 모를 수많은 모험들, 이 모든 것들이 1킬로미터 떨어진 목초지를 이리저리 오가는 짧은 여정에 줄줄이 이어져 있다. 때로 소 한두 마리가 보이지 않을 때는 밤에 목초를 집으로 가져와 그들을 찾아내는 또 한 번의 모험을 치러야 했다. 어느 날 밤, 할아버지는 소 한 마리가 마당에 보이지 않아 찾아 나섰다. 덤불에서 나는 무슨 소리를 듣고 그곳으로 가보니 곰 한 마리가 할아버지 앞의 오솔길로 발을 들여놓고 있었다.

　　매주 일요일 아침이면 소는 소금을 먹었다. 농장 소년은 굵은 소금이 든 3~4리터의 들통을 들고 먹고 싶어 안달 난 소 떼를 끌고 들판으로 가 매끄러운 돌이나 바위, 또는 깨끗한 풀밭 위에 소금을 한 움큼씩 두었다. 소금이 얼마나 맛있는지 알고 싶다면 소가 먹는 모습을 보면 된다. 소는 소금을 보고 혀를 날름거리며 입맛을 다신다. 소금이 묻은 풀을 뜯어 먹고 소금이 놓여있던 돌을 연신 핥아대며 그 자리를 떠나지 못한다! 소는 동물들 가운데서도 가장 즐겁게 먹는 동물이다. 소가 호박을 먹는 모습을 보노라면 우리 입에서는 군침이 돌며, 사과 한 무더기를 먹어치우는 모습을 보노라면 침이 뚝뚝 떨어진다. 풀을 일거

*Arcadia. "목가적 이상향"이라는 뜻.

에 휩쓸어버리는 모습을 보면 심지어 풀도 맛있어 보일 지경이다! 풀을 뜯어 먹는 소리 역시 식욕을 돋우며, 구부러진 뒷다리 사이로 풀은 온갖 향기로운 즙을 터트린다.

내가 글을 쓰고 있는 이 지역에는 양 또한 많다. 양은 높고 시원하고 산들바람이 부는 지대를 좋아한다. 양의 방목장은 대체로 소의 방목장보다 훨씬 위에 있다. 양들의 후각은 상대적으로 형편없는 소들의 후각보다 예민해 맛있는 먹이를 골라낸다. 그런 이유로 대부분의 농부들은 양 떼들을 풀어놓는 곳으로 야생의 높은 산악지대를 활용한다. 하지만 양은 농장의 무법자로 좀처럼 지정 구역 내에 있지 않다. 때문에 농장 소년은 수도 없이 생생한 탐험을 한다. 못된 짓을 하지 못하도록 몰아내고, 산속을 헤매며 찾아다니고, 산들바람이 부는 언덕에서 소금을 먹여야 한다. 또 매년 5월이나 6월 초의 따뜻한 날에는 약 2킬로미터 정도 떨어진 샛강으로 다 같이 몰고 가 적당한 웅덩이에서 씻겨주어야 한다. 한 마리씩 물을 끼얹고 씻기고 헹구어 주어야 하는 것이다. 우리는 오래된 방앗간 밑에서 씻기곤 했는데, 툭 튀어나온 바위와 나무가 있는 댐이나 방앗간 밑의 둥글고 깊은 웅덩이에서 겁에 질려 옹기종기 모여 있는 양 떼들을 보는 것은 아주 볼만한 광경이었다.

우리 고장 농촌 생활의 독특한 특징 중 하나이자 제일 아름다운 풍경 중 하나는 봄철에 단풍나무에서 설탕을 만드는 것이다. 이것은 봄철에 처음 해야 하는 작업으로 아이들에게는 일이라기보다는 놀이에 가깝다. 유럽에서, 또 더욱 단순하고 상상력이 풍부한 시대에서, 이와 같은 소일거리는 어떻게 문학 속으로 들어왔으며, 또 그것을 둘러싼 전설들은 얼마나 무수하게 꽃을 피웠을까! 우거진 단풍나무에는 특유의 향기가 있으며, 설탕을 만드는 일은 단풍나무들 사이에서 야영을 하는 것이다. 설탕 수확은 싹이 트기 전에, 풀이 돋아나기 전에, 밭을 갈기 전에 이루어진다. 연속적으로 매서운 서리를 맞은 결과로, 수액이 흐른다는 것은 겨울에 대고 달콤하게 안녕을 고하는 일이다. 계절의 균형을 의미하기도 한다. 즉, 낮의 열기와 밤의 서리가 완벽하게 균형을 이루는 것이다. 뉴욕과 뉴잉글랜드에서는 수액이 춘분 일주일에서 열흘 전에 흐르기 시작해서 춘분 후 일주일에서 열흘 정도 계속 흐른다. 낮과 밤의 길이가 똑같아지고 더위와 추위가 똑같아지면서 수액이 서서히 늘어난다. 꿀벌들을 벌집에서 끄집어내는 날은 단풍나무에서 수액을 채취하는 날이다. 태양과 서리가 동등하게 결합해서 맺은 열매이다. 땅에서 서리가 완전히 마를 때, 또 눈이 지표면에서 모두 사라질 때면 흐름이 멈춘다. 온도는 낮에는 3도에서 4도 이상으로 올라가지 않아야 하고 밤에는 영하 4도에서 영하 3도 이하로 내려가지 않아야 하며, 북서풍이 불어야 한다. 날이 풀려 남풍이 불면 수액은 당분간 흐르지 않는다. 단풍설탕은 쾌청한 날씨에 만든다. 양철 양동이는 잿빛 숲속에서 얼마나 반짝반짝 빛나는지 모른다! 개똥지빠귀들은 얼마나 재잘재잘 지저귀는지! 또 동고비들은 얼마나 크게 우는지! 나무들 사이로 또 얼마나 가느다란 푸른 연기가 살랑살랑 피어오르는지 모른다! 다람쥐들은 굴에서 나오고, 이동 중인 물새 떼는 북쪽으로 줄지어 날아가며, 양과 소는 헐벗은 들판 쪽을 아쉬운 눈길로 바라본다. 실로 계절의 조수가 이제 막 높아지기 시작하고 있다.

수액을 나오게 하는 것이 나무를 고갈시키는 과정으로 보이지는 않는다. 사탕단풍나무의 수명은 30년 정도로 다른 나무들만큼이나 수

명이 길다. 나무들은 도끼나 나사송곳으로 낸 상처로 인해 허리둘레가 넓은 어머니 같은 모습을 띠게 된다.

설탕을 만드는 날이면 나는 수액이 담긴 들통을 멜대의 도움을 받아 팔팔 끓이는 곳으로 날랐다. 둥그렇게 쌓아 올린 큼지막한 돌멩이 위에 어마어마하게 큰 주전자나 솥이 있어 수액을 증발, 농축시켰다. 이제는 여럿이 큰 통을 썰매 위에 놓고 끌어 나무로 가져가 얕고 넓은 함석판에서 수액을 증발시킨다. 이는 연료와 노동력을 크게 절감한다.

농부들은 수액을 끓이며 밤을 꼴딱 새웠다. 최고의 농축액이 될 때까지 고요한 나무들에 둘러싸여 활활 타오르는 화덕 옆에서 홀로 불침번을 섰다. 요즘 흔한 것처럼, 설탕을 제조하는 오두막을 갖고 있었다면 몸이 꽤 편했을 것이다. 또 만약 동반자가 있었다면 즐거운 시간을 보내거나 기분 좋게 잠에서 깼을 것이다.

최고 품질의 단풍설탕은 시장에서는 거의 보기 드물거나 어쩌면 전혀 보지 못할 수도 있다. 대량으로 평범하게 만들어졌을 때는 탁하고 거칠다. 하지만 소량으로 만들어졌을 때는—즉, 처음 흐르는 수액을 신속하고 적절하게 처리하면—그 어떤 감미료도 따라올 수 없는 자연 그대로의 풍미가 있다. 갓 자른 단풍나무에서 나는 냄새, 혹은 활짝 꽃이 핀 나무에서 나는 냄새가 거기에 있다. 그것이야말로 나무에서 추출한 진액이다. 시럽으로 만들어지면 클로버 꿀처럼 투명하고 깨끗하다. 또, 당처럼 결정화되면 밀랍만큼이나 순수하다. 이러한 결과를 얻기 위해서는 뚜껑을 닫은 법랑 주전자에서 수액을 증발시켜야 한다. 대략 열두 배 정도 졸아들면 한나절 이상 뜸을 들여야 한다. 그런 다음 우유나 계란 흰자로 투명하게 만든다. 그렇게 만든 제품은 신들의 식탁에 올려놓을 만한 천연 시럽 혹은 설탕이 된다.

아마 우리 뉴욕주 구역에 있는 농장에서 가장 고되고 힘든 작업은 울타리를 짓는 일일 것이다. 하지만 그것은 남부나 서부에서와 마찬가지로 비생산적인 노동이 아니다. 돌로 두른 울타리를 지음으로써 풀밭이나 곡식을 경작하는 땅의 면적이 당연히 그만큼 늘어나기 때문이다. 일석이조인 셈이다. 울타리는 가히 세계 최고라 할 정도이며, 울타리 덕에 밭으로 이용할 수 있는 영역이 확장되었다. 사실상 돌이 주는 교훈이 있다면, 돌담으로 만들어졌을 때이다. 즉, 돌담은 걸림돌을 도움이 되도록 바꿔놓으며, 농사지을 때 장애물로부터 농작물을 보호해주며, 경작한 생산물을 정적들로부터 지켜준다. 이런 식의 농업은 모방할 가치가 있는 것이다. 바닥에 튼튼한 바위를 깐 돌담은 사람이 존속하는 한 그대로 있을 것이다. 유일한 적은 서리로, 아주 야금야금 끼기 때문에 몇 년이 지나서야 비로소 그 영향을 인지할 수 있다. 늙은 농부는 밭을 거닐며 이렇게 말할 것이다. "이 돌담은 모년모월에 쌓았다네. 또 이 돌담은 내가 농장에 온 첫해에 올렸지. 또 이건 여차여차해서 말들을 갖게 된 시기에 쌓은 거라네." 이런 식으로 30년, 40년, 50년을 거슬러 올라간다. "이 돌담은 여름에 쌓았는데 여차여차한 효과가 있었어." 그러면서 그간의 추억을 상기시키는 일화나 사건, 우스운 모험담을 언급한다. 돌담마다 저마다의 역사가 있으며, 쟁기나 쇠지렛대의 흔적이 돌 위에 고스란히 남아있다. 갓 어른이 되었을 때 흘렸던 땀방울이 그 자리에 있다. 이끼로 뒤덮인 기다란 검은 줄과 무너져 내릴 듯한 담벼락은 농장 생활에서 오래전에 사라진 풍경과 일화들을 떠올리게 한다.

담장을 쌓는 시기는 대체로 파종기와 수확기 사이인 5월과 6월이다. 아니면 가을에 수확하고 나서이다. 그 작업은 크고 작은 암석들을 지렛대로 들어 올리는 예스러운 특징을 지니고 있다. 즉, 커다란 지렛대 끝으로 유연하게 들어 올리거나 휙 추켜올리는 형태이다. 혹은 화약으로 암석을 폭파시키거나, 황소나 말 혹은 그 둘 다로 하여금 암석을 끌도록 한다. 그리고는 잔디밭에서 돌을 골라낸 뒤 구부러지는 형태로 탄탄한 벽층을 만든다. 돌멩이들이 층층이 헐겁게 쌓인 아늑한 새 울타리는 서서히 들판을 가로지르며 뻗어 나가거나 언덕을 타고 올라간다. 담쌓는 작업을 마치면 드넓은 황무지를 개간하여야 한다. 이제 막강한 장벽이 세워진 것이다.

농장과 농장 생활이 사람들에게 진가를 인정받지 못한다고 흔히들 불평한다. 우리는 더욱 우아한 삶을 추구하거나 도시의 방식과 양식을 갈망한다. 하지만 농부는 지극히 정상적이면서도 자연발생적인 직업이며, 만약 맛이 덜 들었다면 다른 누구보다 더욱 인생의 단맛을 찾아내야 한다. 엄격히 말해 오직 농부만이 집을 갖고 있다. 사람이 어떻게 땅없이 뿌리를 내리고 번성할 수 있겠는가? 농부는 들판에 자신의 역사를 쓴다. 농부는 얼마나 많은 유대관계와 또 얼마나 많은 자원을 가졌는지 모른다! 이를테면, 소와 말과 개와 나무와의 우정, 자라나는 농작물과 개선된 농지에 대한 뿌듯함 등등 말이다. 또 새라든가 짐승, 활기찬 자연력 등 자연과의 친밀함도 갖고 있다. 구름, 태양, 계절, 더위, 바람, 비, 서리와의 협력을 보라! 도시의 인위적인 생활에서 걸리는 다양한 사회적 질병은 흙을 직접 만지고 소중히 여기며 농사를 짓는 사람에게서는 나올 수 없는 것이다. 흙은 독을 뽑아낸다. 흙은 사람을 겸손하게 하며, 인내심과 경외심을 가르치고, 자신의 체질에 알맞은 상태를 되찾게 한다.

농장에 매달려 농사일을 소중히 여기며 자신을 온전히 쏟아붓고 마음과 머리를 바치면, 하루의 일과를 마친 뒤에 공덕과 감흥이 뿜어져 나오나니!

네 양떼의 형편을 부지런히 살피며 네 소 떼를 잘 돌보아라. 대저 재물은 영원토록 있지 못하니, 면류관이 어찌 대대로 이어지겠느냐? 풀을 벤 후에는 새로운 움이 돋나니 산에서 꼴을 거둘 것이니라. 어린 양의 털은 네 옷이 되며 염소는 밭을 사는 값이 되고, 염소의 젖은 넉넉하여 너와 네 가족의 음식이 될 것이요, 네 여종의 생계가 되리라.*

*잠언 27장 23~27절.

솔송나무 숲에서

대부분의 사람들은 매년 우리의 기후를 찾아오는 새들의 수에 대해 불신하며 받아들인다. 아주 가까운 주변에서 여름을 보내는 숫자의 반절이라도 아는 사람도 매우 적다. 우리는 숲을 거닐 때 우리가 침해하고 있는 새들의 사생활에 대해 거의 생각하지 않는다. 멕시코나 중남미, 또 바다의 어떤 섬들에서 온 진귀하고 우아한 방문객이 누구인지, 우리 머리에 드리워진 나뭇가지에서 왜 친목회를 여는지, 또는 우리 앞의 땅바닥에서 왜 기쁨을 찾는지에 대해 말이다.

스폴딩이라 불리는 한 남자의 농장에서 소나무 숲을 거닐던 헨리 데이비드 소로가 나무 꼭대기 "다락방"에서 보았다고 꿈꿨던 경탄할 만한 멋진 가족이 떠오른다. "스폴딩은 그 가족이 그곳에 사는 것을 몰랐으며, 스폴딩이 숲길로 마차를 몰 때도 그들은 쩍쩍 소리를 내지 않았다. 그들은 마을에 발을 들여놓지 않았으며, 매우 건강하게 잘 지냈고, 자녀를 두었다. 그들은 실을 엮거나 잣지도 않았다. 흥겨움을 억누르는 것 같은 소리가 들려왔다"고 했다.

숲속의 산책자가 새들의 어여쁜 짓에 대해서만 말하고 있는 것에 대해 나는 그럴 수도 있다고 여긴다. 내가 보기에는 스폴딩의 마차가 새들의 보금자리 사이로 덜커덩거리며 지나갈 때 가끔은 새들이 짜증을 냈을 법도 한데 말이다. 그렇지만 대체로 새들은 스폴딩의 존재를 알아차리지 못했다. 스폴딩이 새들의 존재를 알아차리지 못했듯 말이다.

며칠 전 오래된 솔송나무 숲을 거닐다가 올여름에 찾아온 방문객 종수를 헤아려보니 40여 종이 넘었다. 그중 많은 새들은 인근의 다른 숲에도 흔히 볼 수 있는 종이었지만 상당수는 이 오래된 외딴 숲에서도 특별했으며 꽤 많은 수가 그 어떤 지역에서도 보기 드문 종이었다. 그토록 여러 종의 새가 같은 숲에 머무는 경우는 무척 드문 일이다. 그것도 숲의 규모가 크지 않은 곳에서 말이다. 그중 대부분은 여름에 그곳에서 둥지를 틀고 여름을 나고 있었다. 내가 관찰한 그중 많은 새들은 흔히 이 계절을 훨씬 더 북쪽에서 보낸다. 그러나 새들의 지리적 분포는 상당히 기후에 달려 있다. 위도선이 다를지라도 동일한 기온은 대체로 동일한 새들을 끌어모은다. 고도의 차이는 위도의 차이에 상응한다. 해수면의 수온 분포는 대체로 위도에 나란한 분포를 이루며, 유사한 동식물이 있을 수 있다. 내가 지금 글을 쓰고 있는 델라웨어 상류지역의 위도는 보스턴과 동일하지만, 고도가 훨씬 더 높기 때문에 뉴잉글랜드와 델라웨어주 북부 지역과 기후를 비교하는 편이 더 낫다. 남동쪽으로 한나절 마차를 타고 가면 기온이 상당히 달라지는데, 그곳은 지질학적 형성이 더욱 오래되었기에 숲의 수목이 서로 다르며 새들도 서로 다르다. 심지어는 서로 다른 포유동물들도 있다. 내가 사는 지역에서는 작은 회색 토끼나 작은 회색 여우를 볼 수 없지만 커다란 북부 토끼와 붉은여우는 볼 수 있다. 지난 세기에는 이곳에 비버의 서식지가 있었다. 비록 제일 고령의 주민조차도 지금은 비버들이 전통적으로 댐을 짓고 사는 현장을 가리킬 수 없지만 말이다.

내가 독자 여러분을 데려가고자 하는 곳은 새들 외에도 많은 것들이 풍부한 태곳적의 솔송나무 숲이다. 솔송나무가 그렇듯 무성한 이유는 주로 울창하게 자란 식물과 비옥한 늪지, 비바람이 들이치지 않는 어둑어둑한 은둔처이기 때문이다.

솔송나무 숲의 역사에는 영웅적인 기질이 있다. 무두장이가 껍질을 갈망하여 껍질을 찢어발기고, 벌목꾼이 마구 베어가고, 정착민이 파헤치고 때려 부수었어도 솔송나무의 기백은 조금도 꺾이지 않고 기운이 넘쳐흘렀다. 몇 년 전에 솔송나무 숲 사이로 공공도로가 뚫렸지만, 한시도 결코 그냥 지나갈 수 있는 평탄한 길인 적이 없었다. 나무들이 한가운데 쓰러져 있고, 진흙더미와 나뭇가지들로 꽉 채워져 있었기에 여행객들은 결국 평탄치 못한 길이라는 눈치를 채고 다른 길로 가야 했다. 지금은 그 황량한 길을 걷다 보면 오로지 미국너구리와 여우, 다람쥐의 발자국만 볼 수 있을 뿐이다.

자연은 그러한 숲을 총애하며, 자신의 인장을 숲에 새겨놓는다. 여기서 자연은 내게 양치류와 이끼류와 지의류로 할 수 있는 모든 것을 보여준다. 자양분으로 가득 찬 흙은 무수히 숲을 이루고 있다. 그 향기로운 통로에 서 있으면 나는 식물의 왕국의 기운을 느끼며, 내 주위에서 조용히 계속되는 생명체의 깊고도 헤아릴 수 없는 과정에 경외심이 생긴다.

도끼라든가 스퍼드*처럼 자연에 적대적인 것을 갖고 이러한 외딴

*나무껍질을 벗기는 데 쓰는 끌 모양의 도구.

곳을 찾아오는 사람은 이제 없다. 소들은 그곳을 통과하는 거의 숨겨진 길을 알고 있고, 어디에서 제일 맛있는 잎을 뜯어 먹을 수 있는지 알고 있다. 봄이 되면 농부는 설탕을 만들려고 단풍나무 언저리로 모여든다. 7월과 8월에는 여자들과 사내아이들이 껍질이 다 벗겨진 오래된 나무 사이를 뚫고 라즈베리와 블랙베리를 따려고 전 마을에서 온다. 내가 아는 어떤 젊은이는 놀랍게도 송어를 낚느라 느릿느릿 흐르는 개울을 따라 이곳까지 왔다.

이 청명한 6월 아침의 기운과 더불어 나 또한 정신을 바짝 차리고 경쾌하게 수확물을 거둬들이러 간다. 설탕보다 더욱 달달한 단 것, 베리보다 더욱 맛 좋은 열매, 송어를 잡는 손맛과는 또 다른 쾌감을 찾아서다.

모든 달 중에서도 6월은 조류학을 공부하는 사람이라면 잃을 게 없는 달이다. 대부분의 새들이 그때 둥지를 틀며, 지저귐이 절정에 달하고 깃털도 제일 화려할 때이다. 그렇다면 노래를 부르지 않는 새는 도대체 무슨 새일까? 우리는 낯선 사람이 말하는 것을 기다리지 않는가? 새의 소리를 들을 때까지는 그 새를 알지 못한다는 게 내 생각이다. 내가 곧장 가까이 다가가면 새는 내게 인간에 대한 흥미를 갖는다. 숲에서 회색뺨개똥지빠귀를 마주친 적이 있다. 녀석을 내 손에 받치고 있었으나 나는 여전히 그 녀석을 모른다. 또한 여새의 침묵은 내게 녀석에 대한 수수께끼를 던진다. 이는 녀석의 어여쁜 용모로도, 또 체리가 여무는 시기에 사소하게 벌이는 좀도둑질로도 떨쳐버릴 수 없는 수수께끼이다. 새의 노래는 새의 생애에 대한 실마리를 담고 있으며, 새 자신과 듣는 이 사이에 이해와 공감대를 형성한다.

가파른 언덕을 내려가 커다란 사탕단풍나무 숲을 헤치고 솔송나무 숲에 다가간다. 100미터 떨어진 곳, 빽빽하게 늘어선 숲을 따라 붉은눈비레오가 쉴 새 없이 지저귀는 소리를 듣는다. 남학생이 명랑하게 휘파람을 부는 것처럼 흥겹고 행복한 소리다. 녀석은 우리나라에서 가장 흔하면서도 널리 분포되어 있는 새 중 하나이다. 5월에서 8월까지 중부 지역이나 동부 지역 어디서든 낮에 어느 때고 어느 숲을 가든 날씨에 상관없이 처음으로 듣게 되는 선율이 그 녀석의 것일 확률이 높다. 비가 오든 햇살이 비치든, 오전이든 오후든, 깊은 숲속에서든 마을의 수풀에서든 때와 장소를 불문하고—개똥지빠귀가 노래하기엔 너무 덥거나 솔새가 노래하기엔 너무 춥거나 바람이 휘몰아칠 때도—이 조그만 음유시인은 흥겨운 곡조에 푹 빠져 노래 부른다. 새들이 거의 보이지도 않고 노랫소리도 거의 들리지도 않는 애디론댁산맥* 광야 깊숙한 곳에서도 녀석의 선율은 거의 쉴 새 없이 귓가에 들려왔다. 노상 분주히, 어느 한순간도 자신의 음악적 취향에 몰두하는 일을 중단함이 없이 자아도취에 빠져 부지런히 지저귀고 있었다. 녀석의 공연에는 딱히 애처롭거나 특별히 음악적인 요소는 없었지만 흥겨움을 표현하는 정서인 것만은 분명했다. 사실 우리는 새들의 노래에 일정부분 인간적인 의미를 담는다. 내 생각에 이는 우리가 새들의 노래를 받아들이는 기쁨의 원천인 것 같다. 나에게 있어 쌀먹이새의 노래는 즐거움의 표현이다. 노래참새의 노래는 믿음이며, 파랑새의 노래는 사랑이고, 고양이소리새의 노래는 자긍심이며, 흰눈딱새의 노래는 자의식의 표현이다. 갈색지빠귀는 정신적인 평온함을 노래하는 한편, 미국개똥지빠귀가 우짖는 소리에는 군인 같은 면이 있다.

*미국 애팔래치아산맥의 일부.

일부 작가들은 붉은눈비레오를 파리를 잡아먹는 딱새류로 분류하지만 곤충을 잡아먹는 새에 훨씬 더 가까우며, 흰턱딱새속의 특성이나 습성을 거의 갖고 있지 않다. 미국초록비레오와 어느 정도 닮았으며, 그래서 부주의한 관찰자들은 흔히 그 두 새를 혼동한다. 두 새 다 동일하게 흥겨운 선율로 노래 부르지만, 미국초록비레오가 더욱 쉼 없이 빠르게 부른다. 붉은눈비레오는 몸집이 좀 더 크고 좀 더 날씬하며, 정수리에 약간 푸르스름한 끼가 돌고, 눈 위로 옅은 줄이 그어져 있다. 녀석의 움직임은 독특하다. 여러분도 아마 녀석이 나뭇가지 사이에서 통통 뛰어다니며, 나뭇잎 밑면을 요리조리 뜯어보고, 좌우를 뚫어지게 살펴보며, 어떤 때는 얼마간의 거리를 훨훨 날다가 또 어떤 때는 그만큼의 거리를 통통 뛰어다니는 모습을 보거나, 쉴 새 없이 지저귀다가 또 가끔은 어느 정도의 거리인지도 모르는 곳에서 낮은 어조로 지저귀는 소리를 들어보았을 것이다. 녀석은 애호하는 벌레를 발견하면 나뭇가지의 세로 방향으로 몸을 틀고는 벌레를 먹어치우기 전에 먼저 부리로 벌레의 머리를 콕콕 쫀다.

숲속으로 들어가자 충충한 회색빛의 검은눈방울새가 내 앞에서 격렬하게 쩍쩍거리기 시작한다. 그런 식으로 방해받았을 때 녀석은 거의 쩽쩽 울릴 정도로 야무지게 날카로운 소리를 내며 저항한다. 녀석은 그곳에서 새끼를 낳고 기르다가 겨울이 가까이 다가오면서 사라지기에 추위나 눈과 어떤 식으로든 연관이 없으므로 전혀 눈과 관련된 새로 존중받지 못한다. 그러다 노래참새처럼 봄에 다시 돌아온다. 서로 다른 지역에 사는 새들의 습성은 그만큼 서로 다르다. 까마귀조차도 이곳에서는 겨울을 나지 않으며, 12월 이후나 3월이 되기 전에는 좀처럼 보이지 않는다.

농부들 사이에서 "갈색머리멧새"로 알려져 있는 검은눈방울새는 내가 알고 있는 가장 훌륭한 건축가이다. 둥지가 놓인 장소는 대개 숲 근처에 있는 길가의 낮은 둑이다. 부분적으로 은폐된 입구에 살짝 파인 구멍이 절묘한 구조이다. 말의 털과 소의 털을 풍성하게 사용하여 둥지 내부에 부드러움을 준 것은 물론, 멋진 대칭을 이루며 견고하기도 하다.

활처럼 둥그렇게 굽은 단풍나무 숲을 지나면서 다람쥐 삼형제—회색 다람쥐 두 마리와 검은색 다람쥐 한 마리—의 익살스러운 행동을 지켜보려고 잠깐 멈추었다가 아득히 오래된 덤불 울타리를 가로지르니 노령의 솔송나무 숲에 다다른다. 가장 원시적인 곳 중 하나로 그 누구도 건드리지 않은 외딴곳이다. 이끼가 깊숙이 끼어 있다. 발로 밟지만 소리가 나지 않는다. 거의 경건하기까지 한 어슴푸레한 빛 속에서 나의 눈동자는 커진다. 그러거나 말거나, 불경한 붉은날다람쥐들은 내가 다가가자 폴짝폴짝 뛰어다니며 킥킥거리거나, 우스워죽겠다는 듯 찍찍거리고 까불며 고독을 조롱한다.

이 외딴곳은 겨울굴뚝새가 서식지로 선택한 곳이다. 이 부근에서 내가 녀석을 볼 수 있는 유일한 장소이자 유일한 숲이다. 녀석의 목소리는 이 어슴푸레한 통로를 가득 채운다. 마치 멋진 공명판의 도움을 받는 것 같다. 사실 녀석의 노래는 그토록 조그만 체구의 새에게는 너무 세다 싶을 정도이며, 놀라울 정도로 낭랑하고 구슬픈 음색이 결합되어 있다. 은쟁반에 옥구슬이 굴러가는 소리 같다. 여러분은 서정적으로 쏟아낸다는 점에서 굴뚝새의 노래라는 것을 알 수 있을 것이다. 하지만 그 조그만 음유시인을 보려면 예리한 눈초리로 찾아보아야 할 필요가 있다. 특히 노래를 부르는 중에는 말이다. 녀석은 거의 땅바닥이나 나뭇잎 빛깔이다. 키 큰 나무로는 절대 올라가지 않으며, 낮은 곳을 고수하여 여기저기 그루터기와 밑바닥 이곳저곳을 휙휙 날아다니고 은신처를 잽싸게 들락날락거리며 모든 침입자들을 의심스런 눈초리로 지켜본다. 그 모습이 어찌나 당돌한지 거의 우스워 보일 지경이다. 꼬리는 수직으로 바짝 서 있으며, 머리 쪽으로 곧장 향해 있다. 내가 아는 명금 중에 제일 가식적이지 않게 노래 부른다. 특별한 자세를 취하지도 않고 고개를 들어 올리고는, 이를테면 사전에 목청을 가다듬는다. 녀석 앞에서 똑바로 바라보고 있어도 녀석은 통나무에 앉아서 노래를 쏟아 내거나 심지어는 땅바닥에서도 노래를 쏟아 낸다. 녀석보다 더 빼어난 명가수는 거의 없다. 나는 7월 첫 주 이후에는 녀석의 소리를 듣지 못했다.

부드러운 통나무 위에 앉아 무리 지어 핀 분홍색 꽃들에서 톡 쏘는 듯 시큼한 괭이밥 냄새를 맡는다. 적갈색 새가 이끼 위 도처에서 솟아올라 휘리릭 날아가 몇 발자국 떨어진 낮은 나뭇가지 위로 내려앉으며, 우리가 마치 개에게 휘파람 소리를 내듯 "휘유! 휘유!" 또는 "후왓! 후왓!" 하며 나를 반긴다. 나는 녀석의 충동적이고 우아한 움직임과 희끄무레하게 얼룩진 가슴을 본다. 지빠귀가 틀림없다. 이내, 듣기에 가장 간결한 선율 중 하나인 부드럽고 감미롭고 플루트 소리 같은 음을 몇 마디 내뱉더니 휙 날아가 버린다. 그 녀석은 지빠귀의 한 종류인 윌슨지빠귀*이다. 지빠귀 중에서 크기가 가장 작은데, 흔히 보는 파랑새 크기이다. 동족과는 가슴에 난 흐릿한 반점들로 구별할 수 있다. 숲지

---

*Wilson's thrush. 미국 동부에 흔한 지빠귀의 일종. 스코틀랜드 출신의 미국 조류학자이자 시인, 자연주의자인 "미국 조류학의 아버지" 알렉산더 윌슨(1766~1813)의 이름을 따서 지었다.

빠귀의 가슴에는 하얀 바탕에 아주 선명하고 뚜렷한 타원형의 반점들이 있다. 갈색지빠귀는 약간 푸르스름한 흰 바탕에 반점들이 더욱 많이 줄지어 있다. 윌슨지빠귀는 반점의 흔적이 거의 사라졌으며, 조금 멀리서 보면 가슴에 흐릿하게 노란끼만 드러낼 뿐이다. 녀석을 좀 더 자세히 보고 싶으면 녀석의 서식지에 앉아있기만 하면 된다. 그러면 녀석도 똑같이 우리를 자세히 보려고 안달하기 때문이다.

키가 큰 솔송나무 숲에서는 곤충 소리 같은 아주 미세한 소리도 난다. 나는 간혹 작은 가지가 가볍게 흔들리거나, 가지를 휙 스치며 날아가는 모습을 본다. 머리가 어질어질해질 때까지 보고 또 보면 나의 목이 영구적으로 돌아갈 위험에 처할 지경에 이르지만, 아직도 제대로 다 못 본 것만 같다. 이내 새가 파리나 나방을 쫓아 쏜살같이 날아가 몇 미터 아래로 곤두박질친다. 나는 그 광경을 전부 보지만 빛이 어둑어둑해서 확실히 보이지는 않는다. 엽총을 가져온 것은 그러한 비상사태를 대비해서이다. 손 안에 있는 새 한 마리는 덤불 속에 있는 여섯 마리의 가치가 있다. 조류학적인 목적을 위해서라도 말이다. 그리고 연구를 하려면 생명을 앗아가지 않거나 표본을 구하지 않고서는 확실하고 급속한 진전을 이룰 수 없다. 그 새는 습성과 태도로 보건대 솔새라는 것을 충분히 알 수 있다. 그런데 어떤 종류의 솔새지? 녀석을 자세히 들여다보고 이름을 대볼까? 불타오르는 듯한 진한 주황색이 목과 가슴에 보인다. 동일한 빛깔이 눈과 정수리에도 걸쳐져 있다. 등과 날개는 검은색과 흰색으로 얼룩덜룩 물들어 있다. 이 암컷은 반점들이 덜 보이며 덜 화려하다. 특징상의 명칭으로는 "주황목솔새"가 녀석의 올바른 이름일 것 같다. 하지만 그리 부르면 안 된다. 발견자의 이름을 쓰도록 운명 지어졌기 때문이다. 아마 처음으로 녀석의 둥지를 샅샅이 뒤졌거나 짝에게서 녀석을 앗아간 사람의 이름일 것이다. 그리하여 그 새의 이름은 "블랙번솔새Blackburnian warbler"*이다. "번burn", 그러니까 "타오르다"는 뜻은 녀석에게 딱 알맞아 보인다. 목과 가슴에 진하게 퍼진 주황색이 꼭 불길 같기 때문이다. 녀석은 꼭 딱새를 연상시키는 듯 아주 고운 소리로 지저귀지만 딱히 음악적이지는 않다. 이 근방에서는 이 숲에서만 녀석을 볼 수 있다.

같은 곳에 있는 또 다른 솔새에게도 매료되었다. 나는 그 새의 이름의 창조자를 더 잘 보려는 아까와 같은 어려움에 처해 있다. 상당히 또렷한 선율로 격렬하게 쩍쩍거린다. 고송들 사이에서도 아주 잘 들린다. 이렇듯 외딴곳보다는 고지대의 너도밤나무와 단풍나무 숲에서 더욱 친숙한 소리이다. 새를 잡아 손바닥에 올려놓으면 "아이고 이뻐라!"라는 감탄사가 절로 나온다. 솔새 중에서도 제일 작을 정도로 무척 조그맣고 우아하다. 어깨 사이에 살짝 구릿빛 나는 삼각형 반점들이 있으며, 등은 푸르스름하다. 윗부리는 새까맣고 아랫부리는 황금처럼 노랗다. 목은 노랗고, 가슴께로 갈수록 점점 어두운 구릿빛을 띤다. "노란등푸른솔새"로 불러야겠다. 비록 노란색이 거의 구릿빛에 가깝긴 하지만 말이다. 녀석은 눈에 띄게 곱고 어여쁘다. 내가 아는 솔새 중에서 제일 작으면서도 제일 예쁘장하게 생겼다. 그토록 요정같이 고운 자연의 피조물들의 난폭하고 흉포한 면을 발견하면 나는 놀라지 않을 수 없다. 하지만 어쩌랴. 그러한 것이 자연의 법칙이거늘. 바다로 가거나 산에 올라가면, 그와 같이 세상에서 제일 곱고 연약한 피조물들에게서 몹시 난

*영국의 식물학자인 어너 블랙번(1726~1793)의 이름에서 따왔다.

폭하고 흉포한 면들을 발견할 것이다. 자연의 위대함과 세심함은 사람의 지혜로는 도저히 헤아릴 수 없다.

솔송나무 숲에 들어간 이래, 아주 조그만 명금들의 노래를 들을 때나 내 주변의 말 없는 형체들을 응시할 때조차도 숲속 깊은 곳에서 나오는 선율이 내 귓가에 와닿았다. 자연에서 나는 아주 고운 소리였다. 바로 갈색지빠귀의 노래이다. 나는 그렇듯 멀리 떨어진 곳에서도 수시로 갈색지빠귀의 노래를 듣는다. 어떤 때는 약 400미터 이상 떨어진 곳에서도 들리는데, 그럴 때는 더욱 강렬하고 더욱 완벽한 부분만이 내 귓가에 와닿는다. 굴뚝새들과 솔새들의 합창 사이로 나는 그 소리가 점점 맑고 고요해지고 있다는 사실을 알아차린다. 마치 저 멀리 높은 곳에서 어떤 영혼이 신성한 반주에 맞춰 느릿느릿 성가를 부르는 것 같다. 그 노래는 내 안에 있는 아름다운 정서에 호소하며, 자연에서 다른 어느 소리도 낼 수 없는 고요한 종교적인 팔복을 연상시킨다. 낮 동안 내내 들을지라도 아침 찬가라기보다는 저녁 찬가에 가깝다. 그 노래는 매우 간결하며, 나는 그 노래의 매력이 무엇인지 말로 표현할 수가 없다. 녀석은 꼭 이렇게 말하는 것 같다. "오, 하늘이시여, 하늘이시여! 오, 거룩하여라, 거룩하여라! 오, 맑도다, 맑도다! 오, 말끔히 개었도다, 개었도다!" 혀끝을 빠르게 떨면서 변화를 주며 아주 섬세하게 서곡을 연주한다. 깃털이 아름다운 풍금새나 부리가 큰 콩새류의 선율처럼 자부심으로 가득 찬 화려한 선율도 아니고, 열정적으로 감정에 호소하지도 않지만, 차분하면서도 엄숙한 감미로운 소리를 내면서 지복의 순간에 이르는 것으로 보인다. 그 소리는 세상에서 제일 고운 영혼만이 알 수 있는 평화롭고 깊고 장엄한 즐거움을 여실히 보여준다. 며칠 전 밤에 달빛에 비친 세상을 보려고 산에 올라갔다. 정상 근처에 다다랐을 때 내 앞에서 얼마 떨어지지 않은 곳에서 갈색지빠귀가 저녁 찬가를 부르기 시작했다. 지평선 위로 이제 막 보름달이 둥글게 떠오르고 있었다. 아무도 없는 산에서 그러한 선율을 듣고 있노라니 도시의 화려함과 문명에 대한 자부심이 아주 사소하고 하찮아 보였다.

숲지빠귀와 윌슨지빠귀처럼 서로 경쟁적으로 같은 지역에서 동시에 노래 부르는 새들도 보기 드물 것이다. 한 나무에서 한 마리가 노래를 터뜨리면 거의 동일한 높이의 나뭇가지에 앉아 있는 또 한 마리가 10분도 채 안 되어 그 노래를 함께 부르는 모습을 본 적이 있다. 그날 오후에 나무껍질이 다 벗겨진 숲 한가운데를 지나가게 되었을 때 낮은 그루터기에서 느닷없이 노랫소리가 들려왔다. 그 새가 경계하지 않는 것 같아서 놀란 게 아니라 마치 전혀 사생활을 방해받지 않았다는 듯 성스러운 목소리를 높이는 것에 놀랐다. 나는 녀석의 부리를 벌려 목구멍이 황금처럼 노랗다는 사실을 발견한다. 나는 부리에 진주와 다이아몬드를 박아 넣었는지 찾아내거나, 혹은 천사가 나오는지 볼 만반의 준비가 되어 있었다.

녀석은 책에 많이 나와 있지 않다. 실제로 우리나라의 3대 명금에 관한 주제를 쓰면서 그들의 모습이나 노래를 혼동하고는 머리가 혼란스러워 갈피를 못 잡는 작가를 수도 없이 봐왔다. 「애틀랜틱」(1858년 12월호)지에서 한 작가는 숲지빠귀가 때로는 갈색지빠귀로 불린다고 진지하게 말하고 나서, 갈색지빠귀의 노래를 묘사한 뒤, 대단한 아름다움과 정확성을 갖고 있다며 태연자약하게 윌슨지빠귀의 속성을 이야기한다! 『새로운 백과사전』에서는 존 제임스 오듀본을 새로이 고찰하면서 갈색지빠귀의 노래가 애처로운 단음으로 이루어져 있으며, 게다가 윌슨지빠귀의 노래가 숲지빠귀의 노래와 닮았다고 한다! 갈색지빠귀는 빛깔만으로도 쉽게 식별할 수 있다. 선명한 황갈색 등은 엉덩이와 꼬리로 가면서 점점 적갈색을 띤다. 녀석의 날개깃은 갈색 바탕의 꽁지깃 옆에 놓이면 상당히 뚜렷한 대조를 보인다.

옛길을 따라 걸으며 진흙 표면에 살짝 나 있는 발자국에 주목한다. 이 피조물들은 언제 이곳을 다녀간 것일까? 나는 아직 한 마리도 마주칠 기회가 없었다. 여기 자고새가 발을 들여놓은 흔적이 있다. 저기에는 멧도요새의 발자국이 있다. 또 이곳에는 다람쥐나 밍크의 흔적이 있다. 저기에는 스컹크, 또 저기에는 여우의 발자국이 있다. 여우는 불안한 듯 안절부절못하는 발자국을 얼마나 선명하게 남겼는지 모른다! 여우의 발자국과 개의 발자국을 구별하는 것은 대단히 쉽다! 여우의 발자국은 선명하게 패어 있고 명확하다! 그 옆에 난 개의 발자국은 투박하고 서투르다. 동물의 발자국에는 목소리만큼이나 야생성이 있다. 사슴의 발자국은 양이나 염소의 발자국과 비슷할까? 새로이 내린 눈 위에 난 회색다람쥐의 선명한 발자국을 보면, 발에 날개가 달려 있나 싶을 정도의 민첩함과 신속함을 추정할 수 있다! 아! 더할 나위 없는 최고의 단련이다! 숲에서의 삶은 얼마나 감각을 예민하게 하고, 시각과 후각, 청각에 새로운 힘을 주는지 모른다! 그리고 숲에 사는 새들이야말로 가장 진귀하고 가장 절창인 명가수들 아닐까?

이 외딴곳 어디서든 큰나무딱새의 거의 애처로울 지경인 구슬픈 선율이 나를 맞이한다. 딱새들은 날아다니면서 곤충을 잡아먹으며, 쉽게 식별될 수 있다. 딱새들은 고유의 특징이 강하며 호전적인 기질을 갖고 있다. 들판이나 숲에서 제일 매력도 없고 우아하지도 않다. 어깨는 각지고, 머리는 크며, 다리가 짧고, 특별히 눈에 띄는 빛깔도 아니며, 날 때나 움직일 때 별로 우아하지도 않고, 꼬리를 휙휙 치는 모습도 볼품없고, 언제나 이웃들과 다투거나 자기들끼리 다투며, 그 새들만큼 보는 이에게 즐거운 감정을 자극하거나 인간의 관심과 애정의 대상이 되려는 계산을 하지 않는 새도 없을 것이다. 왕산적딱새는 딱새과 중에서는 "최고 멋쟁이"지만 허풍쟁이이다. 또 언제나 이웃을 깔보고 푸대접하긴 하지만 순전히 겁쟁이이며, 미약하나마 용감하다는 표시로 적대자에게 흰 털을 드러낸다. 나는 문제의 그 작은 딱새가 제비에게 꼬리를 겨누고는 멋지게 탁탁 치는 모습을 본 적이 있다. 큰볏딱새에서부터 조그만 녹색등딱새에 이르기까지, 딱새의 방식과 일반적인 습성은 동일하다. 한 지점에서 다른 지점으로 유유히 날아가는 것처럼 보이지만 실제로는 경이로울 정도로 빠르며, 분명 딱히 힘들이지 않고도 재빠르게 지나가는 곤충들을 낚아챈다. 겉으로 보여지는 평온함과 둔감함 이면에는 끊임없이 힘차고 날렵한 움직임이 있다. 딱새는 솔새처럼 나무나 나뭇가지를 샅샅이 뒤지지 않고, 중간 정도의 나뭇가지에 앉아서 앞으로 나타날 사냥감을 진정한 사냥꾼처럼 기다린다. 먹잇감을 낚아챘을 때는 종종 부리로 딱딱거리는 소리를 들을 수 있다.

이 지역에서 널리 퍼져 있는 종인 큰나무딱새는 특유의 감미롭고 구슬프게 우는 소리로 시선을 사로잡는다. 깊은 숲속에서 울기도 하는데, 그때에는 더욱 고양된 선율로 길게 운다.

큰나무딱새의 친척뻘인 피비새는 툭 튀어나온 바위나 완만하게 비탈진 절벽 측면에 이끼로 매우 아름답고 정교한 둥지를 짓는다. 며칠 전, 몹시 황량한 지역에서 산꼭대기 근처에 있는 바위 턱을 지나고 있을 때 나의 시선은 그 구조물 중 하나에 꽂혔다. 마치 딱 그곳에서 자란 것처럼 보였으며 바위에 이끼가 끼는 성질을 그대로 간직하고 있었다. 그 이후로 나의 피비새에 대한 애착은 점점 커졌다. 바위는 둥지를 소중히 여기며 마치 자기 것이라고 주장하는 듯했다. 나는 말했다. "이것이야말로 건축의 교훈이로군!" 아주 애지중지 보살피며 목적에 수단을 맞추어 멋지게 지어진 그 보금자리는 자연의 산물처럼 보였다. 모든 새들의 둥지에서 그것과 동일한 자연의 이치를 뚜렷이 볼 수 있다. 새들은 남에게 보여주기 위하여 보금자리를 흰색이나 붉은색으로 칠하거나 무언가를 덧입히지 않는다.

아주 어두침침한 어느 지점의 우거진 덩굴 숲에서 갑작스레 올빼미 새끼들을 맞닥뜨리게 되었다. 다 성장한 새끼들은 이끼로 주름진 마른 나뭇가지에 앉아 있었는데 땅에서 불과 얼마 떨어지지 않은 곳이었다. 나는 3~4미터 앞에서 멈추고는 주위를 둘러보았다. 그러자 이 미동도 않는 회색의 형체들이 내 시야에 들어왔다. 어떤 녀석들은 등을, 또 어떤 녀석들은 가슴을 나를 향한 채 꼿꼿이 앉아 있었지만, 머리만은 모두 정확히 내 쪽으로 돌리고 있었다. 눈은 검은 줄 하나로만 감겨 있었다. 녀석들은 그 갈라진 금 사이로 나를 지켜보고 있었는데, 분명 자신들이 눈에 보이지 않는다고 생각하는 것 같았다. 그 광경은 아주 기이하고 섬뜩했으며 기괴한 꼬마 도깨비를 연상시켰다. 그것은 한낮의 숲에 이어지는 한밤의 새로운 측면이다. 잠깐 녀석들의 동태를 살핀 뒤 나는 녀석들 쪽으로 한 발자국 내디뎠다. 그때 녀석들이 갑자기 눈 깜짝할 사이에 눈을 동그랗게 뜨더니 자세를 바꾸며 이리저리 몸을 구부리고는 활발하게 움직이면서 주위를 무서운 표정으로 쏘아보았다. 또 한 발자국 내딛자 한 마리만 빼고 모두 달아났다. 그 녀석은 나뭇가지에서 몸을 구부정하게 낮추고는 겁먹은 고양이와 같은 모습으로 몇 초 동안 어깨너머로 나를 바라보았다. 녀석들은 살며시 잽싸게 날아가더니 나무 사이로 이리저리 흩어졌다. 나는 황갈색을 띤 한 마리를 쏘았다. 이 올-빼미들의 깃털이 두 가지로 뚜렷이 구별되는 면을 보인다는 것은 참으로 특이한 일이다. "성, 나이, 계절과 아무 관계없이" 하나는 회백색이고, 또 하나는 밝은 황갈색이다.

좀 더 건조하면서도 이끼가 덜 낀 숲속으로 들어가자 정수리가 노란 지빠귀가 나를 즐겁게 해주었다. 하지만 그것은 지빠귀가 아니라 솔새였다. 녀석은 내 앞에서 아주 태평하게 미끄러지듯 땅 위를 걸어 다녔다. 정신이 딴 데 팔렸다는 듯 전혀 나를 의식하지 않았는데, 머리를 꼭 암탉이나 자고새처럼 홱 젖히면서 어떤 때는 서두르다가 또 어떤 때는 걸음을 늦추기도 했다. 나는 잠시 멈추어 녀석을 관찰했다. 내가 앉자 녀석은 나를 관찰하려고 잠깐 멈추고는 사방에 앙증맞은 발자국을 펼쳐놓았다. 녀석은 분명 자신이 하는 일에 완전히 몰두하고 있었지만 결코 나를 잊어버리지는 않았다. 그런데 솔새들은 대부분 개똥지빠귀처럼 통통 뛰어다니지 거의 걸어 다니지 않는다.

내가 적대적인 의도가 없다는 점에 만족하였는지 그 어여쁜 보행자는 땅에서 몇 미터 떨어진 나뭇가지로 올라가더니 자선 음악공연을 선보였는데, 점점 고조되는 일종의 성가 같았다. 아주 낮은 음으로 시작한 노래는 거리가 어느 정도 떨어져 있는지 불분명하게 만들었는데, 점점 소리가 커지더니 이윽고 몸을 부르르 떨며 성가가 아니라 거의 비명으로 치달으면서 내 귀청을 찢을 듯 날카롭게 울려 퍼졌다. 그 새의 노래는 이렇게 표현될 수 있을 것이다. "선생님teacher, 선생님, 선생님, 선생님, 선생님!" 첫음절에 강세가 있고 각각의 단어를 내뱉을 때마다 그 세기와 날카로움이 점점 더 고조되었다. 이러한 선율에서 드러나는 것보다도 녀석에게는 더한 음악적 재능이 있다고 인정한 작가를 나는 본 적이 없다. 그럼에도 절반은 아직 말해지지 않았다. 녀석은 훨씬 더 희귀한 노래를 불렀는데, 그 노래는 녀석이 공중에서 맞닥뜨리는 아가씨를 위해 따로 남겨둔 것 같았다. 제일 높은 나무의 꼭대기로 훨훨 날아 올라가더니 공중으로 튀어 나가 허공 속을 맴돌았다. 꼭 부리가 짧은 되새류 같았다. 그러고는 환희에 찬 노래를 불러 젖히기 시작했다. 낭랑하게 한바탕 쏟아내는데, 쾌활함에 있어서는 오색방울새에 버금가고 선율에 있어서는 홍방울새에 버금갔다. 이러한 선율은 아주 진귀한 선율 중 하나로, 오후 늦게나 해가 진 이후에 제일 자주 무아지경에 빠지곤 한다. 숲 너머의 보이지 않는 곳에 몸을 숨긴 무아지경의 가수는 청아한 선율로 지저귀었다. 이 노래를 들으면 우리는 즉시 흔히 물개똥지빠귀라고 잘못 불리는 흰할미새와 녀석과의 관계를 알아챌 수 있다. 흰할미새 또한 마찬가지로 낭랑하게 한바탕 불러제끼며, 기쁨에 넘치는 기운찬 음색이다. 마치 방금 뜻밖에 횡재라도 한 것처럼 말이다. 처음 2년 동안 나는 이 어여쁜 보행자의 선율이 누구의 목소리인지 알 수 없었기에 헨리 데이비드 소로가 "신비에 싸인 저녁 솔새"라고 했을 때 무척 혼란스러웠다. 그런데 내 생각에는 그 새는 전혀 새로운 새가 아니라 그가 단지 다르게 친숙한 새가 아닐까 하는 생각이 들었다. 그 작은 새는 그 문제를 비밀에 부치려는 속셈이 있는 듯하며, 우리에게 귀청이 찢어질

듯 날카롭게 지저귀기에 앞서 기회가 생길 때마다 반복하는 것 같았다. 마치 그게 자신의 당연한 권리라고 주장하듯 말이다. 하지만 여전히 나는 여기서 그 문제를 공론화시킬 자신이 없다. 내 생각에 그 노래는 짝짓기 계절에 아주 흔하게 듣는 빼어난 사랑노래인 것 같다. 나는 수컷 두 마리가 숲에서 무서운 속도로 서로를 뒤쫓으면서 감정을 거의 억누르다시피 하며 그러한 노래를 한바탕 불러 젖히는 모습을 본 적이 있다.

옛길에서 왼쪽으로 돌아 무른 통나무들과 잿빛의 잔해들 위로 천천히 거닐다가 송어가 사는 작은 하천을 가로지르면 이윽고 껍질이 벗겨진 나무들이 무성한 숲에 들어선다. 가는 길에 이따금 잠시 멈추어 이끼 위에 심장 모양의 이파리들이 달린 채 홀로 피어 있는 조그맣고 하얀 꽃과 빛깔만 빼고는 꼭 우산이끼처럼 보이는 꽃을 감탄하며 바라보지만, 나의 식물학 서적에는 적혀있지 않은 것들이다. 또 양치류도 관찰해 세어 보니 여섯 종이었다. 어떤 거대한 것은 거의 어깨높이까지 자라 있었다.

거칠고 앙상한 황자작나무 아래 석송이 무더기로 자라난 곳에는 호자덩굴과 유별나게 반짝이는 나뭇잎들이 아주 풍성하게 콕콕 박혀 있다. 군데군데 연분홍 꽃들이 매달린 노루발풀의 가는 줄기와 이파리들은 5월의 과수원과도 같은 숨결을 내뿜고 있다. 게으른 산책자에게 그러한 것들은 너무나 호사스러운 소파처럼 보일 정도이다. 나는 배어 나오는 냄새를 맡으려 비스듬히 기댄다. 태양은 이제 막 정오를 지나고 있으며, 오후의 합창단은 아직 완벽하게 조율하지 못했다. 대부분의 새들은 오전에 대단히 활기차고 쾌활하게 노래한다. 비록 가끔은 거의 모든 목소리가 합류해서 그날 뒤늦게 한바탕 불러 젖힐 때도 있긴 하지만 말이다. 한편, 지빠귀는 땅거미가 져서야 온 힘을 다해 엄숙하게 찬가를 부른다.

얼마 안 가 내 시선은 내 앞에서 몇 미터 떨어지지 않은 낮은 덤불에서 까불며 장난치고 있는 한 쌍의 붉은목벌새에게 쏠린다. 암컷이 나뭇가지 사이로 피신하자 수컷이 의기양양하게 쩍쩍거리며 그 위에서 빙빙 돌다가 암컷을 쫓아내겠다는 듯 급강하한다. 나를 보자 수컷은 가느다란 잔가지 위에 깃털처럼 떨어졌고, 순식간에 둘 다 사라진다. 그런 다음, 마치 미리 협정해 놓은 신호에 의한 것처럼, 모든 새들이 목청을 가다듬는다. 나는 눈을 반쯤 감고 누워서 솔새류, 지빠귀류, 되새류, 딱새류의 합창을 분석한다. 한편, 지저귐이 고조되는 가운데 일부 목소리들이 빠지며 갈색지빠귀의 성스러운 낮은음이 홀로 커진다. 저기 자작나무 꼭대기에서는 음조를 바꾼 풍부한 성량이 나오는데 경험이 부족한 사람은 풍금새의 소리로 오인할 것이다. 그러나 저 소리는 이곳에 드물게 찾아오는 되새과의 붉은가슴밀화부리*의 소리이다. 우렁차고 활기찬 선율로 환한 대낮에 부르는 노래이다. 생기와 자신감이 넘쳐흐르며 공연자의 재능이 훌륭하다는 것을 보여주지만 천재적이지는 않다. 내가 나무 아래로 다가가자 녀석은 내게로 시선을 던지지만 노래는 계속된다. 이 새는 북서부 지역에서는 꽤 흔하다고 알려졌지만 동부 지역에서는 드물다. 녀석의 부리는 몸집에 비해 균형이 안 맞을 정도로 크고 뭉툭해서 꼭 거대한 코 같다. 이 때문에 예쁜 용모를 약간 망친다. 하지만 자연은 녀석의 가슴을 빨간 장밋빛으로 화사하게 꾸며주었으며, 날개 아랫부분에 곱디 고운 분홍빛을 덧대주었다. 등은 흰색과 검정색으로 얼룩덜룩하며, 낮게 날 때면 그 흰색이 또렷하게 드러난다. 녀

---

*북미 동부산으로, 수컷의 가슴과 날개 안쪽이 장밋빛이다.

석이 우리 머리 위를 지나갈 때면 우리는 날개 밑에 붉게 달아오른 그 섬세한 빛깔을 보게 된다.

어두컴컴한 배경과 대조되어 꼭 빨갛게 타오르는 석탄처럼 보이는, 저기 고사한 솔송나무 위에 있는 밝은 주황색 조각은 붉은가슴밀화부리의 친척뻘인 풍금새이다. 혹독한 북부 날씨에는 지나치게 화려해 보일 정도이다. 나는 깊은 솔송나무 숲속에서 녀석을 간혹 마주치는데 이 새보다 자연과 더욱 확실하게 대비를 이루는 새는 없는 것 같다. 녀석이 내려앉는 마른 나뭇가지에 불이 붙지나 않을까 거의 두렵기까지 하다. 녀석은 단독으로 지내는 새로 이 구역에서는 높고 외딴 숲을 선호하는 것 같다. 심지어 산꼭대기로 갈지라도 말이다. 내가 지난번에 산을 찾을 일이 있었을 때 이 화려한 피조물들은 정상 근처에서 노래 삼매경에 빠져 있었다. 산들바람이 그 선율을 멀리 실어 날랐다. 녀석은 고도를 즐기는 듯 보였다. 녀석의 노래가 평소보다 더욱 범위가 넓고 더욱 자유로운 것 같다는 생각이 들었다. 녀석이 산비탈 아래로 날아가 버렸을 때도 여전히 산들바람이 내게 녀석의 고운 선율을 날라다 주었다. 녀석은 아주 화려한 깃털을 가진 새이다. 파랑새도 전체가 다 새파랗지는 않으며, 유리멧새도 자세히 살펴보면 흠집이 있고, 황금방울새도, 여름풍금새도 마찬가지다. 하지만 풍금새는 가까이에서 보아도 전혀 흠이 없다. 짙은 주황색 몸집에 검은색 날개와 꼬리까지 아주 완벽하다.

녀석의 휴가 복장은 이렇다. 즉, 가을에는 약간 칙칙한 황록빛을 띠게 되는데, 이는 암컷이 사계절 내내 띠는 빛깔이다.

이 유서 깊은 숲속 합창단에서 손꼽히는 명가수 중 하나는 되새과인 붉은가슴방울새이다. 녀석은 약간 떨어져 홀로 앉는데 보통 고사한 솔송나무 위이며, 지저귐이 아주 절창이다. 가장 빼어난 명금 중 하나로, 지빠귀과 중에서 갈색지빠귀가 선두에 서듯 부리가 짧은 되새과 중에서 선두에 선다. 녀석의 노래는 거의 무아지경에 가까우며 굴뚝새를 빼고는 이 숲에서 들을 수 있는 제일 빠른 박자와 방대한 양의 선율을 쏟아낸다. 높고 짧게 떠는 소리가 거의 없이 굴뚝새의 특징처럼 은쟁반에 옥구슬이 또르르 굴러가듯 청아하다. 하지만 굴뚝새와 달리 소리를 아주 유려하고 풍부하게 변형해 무척 듣기 좋으면서도 즐겁게 해준다. 미국지빠귀는 울음소리를 매우 다양하게 변주하고 선율이 아주 빨라서 일정한 시점이 되면 마치 두세 마리가 동시에 노래 부르는 것과 같은 효과를 낳는다. 미국지빠귀는 이 지역에서는 흔하지 않아서 이 숲이나 이와 유사한 숲에서만 만날 수 있다. 빛깔이 대단히 독특해 마치 희석시킨 미국자리공 열매즙에 갈색 새를 살짝 담갔다가 꺼낸 것처럼 보인다. 두세 번 더 담갔더라면 완전히 새빨개졌을 것이다. 암컷의 빛깔은 노래참새의 빛깔과 같고, 부리가 좀 더 크고 더 뭉툭하며 꼬리는 훨씬 더 갈래져 있다.

덤불과 나무가 없는 빈터 사이로 개울에 손을 담그려고 내려갔을 때 연회색의 조그만 검은눈방울새가 둑에서 퍼덕거리며 나왔다. 내 머리에서 1미터도 떨어져 있지 않은 곳이었다. 내가 허리를 굽히자 마치 심하게 부상을 입어 다리를 절뚝거린다는 듯 풀숲 사이로 퍼덕거리더니 제일 가까운 덤불로 날아갔다. 나는 따라가지는 않고 둥지 근처에 있었다. 그 새가 날카롭게 쩍쩍거리자 수컷이 왔다. 수컷을 보고서야 나는 그 새가 반점이 있는 캐나다솔새라는 것을 알았다. 나는 그 새가 땅 위에 보금자리를 짓는다는 이야기를 어떤 책에서도 본 적이 없다. 그런

데도 이곳에서는 물가에서 0.5미터도 채 떨어지지 않은 둑에 살짝 구멍을 파놓았다. 둥지는 주로 마른 풀을 갖고 만들었으며, 오리 새끼들이나 작은 도요새들을 빼고는 조금 위험해 보였다. 거기에는 두 마리의 어린 새끼와 이제 막 껍질이 깨진 얼룩덜룩한 작은 알이 하나 있었다. 어찌 된 일일까? 여기서 도대체 무슨 일이 일어난 걸까? 아직 날지 못하는 새끼 한 마리는 다른 한 마리보다 훨씬 몸집이 커서 둥지 대부분을 독차지했으며, 동반자보다 훨씬 더 위로 입을 벌리고 있었다. 분명 둘 다 같이 태어났으며 또 태어난 지 불과 하루 안짝이지만 말이다. 그러다 아! 나는 알았다. 인간의 의미를 정곡으로 찌르는 멧새과의 낡은 수법이라는 것을! 나는 침입자의 뒷목덜미를 잡아 올려 고의로 물속에 빠뜨리지만 추위로 파르르 떠는 벌거벗은 형체가 강 하류로 떠내려가는 모습을 보면서도 양심의 가책이라곤 없다. 잔인하다고? 자연은 그렇듯 잔인하다. 두 마리의 목숨을 구하기 위해서는 나는 한 마리의 목숨을 앗아가야 한다. 그 배불뚝이 침입자는 이틀 내에 둥지의 정당한 거주자 두 마리를 죽게 만들었을 것이다. 그래서 나는 그들 사이에 개입해 다시 제대로 된 방향으로 바꾸어 놓았다.

그것은 참으로 기이한 본성으로, 다른 새의 둥지에 알을 낳는 본능을 촉발하며, 그리하여 자신의 새끼를 키우는 책임을 회피한다. 갈색머리흑조는 언제나 이처럼 교활한 수법에 의존한다. 그들의 수를 헤아려 보면 이러한 작은 비극이 상당히 빈번하다는 것을 분명히 알 수 있다. 유럽에서는 이와 유사한 사례가 뻐꾸기에게서 발견되며 간혹 우리나라에 서식하는 뻐꾸기의 경우에도 같은 식으로 지빠귀의 둥지를 이용한다. 갈색머리흑조는 이러한 문제에 대해 양심이 없는 것으로 보이며, 내가 관찰한 바에 따르면 예외 없이 자신보다 더 작은 새의 둥지를 선택한다. 녀석의 알은 대개 먼저 부화하며, 먹이를 가져왔을 때 녀석의 새끼가 나머지 다른 새끼들보다 한술 더 뜬다. 엄청난 속도로 성장하여 둥지를 가득 채우며, 그 때문에 원래 거주자들은 옴짝달싹 못하는 데다 굶주리기까지 해서 얼마 안 가 죽는다. 그러면 부모새는 자기 새끼들의 사체를 치우고 온 정성을 다해 수양 자식을 보살핀다.

솔새와 좀 더 크기가 작은 딱새류들은 일반적으로 고통 받는 수난자들이다. 가끔은 검은눈방울새가 무의식적으로 같은 방식으로 속이는 것을 보긴 했지만 말이다. 또 요전날에는 숲속의 키 큰 나무에서도 보았다. 나는 검은목녹색솔새가 거무스름하게 다 자란 업둥이를 먹어 치우는 모습을 목격했다. 한 늙은 농부에게 그 사실을 언급하자 농부는 자기도 모르는 사이에 숲에서 그러한 일들이 일어나는 것에 대해 무척 놀라워했다.

이 계절에는 온 숲에서 남의 둥지에 슬그머니 들어가 알을 낳을 기회를 호시탐탐 노리며 어슬렁거리는 이러한 새들을 볼 수 있다. 어느 날 통나무에 앉아 있는 동안 나무들 사이로 짧게 싸움을 벌이고는 서서히 땅바닥에 접근하는 새를 보았다. 녀석의 움직임은 서두르면서도 은밀했다. 내 앞 약 50미터 정도에서 녀석은 낮은 덤불 뒤로 사라졌는데 분명 땅에 내려앉았다.

잠시 기다린 뒤 조심스럽게 그쪽으로 걸어갔다. 중간쯤 갔을 때 나는 그만 살짝 소리를 내버렸다. 새는 날아오르더니 나를 보고 황급히 숲에서 나가 버렸다. 그곳에 가니 바닥에 쓰러진 나뭇가지 밑에 부분적으로 은폐된 둥지가 있었다. 마른 풀과 나뭇잎들로 만든 소박한 둥지였다. 참새의 둥지로 여겨졌다. 둥지에는 알이 세 개 있었으며, 하나는 마치 굴러떨어졌다는 듯 약 30센티미터 정도 밑에 있었다. 찌르레기가 둥지에 알이 꽉 찼다는 것을 발견했을 때 하나를 밖으로 밀어내버리고 그 자리에 대신 자신의 알을 둔 게 아닐까 하는 생각이 들었다. 며칠 뒤 다시 그 둥지를 찾아갔을 때는 알 하나가 다시 내쳐져 있었으나 그 자리에는 아무것도 없었다. 원래 소유자가 그 둥지를 버렸기에 알들은 상했을 터였다.

알을 발견하는 곳에서는 어떤 경우든 찌르레기 암컷과 수컷이 근처에 머무르고 있었다. 수컷은 나무 꼭대기에서 옥구슬이 굴러가는 듯한 특유의 청아한 소리를 내고 있었다.

7월이 되면 같은 동네에서 자란 새끼가 이제 옅은 황갈색을 띠며, 작게 무리를 짓기 시작한다. 그리고 가을이 되면 상당히 대규모를 이루게 된다.

얼룩덜룩한 반점이 있는 캐나다솔새는 활기차고 생동감 있는 선율이 매우 빼어나며, 단속적이고 불완전하긴 하지만 어떤 부분에서는 카나리아의 노래를 떠올리게 한다. 한편, 캐나다솔새는 활기차게 나뭇가지 사이를 통통 뛰어다니는 와중에도 잠자코 있기에는 행복을 주체할수 없다는 듯 계속해서 고운 소리로 짹짹거린다.

녀석의 태도는 상당히 주목을 끈다. 우리를 발견할 때면 절하는 것같은 습관이 있는데 그 모습이 아주 어여쁘다. 형태상으로 본다면 아주 우아한 새로 다소 날씬하며, 등에 푸른빛이 도는 연필심 같은 빛깔은 정수리로 오면서 거의 새카매진다. 목 아래에서부터 몸의 아랫부분은 연하고 은은한 노란빛을 띠며 가슴에는 검은 점들이 허리띠처럼 둘러져 있다. 연한 노란빛의 눈테가 멋진 눈동자를 에워싸고 있다.

내가 나타나자 부모새는 몹시 불안해하더니 동네 새들 다 들으라는 듯 요란하게 힘주어 쩍쩍거렸다. 그 소리는 동정 어린 이웃들의 관심을 끌었으며, 줄줄이 무슨 일이 벌어졌는지 보러 왔다. 밤색허리솔새와 블랙번솔새가 함께 왔다. 마그놀리아미국벌새는 잠깐 멈추더니 황급히 날아가 버렸다. 노랑목솔새는 겁이 났던지 낮은 덤불숲에서 엿보며 연민에 찬 "힙! 힙!" 소리를 냈다. 큰나무딱새는 머리 위의 나무로 곧장 날아왔으며, 붉은눈비레오는 호기심으로 가득한 천진난만한 눈길로 나를 쳐다보며 어슬렁어슬렁거렸다. 어리둥절한 게 분명했다. 하지만 그 괴로워하는 쌍에게 애도나 격려의 말을 단 한마디도 하지 않은 채 새들은 다시 하나씩 하나씩 모두 사라졌다. 나는 새들 사이에서 이런 식으로 연민의 감정을 드러내는 것을 수시로 보았다. 단지 호기심이라거나 다가오는 공통의 위험과 같은 것에 대해 미리 경계하고자 하는 마음이 아니라 진실로 연민의 감정일 터였다.

한 시간 후 나는 그곳에 다시 갔다. 다 그대로였다. 어미새는 둥지 위에 있었다. 내가 가까이 접근하자 어미새는 바싹 다가앉는 것 같더니 눈동자가 이루 표현할 수 없이 야생적이고도 아름답게 점점 커졌다. 어미새는 자리를 지키다가 내가 두 걸음 떨어진 곳에 이르자 처음처럼 휠휠 날아가 버렸다. 그 짧은 간격 동안 남아있던 알은 부화되었으며, 아직 둥지를 떠날 때가 되지 않은 갓난 새 두 마리는 낯선 잠자리 친구에 의해 거칠게 떠밀리거나 삐져나올 염려 없이 고개를 쳐들 수 있었다. 일주일 후 그들은 날아가 버렸다. 새들의 유아기는 그토록 짧았다. 경이로운 점은 그토록 짧은 시간인데도 그곳에 널려 있는, 게다가 그러한 한입거리라면 사족을 못 쓰는 스컹크나 밍크, 사향쥐들을 피해 달아났다는 점이다.

나무껍질이 다 벗겨진 태곳적 숲을 뚫고 지나갔다. 소가 다니는 잘 알려지지 않은 길이나 나무가 제멋대로 마구 자란 숲길을 요리조리 헤치며 나아가기도 했다. 물러져 썩은 통나무 위를 기어오르거나 가시 돋친 찔레덤불과 잔톱니가 달린 개암나무들이 그물처럼 얽혀 있는 곳을 밀치고 가기도 했다. 야생의 벚나무, 너도밤나무, 은단풍나무와 적단풍나무처럼 연질의 단풍나무가 완벽하게 그늘을 드리운 곳으로 들어서기도 했다. 그러자 황금빛 꽃이 핀 미나리아재비나 하얀 데이지꽃, 산딸기 덤불이 허리춤까지 무성하게 자라난 오솔길이 나타났다.

윙! 윙! 윙! 반쯤 자란 자고새 새끼들이 몇 걸음 떨어지지 않은 곳에서 폭발물처럼 튀어 나가기 시작하더니 흩어지며 도처의 덤불 속으로 사라졌다. 병풍처럼 쳐진 양치류와 찔레 덤불 뒤에 앉아서 야생의 암컷이 새끼들을 불러 모으는 소리를 들었다. 자고새는 그토록 어린 나이에도 얼마나 잘 나는지! 자연은 새의 안전을 최우선으로 돌보게 하는 날갯짓에 온 힘을 쏟아부은 듯하다. 몸체는 솜털로 뒤덮인 반면, 깃털이 난 흔적은 어디에도 보이지 않았다. 그럼에도 날개깃이 돋아나 활짝 펼쳐지며 믿을 수 없을 정도로 짧은 시간 안에 새끼는 서서히 날갯짓을 하며 날아갔다.

닭과 칠면조에서도 똑같이 날개가 급속도로 발달하는 것을 볼 수 있지만, 물새들이나 둥지 속에서 안전하게 사는 새들에게서는 깃털이 다 날 때까지는 나는 모습을 볼 수 없다. 며칠 전 개울가에서 새끼 도요새를 갑작스럽게 맞닥뜨렸다. 대단히 아름다운 피조물로 연한 회색 솜털에 감싸여 있었다. 재빠르고 날렵했으며 보아하니 1~2주 정도 된 것 같앗으나 몸이나 날개 어디에도 깃털이 난 흔적은 없었다. 그리고 깃털이 전혀 필요가 없었다. 마치 날개로 나는 것처럼 서슴없이 물속으로 풍덩 뛰어들면서 나에게서 달아났기 때문이다.

자! 저기 덤불 속에서 유인하는 듯 가녀리게 꾸르르르 우는 소리가 나왔다. 아주 미묘하고 야생적이고 조심스러워서 그 소리를 들으려면 귀를 바짝 곤두세워야 한다. 얼마나 다정하고 염려하며 간절한 사랑으로 가득 찬 소리인지 모른다! 그것은 어미새의 목소리이다. 이내 거의 들릴락말락하게 잔뜩 겁먹은 채 "엡!" 하는 소리가 여러 방향에서 들린다. 새끼들이 대답하는 소리이다. 근처는 위험해 보이지 않으므로 부모새는 "꾸르르르" 울다가 이제는 "꾸욱꾸욱" 하고 아주 잘 들리도록 외친다. 새끼가 그쪽으로 조심스럽게 움직인다. 나는 숨어있는 곳에서 아주 살금살금 걸어야 한다. 그렇지 않으면 모든 소리가 즉시 멈추기에 부모새나 새끼를 찾는 일은 허사가 되고 만다.

자고새는 우리 지역의 토종새이자 전형적인 새 중 하나이다. 숲은 내가 녀석을 발견할 수 있는 좋은 곳이다. 녀석은 숲에 살기에 알맞은 듯한 분위기를 풍기며, 우리는 딱 알맞은 거주자가 정말로 편하게 있는 것 같다고 느낀다. 내가 녀석을 발견할 수 없는 숲은 무언가 결여된 것만 같다. 마치 자연이 돌보지 않고 방치해서 고통받는 것처럼 말이다. 거기다 녀석은 강인하고 기운차다는 면에서 눈부신 성공작이다. 내 생각에는 추위와 눈을 즐기는 것 같다. 한겨울에는 날개를 더욱 열성적으로 펄럭거린다. 눈이 펑펑 쏟아지고 강력한 폭풍우가 불 조짐이 보이면 녀석은 만족스럽다는 듯 앉아서 눈 속에 파묻힌다. 그럴 때 녀석에게 다가가면 녀석은 불쑥 우리 발치에 있는 눈에서 튀어나와 눈송이를 사방으로 흩뿌리고는 폭탄처럼 슝- 숲으로 가버린다. 토박이의 기상과 성공이 구현된 화신이다.

녀석이 날개를 퍼덕이며 내는 소리는 아주 반가우면서도 멋들어진 봄의 소리 중 하나이다. 나무가 새싹을 피는 일이 거의 드문 고요한 4월 아침이나 저물녘에 우리는 녀석이 온 힘을 다해 날갯짓을 펄럭이는 소리를 듣는다. 우리가 예상하는 것처럼, 녀석은 송진이 묻은 건조한 통나무를 선택하지 않고 대신 썩어 무너지는 통나무를 택한다. 이를 통해 보건대 부분적으로 흙과 뒤섞인 오래된 참나무를 더 선호하는 듯싶다. 취향에 맞는 통나무를 발견하지 못하면, 녀석은 자신의 제단을 바위 위에 마련하는데, 바위는 녀석이 격하게 쪼는 소리를 맞받아서 울려 퍼지게 한다. 자고새가 날개를 퍼덕이며 소리 내는 모습을 본 적이 있는가? 그것은 아무리 조심스럽게 요령껏 행해진다고 할지언정 거의 감쪽같이 속여 넘기는 것에 가깝다. 녀석은 통나무에 바짝 붙어 있지 않고 똑바로 서서 목둘레의 깃털을 펴 도입부 격으로 두 번 탁탁 치고는 잠깐 멈춘 다음 다시 시작하는데 이때 속도가 붙어 점점 더 빨라지며 이윽고 그 윙윙거리며 치는 소리는 끊기지 않고 계속되어 30초 미만으로 지속된다. 날갯짓을 하면서 날개 끝부분이 아슬아슬하게 통나무를 스칠 때 공기와 몸에 가해지는 타격의 힘에 의해 소리가 만들어진다. 하나의 통나무는 동일한 새가 사용하지는 않을지라도 몇 년 동안 사용된다. 마치 일종의 성전인 듯 대단히 귀중하게 대한다. 자고새는 언제나 걸어서 접근하며 똑같은 방식으로 조용히 떠난다. 불쑥 방해받지만 않는다면 말이다. 지혜가 심오하지는 않을지라도 아주 영리하다. 녀석에게 몰래 접근하는 것은 어려운 일이다. 성공하려면 여러 차례 시도해야 할 것이다. 그렇지만 최대한 시끄러운 소리를 내면서 총망히 지나칠 수는 있다. 그럴 때 녀석은 깃털을 접고 나무처럼 꼼짝 않고 서 있어 퍽 근사한 광경을 선사하며, 혹여 사냥꾼이라면 적중시킬 수도 있다.

나무껍질이 벗겨진 오래된 숲길을 따라 정처 없이 거닐다가 유독 멋지고 힘차게 지저귀는 소리에 매료되어 낮은 덤불숲을 계속 걸어갔다. 그 목소리는 곧장 노랑목솔새를 연상시켰다. 이내 그 명금은 마른 나뭇가지 위로 폴짝 뛰어오르며 유쾌한 광경을 선사해 주었다. 잿빛의 머리와 목은 가슴께에서는 거의 검은빛을 띠었다. 등은 선명한 황록색이고 배는 황색이다. 가끔 통통거리며 뛰어다닐 때조차도 땅 가까이에 있는 습성을 보면 땅에서 지저귀는 새라는 것을 알 수 있다. 조류학자는 녀석의 검은 색 가슴을 보고 애도의 뜻을 덧붙였다. 그리하여 그 새는 "애도솔새"가 되었다.

그 새에 대해 조류학자인 알렉산더 윌슨과 존 제임스 오듀본은 그 새의 둥지를 본 적도 없거나 일반적인 습성과 서식지도 잘 알지 못한다며 자신들의 상대적인 무지를 고백한 바 있다. 노래는 대단히 빼어나고 참신하다. 목소리를 들으면 그 즉시 그 새가 속한 과의 솔새들을 연상시키긴 하지만 말이다. 녀석은 무척 겁이 많고 경계심이 강해서 한번에 얼마 날아가지 않으며 누가 볼 새라 부지런히 몸을 숨긴다. 나는 이곳에서 딱 한 쌍을 발견한 적이 있다. 부리에 먹이를 물고 있던 암컷은 둥지의 소재를 드러내는 것을 주도면밀하게 피했다. 땅에서 지저귀는 솔새들은 모두 주목할 만한 특징이 하나 있다. 다리가 무척이나 아름답다는 것이다. 마치 실크스타킹과 새틴으로 만든 슬리퍼를 신은 것처럼 언제나 하얗고 우아하다. 높은 나무에서 지저귀는 솔새들의 다리는 진갈색

혹은 검은색이며, 깃털은 한결 더 화려하지만 음악적 재능은 떨어진다.

밤색허리솔새는 후자 부류에 속한다. 녀석은 주위의 모든 숲에서와 마찬가지로 이 숲에서도 흔하다. 솔새들 중에서도 아주 드물게 용모가 빼어나다. 하얀 가슴과 목, 밤색 허리, 또 노란 정수리가 눈에 확 띈다. 작년에 소들이 매일 지나다니며 뜯어 먹는 길가 근처의 낮은 덤불숲에서 너도밤나무 위에 놓여 있는 녀석의 둥지를 발견했다. 갈색머리찌르레기가 슬그머니 그 안에서 자신의 알을 낳을 때까지는 만사가 순조롭게 흘러갔다. 연이어 또 다른 불행이 잇따르자 둥지는 곧 텅 비었다. 이 계절 동안 수컷은 꼭 밴텀닭의 외모처럼 날개가 살짝 아래로 쳐져있고 꼬리는 약간 올라가 있어 상당히 맵시 있어 보이는 특유의 자세를 취한다. 약간 허둥대긴 하지만 노래도 곧잘 부르며, 합창단에서 대단히 중요하지는 않지만 제 역할을 한다.

진정한 숲의 운율로 귓가에 울리는 훨씬 더 감미로운 선율은 검은목녹색등솔새에게서 나온다. 나는 여러 곳에서 녀석을 만났다. 딱새과 중에서 녀석보다 더 뛰어난 새는 없다. 노래는 매우 평범하고 단조롭지만 놀랍도록 맑고 여리며, 직선으로 "——√‾‾"라고 표시될 수 있다. 처음 두 기호는 동일한 음높이에서 은쟁반에 옥구슬이 굴러가듯 낭랑한 두 음을 나타내며 강세가 없다. 뒤의 기호는 음색과 음조가 바뀐 지점에서 선율을 마무리하는 것을 나타낸다. 수컷의 목과 가슴은 벨벳처럼 부드러운 까만색이며, 얼굴은 황색이고 등은 황록색이다.

솔송나무, 너도밤나무, 자작나무가 한데 어우러진 숲 너머로 검은목푸른등솔새의 나른한 한여름 선율이 귓가를 울린다. "찌르, 찌르, 찌르르!" 서서히 고음으로 올라가 여름날 곤충이 내는 소리처럼 "찌르르르” 울지만 구슬픈 운율이 결여된 것은 아니다. 모든 숲에서 제일 나른하고 느긋한 소리 중 하나이다. 나는 즉시 마른 나뭇잎들을 베고 눕고 싶은 기분이 든다. 오듀본은 검은목푸른등솔새의 사랑노래를 한 번도 들어본 적이 없다고 말했다. 하지만 이것이 바로 녀석이 부르는 사랑노래이며, 조그만 갈색 연인을 둔 소박한 남자 주인공이다. 녀석은 도전적인 태도를 기의 취하지 않으며, 그의 여러 친족들과 마찬가지로 과감하고 눈에 띄는 체조선수가 아니다. 너도밤나무와 단풍나무가 빽빽하게 들어찬 숲을 좋아해 땅에서 2미터에서 3미터 정도를 유지하는 조금 낮고 조그만 가지들 사이로 천천히 움직이며, 이따금 무기력하게 나른한 선율을 반복한다. 녀석의 등과 정수리는 진청색이다. 목과 가슴은 검은색이며, 배는 새하얗다. 또 각 날개에는 얼룩덜룩한 하얀 반점이 있다.

여기저기서 흑백아메리카솔새를 맞닥뜨렸다. 녀석의 맑고 또랑또랑한 선율을 듣고 있노라면 재능은 타고나는 게 아닐까 하는 생각이 든다. 녀석의 선율은 의문의 여지 없이 아주 곱다. 이런 점에서 볼 때 녀석의 선율과 비교할 수 있는 곤충의 선율은 거의 없을 것이다. 곤충의 거칠고 귀에 거슬리는 쇳소리도 전혀 갖고 있지 않으며 아주 섬세하면서도 부드럽다.

맹렬한 지저귐이 끊이지 않고 계속된다. 면밀히 식별할 줄 알기 전에는 붉은눈비레오와 혼동하기 쉽지만, 저것은 미국초록비레오가 내는 선율이다. 붉은눈비레오보다 몸집이 약간 더 크고, 더 드물며, 더 우렁차지만 덜 명랑하고 덜 행복한 선율이다. 나는 녀석이 세로결의 나뭇가지를 따라 통통 뛰어다니는 모습을 본다. 그리고 가슴과 옆구리의 오렌지 빛깔과 눈 주위에 둥그렇게 둘러진 하얀 빛깔을 주목한다.

그러나 기울어지는 해와 짙어지는 그늘은 내게 이 게으른 산책을 끝내야 한다고 타이른다. 40여 종의 명가수들 중 겨우 주인공들만을 설명했을 뿐인데도 말이다. 게다가 예스러운 풍치가 그윽한 숲의 아주 작은 일부만 탐험했을 뿐이다. 보랏빛 꽃을 피운 난초를 발견할 수 있으며, 또 사람이나 짐승이 발을 디디지 않은 것으로 보이는 유서 깊은 숲속 외딴 늪지대를 떠나고 싶지 않은 나는 오래도록 꾸물거린다. 크고 작은 지의류와 이끼류가 우거진 경이로운 광경을 가만히 바라본다. 덤불과 굵은 가지와 잔가지 모두가 아주 다채롭고 환상적인 복장으로 차려입었다. 그리고 결국에는 털이 긴 이끼가 나뭇가지를 장식하고 있거나 큰 가지에서 우아하게 흔들린다. 끝에 녹색 이파리가 달려 있더라도 잔가지들은 모두 백 년은 묵어 보인다. 어린 황자작나무는 덕망 있는 원로와 같은 모습으로 정상보다 이른 영예에 심기가 불편해 보인다. 썩은 솔송나무는 어떤 엄숙한 축제를 위하여 꼭 손으로 우아하게 주름을 잡아 놓은 것 같은 모습이다.

다시 고지대 쪽으로 올라가면서 숲에 황혼의 고요와 정적이 들이닥치자 나는 경건하게 잠시 멈춘다. 오늘 하루 중 가장 달콤하고 무르익은 시간이다. 갈색지빠귀의 저녁찬가가 저 아래 깊숙이 외진 곳에서 올라온다. 나는 정서적으로 평온하게 고양시키는 음악이라든가 문학, 종교 같은 것들이 미약한 유형이자 상징에 불과하다는 것을 경험한다.

새의 둥지

　새는 둥지를 짓느라 정신이 팔려있을 때조차도 얼마나 경계심이 강하고 조심스러운지 모른다! 숲속 빈터의 고사목 꼭대기에서 이끼를 모으는 한 쌍의 애기여새를 보았다. 그들이 날아온 방향을 따라가 보고 얼마 안 가 작은 연질의 단풍나무 갈래에 둥지가 놓여있는 것을 발견했다. 단풍나무는 야생의 벚나무와 어린 너도밤나무가 우거진 한가운데에 서 있었다. 나는 단풍나무 밑에 조심스럽게 몸을 숨기고는 그 일꾼들이 내게 나무토막으로 치거나 연장을 떨어뜨릴 거라는 걱정을 조금도 하지 않은 채 분주한 한 쌍이 돌아오기를 기다렸다. 이내 익히 알고 있는 음색이 들려왔다. 암컷이 휙 날아오더니 전혀 수상한 낌새를 채지 못한 채 반쯤 완성된 구조 안에 자리를 잡았다. 암컷은 날개를 접자마자 내가 숨어 있는 곳을 꿰뚫어 보더니 황급히 경계하는 몸짓을 하며 쏜살같이 달아나 버렸다. 곧바로 (그 근처에 양이 풀을 뜯어 먹는 목초지가 있었으므로) 부리에 양털 다발을 문 수컷이 암컷과 합류했고, 그 둘은 인근의 덤불숲에서 부지를 정찰했다. 부리에 여전히 양털을 문 채 그들은 화들짝 놀란 듯한 모습으로 이리저리 날아다녔으며, 내가 그 자리를 떠나 통나무 뒤에 엎드릴 때까지 한사코 둥지에 접근하지 않았다. 그런 다음 그중 한 마리가 둥지에 내려앉았지만 여전히 무언가 이상한 낌새가 있다고 여겼는지 다시 쏜살같이 날아가 버렸다. 그런 다음 둘이 함께 와서 한참을 요리조리 엿보고 염탐한 후, 분명 상당히 근심에 휩싸인 채 소곤소곤 대며 조심스럽게 하던 일을 계속했다. 30분도 채 안 되어 그야말로 전 가족에게 양말을 짜 줄 정도의 양털을 가져온 듯 보였다. 짤 수 있는 바늘과 손가락만 찾을 수 있다면 말이다. 일주일도 안 되어 암컷은 알을 낳기 시작했으며, 그 기간 동안 네 개를 낳았다. 보랏빛을 띠는 흰색으로, 상대적으로 좀 더 둥근 끝부분에 검은 반점들이 있었다. 어미가 2주간 새끼를 품은 뒤 새끼는 세상으로 나왔다.

미국황금방울새를 제외하고는, 애기여새는 다른 어떤 새들보다도 늦봄에 둥지를 짓는다. 미국의 북쪽 지역 기후에서 애기여새는 7월까지는 좀처럼 둥지 짓기에 착수하지 않는다. 미국황금방울새와 마찬가지로 이유는 아마도 새끼에게 먹일 적합한 먹이가 그보다 더 이른 시기에는 없기 때문일 것이다.

지빠귀, 참새, 파랑새, 피위새, 굴뚝새 등 대부분의 흔한 종과 마찬가지로 애기여새는 때로 새끼를 기르기 위해 야생의 동떨어진 지역을 찾는다. 다른 때에는 사람의 거주지 근처에 자리를 잡는다. 어느 계절엔가, 애기여새 한 쌍이 사과나무에 둥지를 트는 모습을 보았다. 사과나무 가지가 집을 살짝 드리우고 있었다. 첫 지푸라기가 놓이기 하루인가 이틀 전, 나는 그 한 쌍이 조심스럽게 나뭇가지를 샅샅이 살펴보는 모습을 보았다. 암컷이 주도하고 있었으며 수컷은 초조한 눈빛과 소리를 내며 암컷을 따르고 있었다. 이번에는 아내가 선택권을 갖고 있는 게 분명했다. 철저히 주관을 갖고 있는 사람처럼, 아내는 필요한 조치를 취하고 있었다. 마침내 둥지를 틀 장소가 정해졌다. 집의 낮은 날개벽 위로 드리워진 높은 나뭇가지였다. 두 마리가 둥지를 지을 재료를 구하러 날아갈 때 서로 축하와 애정 표현이 뒤따랐다. 둘은 못쓰게 된 밭에서 자라는 목화 종류를 실컷 가져왔다. 둥지는 새의 크기보다 컸으며 무척 보드라웠다. 모든 면에서 일급 처소였다.

숲에서 걷거나 더 정확하게는 빈둥거리던 다른 때에(숲에서는 자연이란 책을 대충 읽을 수 없다는 것을 발견했으므로) 내 관심은 둔탁하게 따다다닥 망치질하는 소리에 쏠렸다. 불과 얼마 떨어지지 않은 거리가 분명했다. "누가 집을 짓고 있는 게로군." 나는 혼잣말을 했다. 이전에 본 바에 따라 나는 그 건축가가 근처의 고사한 참나무 그루터기 꼭대기에 사는 붉은머리딱따구리일 거라고 짐작했다. 그쪽으로 살금살금 움직이자 썩은 윗둥치 가까이에 둥근 구멍이 있었다. 약 4센티미터의 나사송곳으로 구멍을 낸 크기였다. 땅바닥에는 일꾼이 일하다 흘린 흰 부스러기들이 흩뿌려져 있었다. 하지만 나무에서 몇 걸음 떨어지지 않은 곳에 이르렀을 때 나는 그만 마른 가지를 밟아버렸다. 아주 살짝 딱-하고 부러지는 소리가 났다. 그 즉시 망치질이 중단되었으며, 진홍색 머리가 문에 나타났다. 나는 꼼짝달싹 않고 그 자리에 얼어붙어 있었는데도—심지어 눈이 쓰라릴 때까지 눈썹을 깜빡이는 것조차 참고 있었는데도—새는 하던 일을 멈추고는 이웃하는 나무로 조용히 날아가 버렸다. 나를 놀라게 한 것은 낡은 나무 한가운데서 그토록 분주하게 일을 하는 와중에도 외부에서 나는 아주 조그만 소리를 포착할

만큼 경계심이 강해야 했을까 하는 사실이었다.

딱따구리들은 모두 거의 같은 방식으로 둥지를 짓는다. 썩은 나무의 몸통이나 가지를 파서 구멍 바닥의 고운 나무 부스러기들 위에 알을 낳는 것이다. 둥지는 기술보다는 힘을 필요로 하기에 딱히 예술 작품은 아닐지라도 몇몇 다른 새들의 알과 새끼들로 하여금 완벽하게 비바람을 피하도록 해주거나 어치, 까마귀, 매, 부엉이와 같은 천적들로부터 보호해준다. 나무에 나 있는 자연적인 구멍은 절대 선택하지 않고, 고사된 지 오래되어 충분히 무르고 두루두루 잘 부서지는 나무를 택한다. 딱따구리는 몇 센티미터 정도 가로로 시작해 자신의 크기에 맞게 동그랗고 매끄럽게 구멍을 낸 다음 아래쪽으로 방향을 틀어 점차 구멍을 키운다. 나무의 부드러움과 알을 낳는 어미새의 급박함에 따라 25센티미터, 40센티미터, 50센티미터 깊이로 구멍을 파 들어간다. 구멍을 파는 동안 수컷과 암컷은 교대로 일한다. 한 마리가 15분에서 20분 정도 나무를 쪼며 부스러기들을 밖으로 내던진 뒤 위쪽 가지로 올라가 한두 번 요란하게 소리 지르면 곧 짝이 나타난다. 짝이 그 근처의 나뭇가지에 내려앉으면 둘은 잠시 뚜루루룩 대화를 나누거나 애정 표현을 하며, 그런 다음 새로 온 수컷이 구멍에 들어가고 다른 한 마리는 날아간다.

그로부터 며칠이 지난 뒤 나는 썩은 설탕단풍나무 꼭대기에 있는 솜털딱따구리의 둥지로 기어 올라갔다. 지름이 거의 3센티미터 이상 되어 보이는 구멍은 휘몰아치는 비에 더욱 잘 대비하기 위해 나무 몸통에서 거의 수평으로 드리워진 나뭇가지 바로 밑에 만들어져 있었다. 둥지는 그저 나뭇가지로 뒤덮인 거무스름하고 얼룩덜룩한 나무껍질 표면에 좀 깊은 그늘이 드리워진 것처럼 보였기에 몇 발자국 이내에 있기 전까지는 눈으로 알아챌 수 없었다. 내가 둥지에 접근하자 먹이를 가져온 연장자 딱따구리로 여겼는지 새끼들이 왁자지껄하게 찍찍거렸다. 하지만 새끼들이 은폐된 나무 몸통 부분에 내 손을 올려놓자 아우성을 뚝 그쳤다. 평소와 달리 바스락거리고 삐걱거리는 소리에 화들짝 놀란 새끼들은 쥐 죽은 듯 있었다. 약 40센티미터가량의 깊이로 보이는 구멍은 조롱박 모양이었으며 대단한 기술과 규칙성을 발휘하고 있었다. 내벽은 아주 매끄럽고 깨끗했으며 새것이었다.

캐츠킬산맥 한 갈래인 비버킬산의 너도밤나무 둥치에서 새끼를 낳아 기르는 노란배수액빨이딱따구리 한 쌍을 관찰했을 때의 상황을 나는 잊지 못하리라. 노란배수액빨이딱따구리는 붉은머리딱따구리에 버금갈 정도로 우리 지역의 숲에서 아주 드물고도 수려한 종으로 외진 곳에서 은둔한다. 우리 셋은 저 멀리 송어가 사는 호수를 찾아 산속에서 온종일 이동하고 있었다. 길이 없는 숲을 헤치고 가다가 두 번이나 길을 잃어 지치고 허기져서 썩은 통나무에 기대어 앉아 있었다. 그때 새끼들이 찍찍거리는 소리와 오락가락하는 부모새가 곧 내 시선을 사로잡았다. 둥지 입구는 나무의 동쪽에 있었는데 땅에서 약 8미터 정도 떨어져 있었다. 겨우 1분도 안 되는 간격을 두고 부모새는 번갈아 가며 부리에 벌레나 유충을 물고 구멍 가장자리에 내려앉았다. 그런 다음 각기 차례차례 마치 절하듯 고개를 한두 번 까딱까딱하며 재빨리 주위를 훑어보고는 단 한 번의 움직임으로 통로 입구에 들어섰다. 여기서 잠시 멈춘 뒤, 마치 잔뜩 기대하고 있는 주둥이에 맛있는 끼니를 한 입 주어야겠다고 결심한 듯 안으로 사라졌다. 대략 30초 정도 지나자 새끼들이 찍찍거리는 소리가 점차 가라앉았다. 부모새가 다시 나왔는데

이번에는 부리에 무력한 가족의 똥을 물고 있었다. 마치 그 역겨운 물체를 가능한 한 깃털에서 멀리 떨어뜨린 채 물고 가려고 애쓰는 듯, 머리를 낮추어 앞으로 쭉 내밀고 아주 느리게 날아가다가 몇 미터 가는 도중에 고약한 냄새가 나는 똥을 떨구고는 나무에 내려앉아 나무껍질과 이끼에 대고 부리를 닦았다. 부리에 먹이를 물고 들어가 배설물을 물고 나오는 것이 온 하루의 일과인 것 같았다. 나는 한 시간가량 새들을 지켜보았으며, 같이 간 일행들은 돌아가면서 우리 주변의 지형을 살펴보고 있었다. 새들의 일과에는 아무런 변화가 없었다. 새끼들이 순서 바르게 먹이를 먹고 기다리는지, 또 그 어두컴컴하고 혼잡한 와중에 과연 어떻게 그렇게 깔끔하게 배설물을 다룰 수 있는지 알 수 있다면 무척 흥미로울 것이다. 하지만 조류학자들은 모두 그 주제에 대해 침묵한다.

새들의 이러한 관행은 그렇게 드문 일이 아닐 수도 있다. 그런 일은 실제로 모든 육지새 사이에서 거의 불변의 규칙이다. 딱따구리와 친척뻘 되는 종들, 그리고 땅속에 굴을 파는 새들, 예를 들어 강가의 흙벼랑이나 언덕 따위에 구멍을 파서 둥지를 트는 갈색제비라든가 물총새 등등에게는 필수적이다. 둥지에 배설물이 쌓이면 새끼들에게 가장 치명타가 될 수 있다.

하지만 지빠귀류나 되새류나 멧새류 등등처럼 구멍을 뚫거나 굴을 파지 않고 나뭇가지나 땅 위에 얕은 둥지를 짓는 새들 사이에서조차도 부모새가 새끼의 똥을 멀리 갖다 치워버린다. 지빠귀가 새끼들에게서 육중한 날갯짓을 하며 서서히 멀어져가는 모습은 체리나 벌레를 물고 둥지에 접근하기 전과는 완전히 다른 방식이라는 것을 볼 수 있으며, 이때 맡은 바 소임을 다하느라 분주한 것은 틀림없는 사실이다. 무리를 이루어 사는 참새를 관찰해보면, 새끼에게 먹이를 줄 때 벌레를 주고 난 뒤 잠깐 멈추었다가 둥지 가장자리에서 폴짝폴짝 뛰며 내부의 움직임을 관찰하는 모습을 볼 수 있다.

청결에 대한 본능은 당연히 모든 경우에 있어 어떤 조치를 취하도록 촉발한다. 은밀하게 은폐하려는 성향이 그러한 본능과 뒤섞여있을지라도 말이다.

제비들은 그러한 규칙에서 예외다. 새끼들은 둥지 가장자리까지 똥을 배설한다. 제비들은 또한 은밀함에 있어서도 예외다. 둥지를 은폐하려는 데 목적이 있는 게 아니라 접근할 수 없도록 하는 데 목적이 있기 때문이다.

다른 예외로는 비둘기, 매, 물새 등이 있다.

자, 다시 하던 얘기로 돌아가 보자. 둥지 입구에서 들락날락하는 딱따구리들의 빛깔과 무늬에 주목할 좋은 기회가 있었기에 나는 오듀본이 이 종의 암컷이 머리에 붉은 반점이 있다고 묘사하는 실수를 범했다는 것을 알았다. 나는 여러 쌍을 보았지만 어떤 경우에도 붉은 반점이 있는 어미새를 보지 못했다.

깃털이 다 난 수컷에는 반점이 있었다. 나는 주저하며 표본으로 쓰려고 녀석을 쏘았다. 다음날 다시 그곳을 지나면서, 상황이 어떤지 보려고 잠시 멈췄다. 새끼들이 우짖는 소리가 들리고, 이제 두 배로 보살펴야 하는 홀어미가 외딴 숲에서 이리저리 서둘러 움직이는 모습을 보자 살짝 죄책감이 들지 않을 수 없었다고 고백하는 바이다. 홀어미는 가끔 기대감에 찬 모습으로 나무 둥치에 멈춰 서서 크게 따다다닥 소리를 질렀다.

어떤 종이든 수컷은 번식기 동안 죽임을 당하는 일이 흔히 발생하며 암컷은 얼마 안 가 또 다른 짝을 구한다. 주어진 분포 구역 내에서는 필시 언제나 짝이 없는 암컷과 수컷이 있게 마련이며, 이를 통해 끊어진 유대관계를 회복할 수 있다. 오듀본이나 윌슨은 아주 오래된 참나무에 둥지를 튼 채 물고기를 잡아먹고 사는 물수리 한 쌍에 대해 이야기한다. 새끼들을 지키는 데 굉장히 열성적인 수컷이 실제로 자신의 둥지에 올라오려고 한 사람의 얼굴과 눈을 대단히 위험에 빠뜨릴 정도로 부리와 발톱으로 공격했다고 한다. 뭉툭한 막대로 무장한 그는 용맹한 새를 땅으로 쓰러뜨려 죽였다. 수일 안에 암컷은 또 다른 짝을 구해야 했다. 하지만 당연하게도 양아버지는 친아버지가 새끼들을 지키기 위해 보여주었던 기백과 용기를 조금도 보여주지 않았다. 위험이 닥쳤을 때 양아버지는 멀찌감치 떨어져서 차분하고 무심하게 헤엄치고 있었다.

야생의 칠면조든 집에서 기르는 칠면조든 칠면조는 알을 낳기 시작한 뒤 앉아서 새끼를 품을 때 스스로 수컷으로부터 격리되고, 그러면 매우 분별력 있는 수컷은 알아서 서식지로 가서 다른 수컷 떼와 함께 있다가 늦가을이 되어서야 암컷과 새끼들을 다시 만난다고 일반적으로 알려져 있다. 하지만 알을 품는 시기에 알을 강탈당하거나 어린 새끼가 죽임을 당하면 암컷은 즉시 수컷을 찾기 시작하며, 수컷은 암컷이 부르는 소리를 들으면 지체하지 않고 달려온다. 이는 오리나 물가에서 사는 다른 새들도 마찬가지다.

강력한 번식 본능은 모든 일상적인 어려움을 극복한다. 내가 홀어미로 만들어버린 딱따구리의 경우 홀어미가 된 기간은 당연히 짧았으며, 의지할 곳 없는 불쌍한 수컷에게 따다다닥 소리 내어 알렸을 것이다. 수컷은 애초부터 반쯤 자란 새들을 둔 대가족이 생길 수도 있다는 것에 대해 낙담하거나 당황하지 않았을 것이다.

　7월 중순에서 말까지 암컷 지빠귀에게 끈질기게 구애하는 멋진 수컷 지빠귀를 본 적이 있다. 나는 수컷의 의도가 고결하다는 것을 의심하지 않는다. 그 쌍을 30분간 지켜보았다. 그 시기에 암컷은 두 번째로 맞선 시장에 나온 것으로 보였다. 하지만 환하고 빛이 바래지 않은 깃털로 보건대 수컷은 갓 시장에 나온 것 같았다. 수컷이 다가갈 때마다 암컷은 분개했다. 수컷은 암컷 주위를 으스대고 걸으면서 화려한 깃털을 뽐냈으나 허사였다. 암컷은 이따금 독기를 품은 듯 수컷에게 달려들었다. 수컷은 암컷의 뒤를 졸졸 따라다니며 주체할 수 없는 감정을 억누른 채 암컷의 귓가에 곱디고운 노래를 쏟아내고, 벌레를 주고, 깃털을 활짝 편 채 다시 나무로 날아가고, 나뭇가지에 있는 암컷 주위에서 폴짝폴짝 뛰어다니고, 쩍쩍거리고, 침입자를 용맹하게 공격하고는 암컷 곁으로 즉시 돌아왔다. 그러나 소용없었다. 수컷이 시도할 때마다 암컷은 퇴짜 놓았다.

　암컷을 열렬히 따라다녔던 기교가 뛰어난 구혼자가 어떻게 대단원을 맺었는지는 내가 이야기할 수 있는 것이 아니다. 얼마 안 가 내 시야에서 사라져 버렸기 때문이다. 그렇지만 암컷이 계속해서 빈틈없이 굴지는 않았을 거라고 결론짓는 것이 경솔한 언행은 아닐 것이다.

　전반적으로 "여성의 권리"에 대한 체계가 새들 사이에서도 널리 퍼져있는 듯싶다. 이는 수컷의 관점에서 고려했을 때 상당히 감탄할 만한 일이다. 공동의 관심사의 경우 거의 대부분 암컷이 더욱 적극적이다. 둥지를 지을 위치를 결정하고, 둥지를 짓는 일에 몰두하는 것은 대개 암컷이다. 일반적으로 새끼들을 돌볼 때도 더욱 경계심을 늦추지 않으며,

위험이 닥쳤을 때도 근심 걱정을 확연히 드러낸다. 몇 시간 동안 푸른 밀화부리 어미가 근처의 목초지에서 나와 둥지를 틀고 있는 나무로 가는 모습을 본 적이 있다. 둥지에는 새끼들이 있었으며, 어미는 부리에 귀뚜라미나 메뚜기를 물고 있었다. 반면 옷을 쫙 빼입은 반쪽은 멀리 떨어진 나무에서 태평하게 노래를 부르거나 나뭇가지들 속에서 뭐 재미있는 일이 없나 찾아다니고 있었다.

그렇지만 대다수의 명금 중에는 수컷이 빛깔이나 노래 부르는 방식에서 확연히 눈에 띄며, 그만큼 암컷에게는 방패막이 된다. 암컷은 알을 품고 있는 동안 더욱 잘 은폐하기 위해 더욱 모양새가 꾀죄죄해진다고들 한다. 하지만 이따금 수컷이 교대해주는 경우도 있기 때문에 이는 그다지 설득력이 있지 않다. 예를 들어 집비둘기의 경우, 정확히 정오가 되면 둥지에서 수컷을 발견할 수 있다. 나는 암컷이 칙칙하거나 바랜 듯한 빛깔을 띠는 것은 언제든 자신의 안전을 더욱 도모하기 위한 자연의 섭리라고 말하겠다. 암컷의 목숨이 수컷의 목숨보다 그 종에게 훨씬 더 귀중하기 때문이다. 수컷이 필수적으로 해야 하는 직무는 일시적인 것에 지나지 않는다. 반면 암컷의 필수적인 직무는 몇 달까지는 아니더라도 몇 날 며칠을 훌쩍 넘긴다.

최근 이 주제에 관해 쓴 영국의 한 작가는 이런 관점을 뒷받침하지 않는 여러 사실과 고려 사항을 제시한다. 그는 양쪽 성이 눈에 띄게 화려하고 선명한 빛깔일 때 거의 예외 없이 둥지는 알을 품는 새를 감추도록 짓는 게 원칙이라고 한다. 하지만 수컷의 빛깔이 화려하고 선명하며 암컷의 빛깔이 칙칙하고 흐릿한 식으로 확연히 대조적일 때마다 오히려 개방된 둥지를 지으며 따라서 알을 품고 있는 새가 만천하에 노출

된다. 유럽 조류 사이에서는 이 원칙에 대한 예외가 매우 드문 것으로 보인다. 미국의 토종 조류 사이에서는 뻐꾸기와 큰어치가 개방된 둥지를 짓는데, 이 새들은 양쪽 성의 빛깔에 있어서 눈에 띄는 어떤 차이도 보이지 않는다. 왕산적딱새 같은 딱새류와 참새류가 그러하며, 반면 파랑새, 찌르레기, 검붉은찌르레기아재비처럼 눈에 띄는 빛깔을 지닌 새들은 다른 방식의 사례를 보인다.

북쪽으로 이동할 때 수컷은 암컷보다 8일에서 10일 정도 앞서간다. 가을에 돌아올 때, 암컷과 새끼들은 수컷보다 거의 동일한 날짜만큼 앞서 온다.

딱따구리가 첫 계절을 보낸 둥지를 버린 뒤, 아니 정확히는 방을 뺀 뒤에는 그들의 사촌인 동고비, 박새, 갈색나무발바리가 둥지를 물려받는다. 이 새들, 그중에서도 특히 갈색나무발바리와 동고비는 딱따구리과의 습성을 여럿 갖고 있지만, 부리의 힘이 부족하여 스스로 둥지를 쫄 수가 없다. 그래서 그들의 거주지는 노상 남이 쓰던 헌 집이다. 하지만 그 종들은 저마다 다양한 종류의 부드러운 재료를 물어 온다. 다시 말해, 셋집을 자신이 좋아하는 취향대로 꾸민다. 박새는 구멍 바닥에 펠트 천처럼 가벼운 물질을 요처럼 깔아놓는다. 이는 꼭 펠트의 재료가 되는 토끼 모피로 만든 것처럼 보이지만 아마 무수한 벌레나 유충으로 만든 작품일 것이다. 이 폭신폭신하게 내부가 덧대어진 요에서 암컷은 얼룩덜룩 반점이 있는 알 여섯 개를 낳았다.

최근 이 둥지 중 하나에서 아주 흥미로운 상황을 발견했다. 둥지를 품고 있는 나무가 높은 민둥산 정상의 가장자리에 서 있었다. 다양한 야생 벚나무들이었다. 세월의 흔적으로 잿빛이 된 바위들이 헐겁게 쌓여 있거나 붉은여우가 지나다니는 샛길이란 것을 한눈에 알아볼 수 있을 정도로 무너져 있었다. 나무들은 섬뜩한 모습이었으며, 게다가 외딴 산꼭대기에 도사리고 있는 이루 말할 수 없는 야생성이 그곳을 지배하고 있었다. 그곳에 서서 내 아래의 대지 위로 날아가는 붉은꼬리매의 등을 내려다보았다. 녀석을 뒤쫓는 나의 시선에 저 멀리서 차츰 푸른빛을 띠는 농장, 개척지, 마을, 또 다른 산맥이 들어왔다.

부리에 먹이를 물고 나타나서는 배설물을 잔뜩 물고 나오는 것으로 보이는 부모새들이 나의 관심을 끌었다. 그렇지만 그들은 새끼들이 있는 장소나 둥지가 있는 바로 그 나무조차 드러나는 것을 극도로 경계했기에 나는 아무 소득도 없이 한 시간 넘게 그 주변에 숨어 있었다. 마침내 나와 동행한 영리하고 호기심 많은 젊은이가 우리가 둥지가 있을 거라고 추정한 나무 근처의 툭 튀어나온 낮은 바위 밑에 몸을 숨겼다. 그동안 나는 그곳에서 자리를 옮겨 산기슭 주변을 서성거리고 있었다. 얼마 가지 않아 젊은이가 그들의 비밀을 알아냈다. 낮고 폭이 넓게 갈라진 나무는 이끼가 잔뜩 껴 있었으며 대충 쓱 훑어보아도 마른 가지나 썩은 가지 하나 없어 보였다. 그럼에도 그곳에 몇 미터 길이의 가지가 하나 있었으며, 시선을 그쪽으로 향하자 그 안에 둥근 구멍이 조그맣게 하나 있었다.

내가 힘주어 가지를 흔들자 부모새와 새끼새들이 소스라치게 놀랐다. 둥지를 받치고 있는 나무 둥치는 약 8센티미터 정도 두께였으며 구멍 바닥은 거의 나무껍질까지 파여 있었다. 엄지손가락을 얇은 벽에 집어넣자 깃털이 다 난 새끼들이 태어나서 처음으로 바깥세상을 내다보았다. 이내 그중 한 마리가 의미심장하게 짹짹거리는 품새가 꼭 이렇게 말하는 것 같았다. "이제 이곳에서 나갈 때가 되었군." 녀석은 알맞은 입구를 향해 기어오르기 시작했다. 구멍 안에 있으면서 녀석은 자신 앞에 펼쳐져 있는 웅대한 광경에 조금도 놀라는 기색이 없이 주위를 둘러보았다. 녀석은 날아갈 자세를 취하며, 안전한 곳까지 가기 위해 아직 날아본 적이 없는 날개의 힘을 어디까지 믿을 수 있을지 결정하고 있었다. 잠깐 멈춘 뒤, 녀석은 큰소리로 짹짹거리며 바깥으로 튀어나왔고 제법 그럴듯하게 전진했다. 다른 녀석들도 재빨리 뒤따랐다. 저마다 갑작스러운 충동에 사로잡혀 위쪽으로 날아오르기 시작하면서 배설물로 가득 찬 버려진 둥지에 경멸하듯 작별을 고했다.

습관이나 본능상 일반적으로 잦다 할지라도 새들은 때로 자신들보다 더 우월한 존재만큼이나 변덕스럽고 종잡을 수 없어 보인다. 그래서 이를테면, 우리는 둥지를 짓는 장소나 건축양식에 있어서 어느 하나도 절대적으로 확실하다고 주장할 수 없다. 땅에 둥지를 짓는 새들은 흔히 덤불에 오르고, 나무에 둥지를 짓는 새들은 이따금 땅에 내려오거나 풀숲으로 들어간다. 땅에 둥지를 짓는 노래참새는 울타리의 옹이구멍에 둥지를 짓는다고 알려져 있다. 굴뚝에 둥지를 짓는 제비는 연기 그을음에 질려버리게 되면 건초를 쌓아두는 헛간 서까래에 더욱 단단하게 둥지를 동여맨다. 내 친구는 헛간 처마에 둥지를 짓는 제비 한 쌍이 번갈아 가면서 뾰족한 지붕의 말뚝에 매달려 있던 밧줄 고리에 기발하게 둥지를 얹었는데 그것을 무척 좋아해 다음 해에도 그 실험을 반복했다고 한다. 나는 헛간 아래에 매달려 있는 건초다발 속에 둥지를 튼 갈색머리멧새를 알고 있다. 둥지에는 대체로 소의 기다란 꼬리털 몇 가닥과 대여섯 대의 마른 풀 줄기가 사과나무 잔가지에 느슨하게 배열되어 있었는데 그것만으로도 충분한 것 같았다. 미국갈색제비는 해묵은 돌무더기 속이나 담장 속에 둥지를 지으며, 나는 개똥지빠귀도 유사한 곳에 지은 것을 본 적이 있다. 어떤 사람들은 낡고 방치된 우물 속에 지어진 둥지를 발견하기도 하였다. 집굴뚝새는 헌 부츠에서부터 공 모양의 폭탄에 이르기까지 접근 가능한 구멍이 있는 곳이라면 어디든 둥지를 지을 것이다. 그중 한 쌍이 한번은 기어코 펌프 꼭대기에 둥지를 지으려고 손잡이 위의 입구 속으로 들어간 적이 있다. 펌프는 매일 사용하는 것이었기에 둥지는 수십차례나 파괴되었다. 그 조그만 새는 향후에 둥지를 잃지 않으려는 마음에 슬기로운 생각을 했다. 녀석이 둥지를 짓는 칸은 두 부분으로 구분되어 있었는데 그중 하나를 가득 채움으로써 성가신 이웃들로부터 위험을 피할 수 있었다.

기술이 좀 모자란 건축가들은 때로 평소의 습성에서 이탈하여 다른 종이 버린 둥지를 차지한다. 큰어치는 간혹 까마귀나 뻐꾸기의 해묵은 둥지에 알을 낳는다. 게을러터진 검은찌르레기사촌은 썩은 나뭇가지의 구멍 속에 알을 떨어뜨린다. 나는 개똥지빠귀의 둥지를 빼앗는 뻐꾸기의 소리를 들은 적이 있다. 또 큰어치를 정처 없이 떠돌아다니게 하는 뻐꾸기의 소리도 들은 적이 있다. 물수리나 왜가리의 둥지처럼 거대하고 느슨한 구조물들 바깥 가장자리에서는 검은찌르레기사촌들이 지어놓은 둥지가 여섯 개 발견되었다. 오듀본이 말했듯 수많은 기생조류가 "제후의 궁정 주위에 무례한 가신家臣들처럼" 둥지를 짓는다.

같은 새라도 남쪽 기후에서 번식할 때는 북쪽 기후에서 번식할 때보다 둥지를 훨씬 덜 정교하게 짓는다. 온대지방에서 태양이 내리쬐는 모래에 알을 버리고 떠나는 어떤 종의 물새들은 래브라도반도*에서는 통상적인 방식으로 둥지를 틀고 알을 품는다. 미국꾀꼬리는 조지아주에서는 나무의 북쪽에 둥지를 틀며, 중동부 주에서는 나무의 남쪽이나 동쪽에 둥지를 정해 더욱 빽빽하고 더욱 따뜻하게 한다. 남부 주에서 온 미국꾀꼬리가 거칠거칠한 갈대나 사초 같은 종류를 둥지 속에 짜 넣는 것을 본 적이 있다. 안이 비치도록 성기게 엮은 모습이 꼭 바구니 같았다.

동일한 재료를 획일적으로 사용하는 종은 거의 없다. 진흙이 거의 없는 개똥지빠귀의 둥지를 본 적이 있다. 주로 말의 기다란 검은색 털을 갖고 동그런 형태로 늘어놓았으며, 가느다란 노란 잡초를 덧대어 놓은 하나의 사례였다. 전체적인 모습이 상당히 참신해 보였다. 주로 바위의 이끼로 만든 둥지를 본 적도 있다.

동일한 계절 동안 두 번째로 태어난 새끼들을 위한 둥지는 흔히 임시변통에 지나지 않는다. 계절이 진행되면서 암컷이 알을 낳으려고 굉장히 서두르기 때문에 일찌감치 구조물을 마무리하기 쉽다. 최근, 대략 7월 말경이었는데, 외딴 블랙베리밭에서 숲참새나 덤불참새의 여러 둥지를 우연히 접하게 되면서 이 사실이 다시금 상기되었다. 알이 들어 있는 둥지들은 어린 새끼들이 날아간 이전의 둥지들보다 훨씬 덜 정교하고 촘촘했다.

숲속 어느 지점으로 갈 때마다 매일같이 수컷 유리멧새가 높은 나뭇가지의 동일한 부분에 앉아서 아주 쾌활하게 노래 부르는 모습을 보았다. 내가 가까이 다가가면 녀석은 노래를 중단하고 꼬리에 바짝 힘을 주어 이리저리 휙휙 치며 날카롭게 짹짹거렸다. 근처에 있는 낮은 덤불

*캐나다 동부의 반도. 도처에 빙하호가 있으며, 대서양에 면한 북동 해안에는 피오르드가 발달해 있다.

숲에서 나는 녀석의 근심의 대상과 맞닥뜨렸다. 빽빽하고 촘촘한 둥지
는 대부분 마른 나뭇잎들과 가느다란 풀줄기로 이루어져 있었으며, 그
안에는 갈색빛의 암컷이 연푸른색 알 네 개를 품고 있었다.

경이로운 점은 새가 명백히 안전한 나무 꼭대기를 떠나 땅에서 걸어
다니거나 기어 다니는 여러 위험요소가 있는 곳에 둥지를 튼다는 점이
다. 저기, 누구도 가까이 다가설 수 없는 저 멀리에서 새는 지저귄다. 여
기, 땅에서 100센티미터도 떨어져 있지 않은 곳에는 알이라든가 무력
한 새끼들이 있다. 진실은 새의 가장 큰 적은 새이며, 여러 종류의 작은
새들은 이러한 현실을 염두에 두고 둥지를 짓는다는 것이다.

아마 새들 중 대다수가 큰길가를 따라 번식할 것이다. 울창한 숲에
서 나와 나무 밑동치에 둥지를 짓는 목도리뇌조를 알고 있다. 길에서 열
걸음도 떨어져 있지 않은 곳으로, 틀림없이 스컹크와 여우는 물론 매와
까마귀도 찾아낼 가능성이 더 낮을 것이다. 울창한 숲 사이에 난 외딴
산길을 가로지르는 동안 둥지에서 알을 품고 있는 윌슨지빠귀를 여러
차례 보았다. 내가 손을 뻗으면 잡을 수 있을 정도로 아주 가까이 있었
다. 독수리나 매 같은 맹금류는 사람에 대해 이러한 신뢰를 전혀 보이
지 않으며, 둥지를 지을 위치를 정할 때에도 서식지에서 찾기보다는 오
히려 서식지를 피한다.

뉴욕의 특정한 내륙 지역에서는 계절마다 검은눈방울새의 둥지를
꼭 한두 개씩 찾을 수 있다. 둥지는 이끼가 잔뜩 긴 낮은 둑 가장자리
아래에 있으며, 큰길가 아주 가까이에 있어 마차를 타고 지나갈 때 채
찍을 휘두르면 닿을 수 있는 거리이다. 말이나 마차, 또는 보행자들 모두
가 알을 품고 있는 새를 방해한다. 새는 사람의 발자국 소리나 마차의

바퀴 소리가 가까이 접근할 때까지 기다렸다가 아슬아슬하게 길을 비키며 쏜살같이 가로지른 다음, 반대편 덤불숲으로 사라진다.

위싱턴시 밖으로 통하며, 경계선에서 1킬로미터도 채 안 되는 소도시 중심가에 줄지어 서 있는 나무들 속에서 나는 한꺼번에 서로 다른 다섯 종의 둥지를 셀 수 있었다. 게다가 그 둥지들은 가까이에서 나뭇잎을 세심히 살펴보지 않아도 한눈에 들어왔다. 반면 1킬로미터 떨어진 여러 삼림지대에서는 단 하나의 둥지를 찾는 것도 허사였다. 다섯 종의 둥지 중 내가 가장 흥미로웠던 둥지는 푸른밀화부리의 둥지였다. 루이지애나에서 오듀본이 관찰한 바에 따르면, 푸른밀화부리는 겁이 많아 속세를 떠나 외딴 습지와 고인 물이 있는 커다란 연못가에 즐겨 사는 경향이 있다고 했는데, 여기 있는 이 새는 큰길가 바로 위에 드리워져 있는 커다란 플라타너스의 낮은 가지 중에서도 제일 낮은 잔가지에 둥지를 틀었기에 땅바닥에서 아주 가까워 서서 수레를 끌거나 말에 탄 사람이 손을 내밀면 닿을 수 있었다. 둥지는 주로 신문 쪼가리와 풀줄기로 이루어져 있으며, 낮게 위치하긴 했지만 그 나무의 특성상 특유의 잔가지와 나뭇잎들이 무리 지어 있기 때문에 퍽 잘 감추어져 있었다. 내가 발견했을 때 둥지에는 새끼들이 있었으며, 내가 나무 밑에서 어슬렁거리자 부모새가 몹시 성가셔 하긴 했지만, 끊임없이 오가는 차량들의 흐름에는 별로 신경 쓰지 않았다. 그곳에 새들이 둥지를 지을 수 있었다는 게 나는 무척 놀라웠다. 둥지를 지을 때에는 다른 때보다 더욱 겁을 많이 내기 때문이다. 필시 그들은 대부분 아침 일찍 작업했을 것이다. 이른 새벽 시간만이 온전히 그들 차지가 되기 때문이다.

또 다른 한 쌍의 푸른밀화부리는 시 경계선 내에 있는 묘지에 둥지를 틀었다. 둥지는 낮은 덤불숲에 있었으며, 새끼가 날 준비를 마칠 때까지 수컷은 간격을 두고 계속해서 노래를 불렀다. 수컷의 노래는 유리멧새의 노래처럼 박자가 빨랐고 높낮이가 복잡하게 얽혀 있었다. 더 격렬하고 더 시끄럽긴 했지만 말이다. 실제로 푸른밀화부리와 유리멧새는 빛깔, 형태, 방식, 태도, 목소리, 또 일반적인 습성 면에서 서로 아주 많이 닮았다. 크기에서만 차이가 날 뿐이다. 푸른밀화부리는 유리멧새보다 거의 두 배 가까이 크다. 크기가 다르지 않다면 이 두 새를 분간하는 게 어려울 것이다. 두 종의 암컷은 똑같이 적갈색 옷을 입고 있다. 처음 맞이하는 계절에는 새끼들도 마찬가지이다.

당연히 깊은 원시림에도 둥지가 있다. 하지만 얼마나 찾기 어려운지 모른다! 새의 기술은 이끼나 마른 잎, 잔가지, 갖가지 자질구레한 것들처럼 흔하고 연회색빛 나는 재료를 골라 주변환경과 빛깔의 조화를 이루는 가까운 가지의 구조물 위에 놓는 것에 있다. 그렇지만 그 기술은 얼마나 완벽한지, 또 둥지를 감추는 기교 또한 얼마나 솜씨가 좋은지 모른다! 우리가 어쩌다 우연히 발견하더라도 새의 움직임에 도움을 받지 않는다면 과연 누가 둥지를 찾아낼 수 있을까? 요즘 나는 거의 2주간 매일 숲으로 갔지만 어떤 종류도 발견하지 못했다. 그러다 어느 날, 작별인사를 하려고 갔을 때 우연히 여러 개의 둥지를 발견할 수 있었다. 울창한 숲속에서 허물어지는 낡은 둥치에 접근하자 흑백아메리카솔새 한 마리가 별안간 화들짝 놀랬더랬다. 녀석은 둥치에 내려앉아 격하게 짹짹거리며 위아래로 뛰어다녔으며 결국엔 마지못해 그곳을 떠났다. 거의 깃털이 다 난 세 마리 새끼가 들어 있는 둥지는 둥치 하단부의 땅에 놓여 있었으며, 그 위치에 있다 보니 새끼들의 빛깔이 바닥에 흡어져 있는 나무껍질이라든가 나무토막 같은 것들과 완벽하게 조화를 이루고 있었다. 두 번째로 시선을 향하고서야 새끼들이 있다는 사실을 알아챌 수 있었다. 녀석들은 둥지에 바짝 붙어 있었다. 내가 손을 내려 놓자 녀석들은 어미에게 도와달라고 빽빽 울어대며 모두 달아났다. 그러자 부모새가 거의 내 손이 닿는 곳까지 왔다. 둥지는 한낱 마른 이파리들을 빽빽하게 깐 마른 풀에 불과했다.

이번에는 무성한 덤불 한복판에 있었다. 크고 위풍당당한 솔송나무 숲길 속으로 발걸음을 옮기다가 생전 처음으로 들리는 소리가 무슨 소리인지 알아보려고 잠시 멈추었다. 숲속에는 여기저기에 너도밤나무라든가 단풍나무 몇 그루만이 황혼 속에서 우뚝 솟아 있었다. 그 소리는 여전히 내 귓가에 맴돌았다. 틀림없이 새의 음색이긴 했지만, 조그만 새끼 양이 매애-하고 우는 소리를 연상시켰다.

이내 새들이 나타났다. 푸른머리비레오 한 쌍이었다. 그 새들은 여기저기로 휙휙 스치다가 한꺼번에 아주 잠깐만 내려앉았다. 수컷은 조용했으며 암컷이 바로 그 낯설면서도 가냘픈 음색을 내고 있었다. 그것은 사랑에 빠진 처녀의 감정을 숲의 방언으로 새로이 번역한 것이었다. 노래에는 그야말로 달콤함과 아이 같은 자신감, 기쁨에 찬 정서가 있었다. 곧이어 내 앞에서 몇 미터 떨어지지 않은 낮은 나뭇가지 위에서 그 쌍이 짓고 있었던 둥지를 발견했다. 수컷은 조심스럽게 그 현장으로 날아가 무언가를 정돈하였으며, 그 둘은 자리를 옮겼다. 암컷은 간간이 수컷에게 "내 사랑, 내 사랑"을 외치고 있었다. 그 후에도 오랫동안 귓가에 울려 퍼지는 애정 어린 운율이었다. 비레오들이 흔히 그렇듯 이끼를 풍성하게 덧댄 둥지는 작은 나뭇가지 갈래에 매달려 있었으며, 성긴 거미줄이 무수히 쳐져 있었다. 회색 빛깔만 빼고는 은폐하려는 시도가 전혀 없었기에, 둥지는 자연적으로 흐릿한 회색 수풀이 자란 것처럼 보였다.

계속해서 발길이 닿는 대로 걷다가 낮은 숲 지대에서 잠시 멈추었다. 원시림이 파괴된 후 자연적으로 2차림이 울창하게 복원되기 시작하는 곳이었다. 커다란 단풍나무 옆에 서 있을 때였다. 작은 새 한 마리가 그 나무에서 쏜살같이 나왔다. 마치 밑동 근처의 구멍에서 나오는 것 같았다. 새는 내게서 얼마 떨어지지 않은 곳에서 잠시 멈추더니 불안한 듯 짹짹거리기 시작했다. 나는 즉시 호기심이 발동했다. 나는 그 새가 아메리카솔새의 일종인 애도솔새 암컷이라는 것을 알아챘으며, 아직까지 그 어떤 동식물 연구자도 그 새의 둥지를 본 적이 없었다는 사실이 기억났다. 심지어 조류학자 토머스 메이요 브루어조차도 녀석의 알을 본 적이 없었다. 나는 여기서 찾을만한 가치가 있다고 느꼈다. 그래서 조금씩 찬찬히 땅을 살펴보며 나무 밑동과 나무 주위에 자란 여러 덤불숲을 조심스레 탐색하기 시작했다. 하지만 아무것도 찾지 못하자 더 이상은 발을 들여놓기가 두려워져서 더 멀리 가야겠다는 생각을 고쳐먹고 약간 미적거린 뒤 다시 돌아오고 있던 순간 정확히 새가 날아온 지점에서 그 음색을 들었다. 그리하여 다시 돌아가서 둥지를 발견하는 데는 별 어려움이 없었다. 둥지는 단풍나무에서 몇 미터 떨어지지 않은 곳에 놓여 있었다. 양치류가 우거진 곳으로, 땅에서 약 15센티미터 정도 떨어져 있었다. 마른 풀과 나뭇잎, 나무줄기로만 이루어진 상당히 큼직한 둥지였다. 내부는 황토색의 가느다란 나무뿌리로 덧대어져 있었다. 알은 총 세 개로 연한 살색이었으며 미세한 갈색 반점이 균일하게 얼룩져 있었다. 둥지의 구멍이 아주 깊어서 알을 품고 앉아 있는 새의 등이 구멍 가장자리 아래로 파묻혀 있었다.

　조금 멀리 떨어진 곳의 높다란 나무 꼭대기에는 붉은꼬리말똥가리의 둥지가 있었다. 잔가지들과 마른 나뭇가지들을 상당히 많이 엮어 놓은 둥지였다. 새끼는 날아갔지만 여전히 근방에 머물고 있었다. 내가 가까이 다가가자 어미새가 내 위에서 날아다녔다. 몹시 화가 났다는 듯 사납게 빽빽 소리 질렀다. 들쥐의 턱다발이라든가 기타 소화할 수 없는 재료들이 둥지 밑의 땅바닥에 여기저기 널려 있었다.

　숲을 막 떠나려던 참에 내가 쓰고 있던 모자가 붉은눈비레오의 둥지를 거의 스칠 뻔했다. 둥지는 너도밤나무의 축 늘어진 낮은 가지 끝에 바구니처럼 매달려 있었다. 만약 새가 제자리를 지키고 있었더라면 둥지를 보지 못했을 것이다. 둥지에는 붉은눈비레오의 알 세 개와 갈색머리찌르레기의 알 하나가 있었다. 그 색다른 알은 다른 알들보다 겨우 눈에 띌 정도로 컸지만 사흘 뒤에 다시 둥지를 들여다보았을 때는 하나 빼고는 모두 부화해 있었다. 새끼 침입자는 다른 새끼들보다 적어도 네 배 이상 컸으며, 깊숙한 둥지 내부에는 넘치도록 비대했기에 한 침대를 쓰는 친구들을 거의 질식시킬 지경이었다. 바로 그 침입자가 정당한 입주자들과 동일하게 먹이를 먹고 더불어 자라는 것은 평범하게 끼니를 때우는 것 이상의 의미가 있었다. 말하자면 그 새끼만이 먹이를 모두 먹어치우며 자라는 것이 대자연의 기이한 이치인 것이다. 그 속에서 자연은 사려분별과 정직이라는 소박한 미덕을 좌절시키는 것처럼 보인다. 잡초라든가 기생동물이 그들에게 대항할 가능성이 매우 크지만, 그럼에도 불구하고 성공적인 전쟁을 벌여야만 한다.

　숲에서 벌새의 둥지처럼 실로 일품인 둥지는 찾아볼 수 없다. 벌새의 둥지를 발견하는 것은 일대의 사건이다. 독수리의 둥지를 찾는 것 다음으로 좋다. 나는 딱 두 번 맞닥뜨렸는데 둘 다 우연한 기회였다. 하나는 수평으로 난 밤나무 가지에 놓여 있었는데, 4센티미터 정도 되는 푸른 잎 하나가 둥지 위에서 완벽하게 지붕 모양의 덮개를 드리우고 있었다. 내가 나무 밑에 서자 새가 앙심을 품은 듯 내 귓가를 쏜살같이 지나다녔기에 누군가의 사생활을 침범하고 있는 게 아닐까 하는 생각을 들게 하였다. 시선이 새를 따라가는 순간 둥지가 보였다. 아직 짓고 있는 중이었다. 나는 근처에서 몸을 숨기는 통상적인 전술을 택하고는 그 조그만 예술가가 작업하는 것을 보는 것만으로 만족했다. 암컷이었다. 수컷의 도움 따위는 없었다. 암컷은 2~3분 간격으로 부리에 솜털 같은 물질로 보이는 작은 다발을 물고 나타나 나무 주변과 나무 사이를 여러 차례 쏜살같이 날아다니며 둥지에 재빨리 내려앉아 물고 온 재료를 늘어놓았는데, 자신의 가슴 크기를 둥지 크기의 모델로 사용했다.

내가 발견한 또 하나의 둥지는 산기슭의 울창한 숲에서였다. 내가 알을 품고 있는 둥지 밑을 지나자 암컷은 매우 불안해했다. 꼭 벌이 내는 소리처럼 위이이잉 날갯짓을 하는 소리가 내 관심을 사로잡았기에 나는 그 자리에서 잠깐 멈추었다. 그때 운 좋게도 나뭇잎 사이로 둥지가 보였다. 새는 둥지로 돌아갔다. 둥지는 꼭 작은 나뭇가지에 난 사마귀나 혹 같아 보였다. 다른 새들과 달리 벌새는 둥지 위로 내려앉지 않고 둥지 속으로 날아 들어간다. 번개처럼 빨리 들어가지만 깃털처럼 가볍다. 알은 총 두 개였다. 알은 새하얬으며 무척 연약해서 여성의 손길이 닿기만 해도 바스러질 것 같았다. 알을 품는 기간은 약 열흘간 지속되었다. 일주일이 지나자 새끼는 날아갔다.

벌새의 둥지와 유일하게 비슷하면서도 아담함과 균형미 면에서 비교할 수 있는 것으로 푸른모기잡이의 둥지가 있다. 푸른모기잡이의 둥지는 벌새의 둥지와 같은 방식으로 종종 나뭇가지 위에 얹혀 있다. 대개는 거의 매달려 있다고 봐야 되지만 말이다. 둥지는 깊고 보드라우며, 섬세한 나무이끼로 온통 뒤덮인 식물의 솜털 같은 것으로 대부분 이루어져 있으며, 벌새의 둥지보다 훨씬 더 크다는 점만 빼고는 거의 동일해 보인다.

하지만 둥지 중의 둥지, 그러니까 최고로 이상적인 둥지는 두말할 필요도 없이 미국꾀꼬리의 둥지로 깊은 숲속에서 나온 뒤에 볼 수 있다. 미국꾀꼬리의 둥지는 완벽하게 나무에 매달려 있는 유일한 둥지이다. 검붉은찌르레기아재비라고도 불리는 과수원꾀꼬리의 둥지도 주로 나무에 매달려 있지만, 그 새는 비레오의 방식을 좀 더 따라서 좀 더 낮고 좀 더 얕게 짓는다.

미국꾀꼬리는 둥지를 은폐하려는 어떤 시도도 하지 않으며, 제일 높은 느릅나무의 흔들리는 가지에 부착하는 것을 무척 좋아하긴 하지만, 위치가 높고 가지가 늘어져 있다면 그것으로 족한다. 그 둥지는 다른 어떤 새의 둥지 구조보다도 더욱 시간과 기술을 쏟아부어야 하는 것으로 보인다. 아마亞麻와 비슷한 독특한 물질이 늘 인기가 많다는 것을 언제든 볼 수 있다. 완성된 둥지는 매달려 있는 큰 조롱박 형태를 취한다. 벽은 얇지만 단단하며, 거세게 휘몰아치는 비바람에도 견딜 수 있다. 입구는 말의 털을 두르고 있거나 휘감쳐져 있으며, 측면은 보통 말의 털로 속속들이 꿰매어 있다.

비밀유지와 관련한 문제에서는 딱히 까다롭지 않으며, 재료에 있어서도 딱히 까다롭지 않다. 실이나 끈 같은 성질을 갖고 있으면 되기 때문이다. 친한 여성이 내게 열린 창가에서 뜨개질하고 있는 동안 잠시 자리를 비운 틈을 타 미국꾀꼬리 한 마리가 다가와서는 털실을 한 타래 낚아채 반쯤 완성한 둥지로 휘리릭 달아났다고 말한 적이 있다. 하지만 마음대로 되지 않는 털실은 나뭇가지에 단단히 걸렸으며, 새가 백방으로 풀어보려고 했으나 점점 가망 없이 엉키기만 했다. 새는 온종일 털실을 끌어당겼으나 결국 끊어진 부분들로 만족해야만 했다. 그 뒤 오갈 때마다 나부끼는 실이 눈에 거슬린 새는 원한에 사무친 듯 휙 물어 당기곤 했는데 그 모습이 꼭 이렇게 말하는 것 같았다고 했다. "아잇, 짜증 나! 이런 빌어먹을 털실 같으니라고!"

펜실베이니아에서 (여러 궁금한 사실에 대해 내가 빚을 진 사람인) 빈센트 바너드가 미국꾀꼬리에 대해 다음과 같은 흥미로운 이야기를 내게 전했다. 친구 중에 새가 둥지를 짓기 시작하는 모습을 관찰하는 것과 같은 것들에 호기심을 가진 친구가 있다고 한다. 그는 장차 둥지가 지어질 거라 예상되는 근처에 여러 색상의 가는 털실 타래를 매달아 놓았다. 그 친구 덕에 새는 여러 선명하고 밝은 색상의 털실을 거의 동일한 양으로 사용할 수 있었다. 둥지는 보기 드물게 깊고 큼직하게 만들어졌으며, 새가 이전에도 그토록 기묘한 솜씨로 아름답게 짠 적이 있었는지 의심이 될 정도였다고 한다.

지금까지 미국의 조류학자 중 단연 천재적인 토머스 넛톨은 다음과 같은 이야기를 전한다.

(미국꾀꼬리) 암컷을 주의 깊게 관찰한바, 3미터에서 3.6미터 길

이의 램프 심지 가닥을 둥지로 물어 날랐다. 새들은 이런 기다란 실이라든가 그 외 여러 좀 짧은 실들을 일주일가량 매달린 채로 두었다가 양쪽 끝을 둥지 측면으로 엮어 넣었다. 비슷한 재료를 사용하는 다른 작은 새들이 이따금 이 흩날리는 실 끝을 홱 물어 챘는데, 이는 대개 일하느라고 눈코 뜰 새 없이 바쁜 미국꾀꼬리를 단단히 뿔나게 했다.

이 특별한 새의 일대기를 좀 더 추가해도 너그러운 마음으로 혜량하여 주시기 바란다. 미국꾀꼬리 종의 본능 또한 대표하기 때문이다. 미국꾀꼬리는 일체 짝의 도움 없이 약 일주일 만에 둥지를 완성했다. 수컷은 실제로 나타나긴 했으나 좀처럼 동행하지 않았으며 이제는 거의 침묵하다시피 했다. 암컷은 섬유 재료를 끊고 잘게 잘랐으며, 아스클레피아스* 섬유와 하비스쿠스** 줄기를 모으고, 기다란 실을 찢어 작업 현장으로 물고 갔다. 암컷은 자신이 하는 일에 열과 성을 다하며 서둘렀으며, 여러 사람이 정원을 방문하고 남자 셋이 근처의 인도에서 작업하고 있는 동안에도 아무런 두려움 없이 실컷 재료를 모았다. 그 용기와 인내는 실로 존경할만한 것이었다. 우리가 녀석을 좀 심할 정도로 골똘히 지켜보면 평소 야단칠 때 내는 "찌르, 찌르, 찌르" 소리로 맞이했는데 왜 자신이 반드시 해야 할 일을 하고 있는데 방해받아야 하는지 도통 그 이유를 모르겠다는 투였다.

몹시 분주한 암컷들이 도착해도 수컷들은 비교적 잠잠하긴 했지만, 나는 이 암컷과 두 번째 암컷을 관찰하지 않을 수 없었다. 그들은 불화로 인해 고래고래 소리를 지르고 있는 게 분명했다. 마침내 암컷은 자신이 둥지를

---

*박주가릿과의 여러해살이풀. 열매는 삭과蒴果로 갈색으로 익어서 터지면 실크 같은 솜털이 흩날리며 이것을 베갯속으로 이용하기도 한다.
**무궁화속에 속하며, 화려한 색의 큰 꽃이 피는 열대성 식물.

짓고 있던 동일한 나무에 가끔 교활하게 침입하는 두 번째 암컷을 아주 사납게 공격했다. 이렇듯 분노에 찬 다툼은 수시로 반복되었다. 이 적개심에 대해 설명하기 위해서는 멋진 수컷 두 마리가 근방에서 목숨을 잃었다는 사실을 상기해야만 하며, 따라서 나는 침입자 암컷이 이제 짝이 없어졌다고 결론지어야겠다. 그런데 침입자가 분주한 암컷의 낭군의 애정을 얻으려 했기에 그들의 싸움의 원인이 질투심에서 비롯된 것이라는 게 명백해졌다. 충실하지 못한 낭군의 신뢰를 얻은 두 번째 암컷, 그러니까 정부는 인접하고 있는 느릅나무에 둥지를 짤 준비를 하기 시작했다. 둥지의 토대로 매달려 있는 잔가지들을 동여맸다. 수컷은 이제 주로 침입자인 정부와 어울렸으며, 심지어 둥지 짓는 일을 도와주기까지 했지만 전처를 완전히 잊지는 못하고 있었다. 어느 날 저녁 전처는 낮고 애정이 듬뿍 담긴 음색으로 수컷을 불렀으며, 수컷도 같은 선율로 화답했다. 그들이 그렇듯 다정한 사랑의 속삭임에 빠져있는 동안 느닷없이 연적인 정부가 나타났다. 그리고 격렬한 접전이 뒤따랐다. 암컷 중 한 마리는 크게 동요하는 듯 보였고, 마치 상당히 다친 것마냥 날개를 활짝 펼치고 파닥거렸다. 수컷은 그 다툼에서 신중하게 중립적인 태도를 취하긴 했지만, 결국엔 정부와 함께 잽싸게 날아가 버림으로써 책잡힐 만한 편애를 드러냈다. 그날 저녁 내내 나무에는 호전적인 전처만이 남겨져 있었다.

이렇듯 질투심으로 인한 암컷들의 분쟁은 또 하나의 걱정거리로, 한층 고압적인 태도라든지 애정 어린 태도 같은 것이 결국엔 화해시켜 주거나 적어도 종식시킨다. 그리고 결국엔 이런저런 새들 사이에 둘러싸이는 것을 바라지 않는 인근의 독신남들의 도움을 받아 조용하고 행복한 일부일처제가 복구되어야 비로소 평화가 완전히 회복된다.

산속 바위턱 밑에 있는 피위새의 둥지에 대해 말하는 것을 잊지 말아야겠다. 이끼가 잔뜩 긴 양식의 구조물로 네 개의 진줏빛 알이 있던 둥지는 야생의 풍경을 마주하며 돌출한 바위가 위에서 드리우고 있었다. 온갖 높은 곳에 매달린 정교한 구조물들에 대해 다 말하더라도, 피위새의 둥지보다 보는 이의 마음에 더욱 즐거운 감정을 불러일으키는 둥지는 거의 없을 것이다. 둥지 주변에는 꿈쩍도 않는 회색 바위와 더불어 여우와 늑대가 숨어 도사리는 굴이나 동굴이 있었으며, 그들의 힘이 미치지 않는 약간 움푹 들어간 곳에 마치 그곳에서 자라났다는 듯 이끼투성이의 셋방이 있었다!

내가 있는 범위 내의 높이 돌출한 거의 모든 바위에는 이러한 둥지들이 있었다. 송어 하천을 따라 야생의 산골짜기로 올라가다가 대략 1.6킬로미터 정도로 그리 멀리 가지 않았는데도 다섯 개를 셀 수 있었으며, 모두가 쉽게 닿을 수 있는 곳이었지만 밍크나 스컹크로부터도 안전했으며 폭풍우로부터도 잘 지켜줄 수 있었다. 내 고향 마을에는 소나무와 참나무로 뒤덮인 야트막한 산이 있다. 산꼭대기는 둥그스름하며, 험하고 가파른 정면이 산 중간까지 펼쳐져 있다. 산꼭대기 근처에는 정면이나 측면을 따라 유별나게 높고 움푹한 바위들이 앞으로 툭 튀어나와 있다. 하나의 거대한 암석층이 한 사람이든 여러 사람이든 그 아래에서 똑바로 서서 자유로이 움직일 수 있도록 돌출되어 있다. 그곳에는 맛 좋은 샘물도 있고, 야생의 시원한 바람도 불어온다. 예전에는 인디언과 늑대가, 이제는 양과 여우가 밟고 지나가는 바닥에는 돌멩이가 흩어져 있다. 어린 시절 여름날을 그 은신처에서 보내거나 갑작스런 소나기가 내릴 때 대피하면서 얼마나 즐거워했던가! 언제나 상쾌하고 시원했으며, 또 언제나 피비새 둥지의 고운 이끼는 최고였다! 피비새는 둥지를 지키고 있다가 우리가 몇 발자국 앞에 다가서면 비로소 가까운 나뭇가지로 휙 날아갔다. 그리고는 꼬리를 탁탁 치며 근심에 싸인 얼굴로 우리를 요목조목 뜯어보았다. 그 고장에 정착민이 터를 잡게 된 이래, 피위새는 종종 다리나 건초 창고, 또는 그 외 인위적인 구조물 밑에 둥지를 트는 이상한 습관에 빠졌다. 그런 곳에서는 온갖 종류의 훼방과 성가신 일에 시달리기 십상이다. 그렇게 놓여진 둥지는 더욱 크고 더욱 조잡했다. 나는 피위새 한 쌍이 여러 계절에 이르는 동안 정기적으로 건초 다락 밑에 둥지를 튼 것을 본 적이 있다. 하나의 기둥을 따라 세 개의 둥지가 나란히 정렬되어 있었는데, 그 둥지들은 새들이 그곳에 보금자리를 튼 햇수를 표시했다. 상부는 이끼가 낀 진흙 같은 것으로 토대를 쌓고 정교하게 털과 깃털들을 덧대어 놓았다. 그 둥지들만큼이나 인테리어가 완벽하고 절묘한 것은 있을 수 없었다. 그럼에도 해마다 새로운 둥지가 지어졌다. 그렇긴 해도 새끼들은 세 개의 둥지에서 빈번히 길러졌다.

피위새가 속한 딱새류는 최고의 건축가들이다. 왕산적딱새 역시 부드러운 면화라든가 모직을 다양하게 이용하여 실로 감탄할 만한 둥지를 짓는데, 견고하고 따뜻하게 짓기 위하여 시간과 재료를 아끼지 않는다. 녹색뿔딱새는 많은 경우, 꽃이 흐드러지게 핀 흰 떡갈나무에 둥지를 짓는다. 큰나무딱새는 수평으로 난 가지에 이끼류와 지의류를 갖고 깔끔하고 간소하게 전구 소켓 모양으로 짓는다. 끝이 느슨하거나 갈기갈기 찢어진 곳이라고는 없다. 알을 품고 있는 새는 주로 가장자리에서 볼 수 있다. 고개를 자유자재로 까딱까딱 움직이는 모습이 그렇게 편안해 보일 수가 없다. 다른 어떤 종에서도 관찰한 적이 없는 상황이다. 큰

뿔솔딱새의 둥지는 뱀 허물을 주로 사용하며, 때로는 서너 개의 뱀 허물을 짜 넣기도 한다. 가장 엉성하고 얕은 둥지로는 멧비둘기의 둥지를 들 수 있다. 나뭇가지나 지푸라기들이 듬성듬성 엮어져 있기에 알이 그 사이로 떨어지거나 굴러가는 것을 막기에 충분하지 않다. 여행비둘기의 둥지도 똑같이 급하고 불충분하게 지어져 아직 털이 나지 않은 새끼들이 수시로 땅바닥으로 떨어져 죽고 만다. 우리 주위에서 흔히 볼 수 있는 또 다른 극단적인 둥지는 적갈색지빠귀의 것으로, 약 18리터를 채울 정도로 다량의 재료를 모아 만든다. 또 물수리도 매년 둥지에 재료를 첨가하고 고쳐서 결국 전체 둥지가 수레 한 대분에 이를 지경이 된다.

　제일 희귀한 둥지 중 하나는 독수리의 둥지이다. 독수리 자체가 아주 희귀한 새이기 때문이다. 정말로 아주 보기 드물기에 독수리의 출현은 언제나 우발적인 것으로 보인다. 마치 미지의 먼 지역으로 가는 도중 그저 잠시 멈추는 것처럼 등장한다. 어린 시절, 9월 1일 날 새끼 검독수리를 보았다. 엄청나게 크고 거무스름한 빛깔로 녀석을 보는 것만으로도 잔뜩 경외심이 일었다. 녀석은 이틀간 구릉지 주위에 머물렀다. 두 살 먹은 수망아지 한 마리와 양 여섯 마리가 산으로 이어지는 높은 산등성이의 목초지에 있는 모습이 집에서도 훤히 보였다. 이틀째 되는 날, 그 거무스름한 제왕이 가축들 주위에서 날고 있는 모습이 보였다. 이내 녀석은 쥐를 지켜보는 매의 방식으로 가축들 위를 맴돌기 시작했다. 그런 다음 다리를 활짝 펼치더니 천천히 가축들 위로 내려와 그야말로 새끼의 등을 확 낚아챘다. 겁먹은 가축들은 혼비백산하여 들판 주위를 허둥지둥 뛰어다녔다. 그리고 마침내 녀석은 더욱 대담하고 더욱 빈번히 하강했고, 가축 떼는 "미친 듯이" 울타리를 부수고 집을 허물어뜨리는 지경에 이르렀다. 죽일 의도를 갖고 습격한 것으로 보이지는 않았다. 다만 바짝 붙어 있는 양 떼를 떼어놓아 노출시키려는 술수를 쓴 것으로 보였다. 어떤 때는 근처에 있는 참나무에 내려앉았는데, 그러면 나뭇가지가 흔들리고 휘어지는 것을 볼 수 있었다. 마침내 소총수로서 녀석을 쫓기 시작했을 때, 녀석은 공중으로 날아올라 날개를 펼치고는 남쪽으로 휠휠 날아갔다. 그 후 몇 년 뒤 1월에 독수리 또 한 마리가 같은 지역을 지나가다가 죽은 동물 근처의 들판에 내려앉았으나 잠깐만 머물렀을 뿐이었다.

종류에 따른 특성이 그만큼 많다. 검독수리는 남반구와 북반구의 북쪽 지역에 공통적으로 존재하며, 높고 험준한 바위에 둥지를 튼다. 한 쌍은 8년 동안 연속적으로 허드슨강의 접근하기 어려운 바위턱 위에 둥지를 틀었다. 오듀본이 언급했듯, 혁명군 분대가 그 강가에서 둥지를 하나 발견했는데 그중 한 명이 하마터면 목숨을 잃을 뻔한 아슬아슬한 경험을 했다고 한다. 전우들이 알이나 새끼들을 얻으려고 밧줄로 그를 내리자 몹시 분개한 암컷 독수리가 그를 공격해서 부득이하게 칼로 스스로를 방어해야 했다. 그 과정에서 칼을 잘못 놀리는 바람에 자신을 지탱하고 있던 밧줄을 거의 다 잘라버렸으며, 위험천만한 위치에서 겨우 한 가닥 줄로 끌어올려졌다고 한다.

오듀본에 따르면, 흰머리독수리 또한 높은 바위에 둥지를 짓는다. 윌슨은 흰머리독수리의 둥지를 그레이트에그하버강가의 커다란 황yellow소나무 꼭대기에서 보았다고 했지만 말이다. 둥지는 나뭇가지와 풀, 잡초, 사초, 갈대 등등이 엄청나게 쌓여 있었으며, 약 1.5미터에서 1.8미터 높이에 1.2미터 넓이였으며, 오목한 부분은 거의 없거나 아예 없었다고 한다.

오듀본은 둥지가 수년간 사용되었으며, 사계절 내내 일종의 집이나 숙소로 이용했다는 말을 들었다.

독수리는 모든 경우 하나의 둥지를 몇 년 동안 얼마간 고쳐 쓰면서 사용한다. 우리 주위에서 흔히 볼 수 있는 대부분의 새들도 마찬가지다. 이런 점에서 새들은 다섯 가지로 분류할 수 있다. 첫째, 전년도에 쓰던 둥지를 고쳐 쓰거나 전용하는 경우. 굴뚝새, 제비, 파랑새, 둘째, 큰뿔솔딱새, 올빼미, 독수리, 물수리 및 기타 몇몇 새들이 이에 해당한다. 둘째, 계절마다 둥지를 새로이 짓지만 빈번히 동일한 둥지에 한배에서 낳은 새끼를 한 번 이상 기르는 경우. 그중에서는 피비새가 잘 알려진 사례이다. 셋째, 한배의 새끼가 태어날 때마다 새로운 둥지를 짓는 경우. 대다수의 종이 이에 포함된다. 넷째, 한정된 수로 스스로 둥지를 짓지 않는 경우. 이들은 다른 새들이 버린 둥지를 무단으로 전용한다. 마지막, 둥지를 전혀 사용하지 않는 경우. 이들은 모래 속에 알을 낳는데 물가에 사는 다수의 새들이 이 경우에 해당한다.

남부 캐츠킬산맥 한가운데에서

　허드슨강 동쪽에서 남쪽으로 꽤 멀리 떨어진 캐츠킬산맥을 바라보거나, 델라웨어 카운티 서쪽의 어느 특정 지점에서 캐츠킬산맥을 바라보면, 그 산맥들 가운데 꼭 거대한 말의 등이나 어깨처럼 보이는 봉우리를 볼 수 있다. 말은 풀을 뜯어 먹느라 고개를 숙이고 있다. 어깨는 높고, 목에서 아주 가파르게 내려와 있다. 만약 말이 고개를 들었다면, 우리는 다른 모든 봉우리들보다 훨씬 더 높은 봉우리를 보게 되었을 것이며, 그 우아한 짐승은 애디론댁산맥이라든가 화이트산맥의 동무들을 똑바로 바라볼 수 있었을 것이다. 하지만 숙인 고개는 결코 들어 올리지 못한다. 막강한 무리 가운데서 일어서지 못하게 하는 어떤 마법이나 주문에 걸린 것 같다. 그래서 높다란 둥근 어깨와 매끄럽고 탄탄한 등만 보일 뿐이다. 내가 말하고 있는 봉우리는 슬라이드산Slide Mountain이다. 캐츠킬산맥 중 최고봉으로 높이가 약 1,270미터이다. 단연코 가장 접근하기 어려운 산일 것이다. 다른 봉우리들로 완벽하게 둘러싸여 있어 당연히 보기도 가장 어렵다. 즉, 캐츠킬산맥 중에서 최고의 산이며, 선뜻 외관을 보기 힘든 산이다. 50킬로미터에서 65킬로미터 정도 멀리 떨어져야만 다른 모든 봉우리들 위에 서 있는 모습을 볼 수 있다. 슬라이드산이라는 이름은 여러 해 전(1819년) 가파른 정상 부근의 북쪽에서 발생한 산사태landslide나, 혹은 말이 미끄러지듯slide 고개 숙여 풀을 뜯어 먹는 모습에서 따온 것이다. 멀리서도 볼 수 있는 잿빛의 긴 가닥을 남겨놓은 채 가문비나무와 발삼전나무의 갈기 같은 털은 수백 미터에 걸쳐 벗겨져 있다.

슬라이드산은 남부 캐츠킬산맥의 중심이자 주령이다. 슬라이드산 기슭에서 흘러나오는 물줄기와 그 지류에서 흘러나오는 물줄기가 사방 팔방으로 흐른다. 남쪽으로는 론다우트샛강과 네버싱크강, 서쪽으로는 비버킬강, 북쪽으로는 에소푸스샛강까지 흐르며, 동쪽으로는 보다 작은 물줄기들이 흐른다. 산꼭대기를 중심으로 16킬로미터 반경에는 경작된 땅이 극히 적다. 셀 수 없이 많은 골짜기에 볼품없이 황량한 농가 몇 채만이 있을 뿐이다. 자갈과 진흙이 섞인 토양은 척박하며 산사태가 나기 십상이다. 골짜기에는 산등성이들과 자잘한 언덕들이 있는데 마치 거대한 수레가 그곳에 아무렇게나 내려놓은 것 같다. 남부 캐츠킬산맥의 꼭대기들은 일종의 "역암"으로 온통 뒤덮여 있다. 자갈들 사이를 모래나 점토로 메워 굳어진 콘크리트 같은 암석이다. 이 암석은 비바람의 작용에 의해 분해되고 그 결과 모래와 자갈이 되어 골짜기로 실려가 토양의 대부분을 형성한다. 내가 아는 한, 이 암석은 북부 캐츠킬산맥에서 쓸려왔다. 계곡에서 낮게 휩쓸려 내려오면서 구적색사암이 노출되며, 서쪽의 델라웨어 카운티로 가면 여러 곳에 구적색사암만이 남아 지층의 대부분을 형성한다.

슬라이드산은 내게 있어 여러 해 동안 부름과 도전이었다. 나는 물고기가 서식하는 개울이라면 어디서든 낚시를 했으며 황야 도처에서 야영을 했다. 또한 산꼭대기를 일별할 때마다 계절이 또 지나가기 전에 반드시 그곳에 발을 들여놓고 말리라 다짐했다. 하지만 계절은 오갔고, 내 발놀림은 조금도 빨라지지 않았으며, 슬라이드산의 고도는 낮아지지 않았다. 그러다 드디어 7월 1일, 혈기 넘치는 친구가 재촉하여 우리는 동쪽 산맥을 통해 슬라이드산으로 접근하면 되겠다고 생각했다. 농부의 아들을 안내자로 삼아 우리는 위버할로우를 거쳐 힘차게 나아갔다. 한참을 죽기 살기로 오른 뒤 우리는 슬라이드산 대신 위튼버그산에 만족해야 했다.

위튼버그산에서 바라보는 전경은 여러 면에서 아주 빼어났다. 꼭대기에 걸터앉으면 즉시 그 고장을 더욱 광대하고 더욱 멀리 훑을 수 있었으며, 슬라이드산보다 겨우 200미터 정도만 낮았다. 그곳은 남부 캐츠킬산맥의 동쪽 끝으로, 지면이 우리 발밑에서 서서히 줄어들어 광대하게 펼쳐진 삼림으로 구불구불 나아가다 이윽고 쇼칸평야와 합류하며, 거기에서 허드슨강 너머로 완만한 곡선을 이루며 길게 펼쳐진다. 슬라이드산은 우리가 있는 곳에서 남서쪽이었으며, 10~11킬로미터 정도 떨어져 있었지만 나무꼭대기에 올라가야 볼 수 있었다. 나는 나무꼭대기에 올라가 경의를 표하고는 다음을 약속했다.

우리는 그날 밤을 위튼버그산에서 보냈다. 썩은 통나무 두 그루 사이의 이끼 위에서 잠을 자고 있는데 발삼나무 가지가 땅바닥으로 밀쳐 들어와 우리 위로 지붕을 드리웠다. 아침에 산에서 내려오면서 우리는 뜻하지 않게 거대한 호저와 맞닥뜨렸다. 나는 그때 처음으로 호저의 꼬리가 덫처럼 퉁긴다는 사실을 알았다. 꼭 한 타래의 머리채 같았다. 가시를 하나라도 건드리는 순간 호저의 꼬리는 깜짝 놀랄 만한 방식으로 뛰어오르는데 그걸 보고 웃었다가는 큰코다친다. 내 앞에서 오솔길을 따라 걷고 있는 녀석을 덮치고는 담요를 둘둘 말아 방패 삼았다. 녀석은 그렇듯 모욕적인 처사에 말없이 굴복했으며, 담요 아래서 풍성한 꼬리를 땅바닥에 바짝 대더니 그대로 가만히 있었다. 나는 면밀히 살펴보기 시작했으나 처음부터 일이 상당히 잘못되어 꼬리가 덫처럼 터졌을 때는 내 손과 손목이 가시로 뒤범벅되었다. 이 때문에 그 녀석을 잡고 있던 손에 힘이 풀렸으며, 녀석은 육중한 덩치로 느릿느릿 움직이더니 이윽고 벼랑 아래로 굴러떨어졌다.

나는 손에서 재빨리 가시를 제거하고는 녀석을 뒤쫓기 시작했다. 녀석에게 다가갔을 때 녀석은 바위들 사이에 몸을 끼워 넣어 가시가 곤두선 등과 밑에서 매복하고 있는 꼬리만 보였다. 위치를 잘 선택한 녀석은 꼭 우리에게 저항하는 것 같았다. 반복적으로 꼬리를 튀어나오게 하고 썩은 나무 막대기로 가시를 받아치면서 즐거운 시간을 보낸 뒤, 우리는 전나무 뿌리로 올가미를 만들어 여러 차례 연습한 후 녀석의 머리 위로 씌우고는 앞으로 끌어당겼다. 우리의 불공정한 전술에 그 피조물은 상처받았다는 투로 얼마나 찡얼대면서 불평을 하던지! 녀석은 거듭해서 저항했으며, 아이들한테 시달리는 병약한 노인처럼 낑낑거리고 툴툴거렸다. 우리가 녀석을 앞으로 끌어당긴 뒤의 녀석의 계략은 가능한 한 둥근 공 모양으로 몸을 유지하는 것이었으나 결국 녀석의 등 위로 나뭇가지 두 개와 가느다란 밧줄을 던지자 녀석은 가시가 덜 난 취약한 배를 드러내더니 완전히 항복했다는 듯 이렇게 말하는 것 같았다. "

자, 이제 어디 마음대로 해 봐." 마못의 이빨만큼이나 무시무시해 보이는 끌 같은 커다란 이빨은 방어하는 데는 전혀 쓰이지 않는 것으로 보였다. 전적으로 가시에만 의존하고 있었기에 그것이 실패했을 때 녀석은 완전히 망하는 것이었다.

잠시 좀 더 녀석과 즐겁게 논 뒤, 우리는 녀석을 풀어주고 가던 길을 갔다. 열심히 산길을 걸어가니 우드랜드계곡으로 이어졌다. 맑은 송어 하천과 빼어난 산 풍경, 호젓하게 틀어박혀 은둔해 있는 모습이 내 시선을 끌었다. 나는 눈도장을 찍으면서 머지않은 시일 내에 꼭 다시 돌아오마고 다짐했다. 나는 그 약속을 지켰다. 그 계절 동안 그곳에서 텐트를 두 번 쳤다. 두 번 다 일종의 슬라이드산을 포위 공격하는 것이었지만 우리는 멀리서 접전을 벌였을 뿐이었다. 점거를 위한 실제 공격에는 착수하지 못했다. 하지만 다음 해에 용감한 두 등반가가 힘을 북돋워 우리는 다시 공격을 감행하기로 결심하고는 가장 어려운 쪽부터 해치우기로 했다. 보통은 빅인디언계곡을 통해 올라가는데 그 길은 비교적 쉬워서 여성들도 곧잘 올라가곤 한다. 그러나 우드랜드계곡에서 등반하는 것은 남자들만 시도할 수 있는 것이다. 우리는 산골짜기에 사는 라킨스의 개간지 근처에서 야영했으며, 6월 1일 아침 일찍 출발했다.

사람들은 커다란 산보다 더 찾기 쉬운 것은 없다고 생각할 것이다. 특히 개울가에서 야영할 때 산허리가 우뚝 솟아있는 것을 본 적이 있는 사람이라면 말이다. 하지만 우리는 이런저런 이유로 슬라이드산이 대단히 약삭빠른 놈이라 조심스럽게 접근해야 한다는 생각이 들었다. 우리는 계곡의 여러 지점에서 슬라이드산을 보려 했으나 산머리를 제대로 보았는지는 확신이 서지 않았다. 그 전해에 인근 봉우리인 위튼버

그에서 고사목에 올라가 제일 높은 나뭇가지 사이로 목을 길게 빼 슬라이드산을 잠시 얼핏 보긴 했었다. 슬라이드산은 마치 스스로 근경을 차단하도록 사전에 모든 예방조치를 취한 것 같았다. 사람들을 꺼리는 산이었으며, 우리는 9~11킬로미터에 이르는 원시림을 헤치고 몰래 접근하려는 참이었다. 우리는 산이 우리를 피해 달아날지도 모른다는 말도 안 되는 두려움을 갖고 있었다. 이쪽 방면에서 등반하려고 시도했던 일행들이 길을 잃고 낭패하여 돌아왔다는 이야기도 들은 적이 있었다. 얽히고설킨 원시림 속에서 그 산의 웅대함은 사람들을 당황스럽게 만든다. 사방이 온통 산이다. 어느 쪽으로 발길을 돌리든—그럴 경우 사람들은 때로 어느 쪽으로 향해야 아는지를 알기도 전에 발길을 돌리는 경우가 있으며—험준한 바위투성이를 등반해야 하는 것이다.

눈은 별로 도움이 되지 않는다. 방향에 확신을 갖고, 계속해서 과감하게 위로 밀어붙여야 한다. 그것은 마치 거대한 털북숭이 짐승에 붙은 벼룩이 그 짐승의 머리를 찾으려는 것과 다를 바 없거나 더 나아가서는 훨씬 더 작거나 덜 민첩한 동물이 헤매는 것과 다를 바 없다. 시간과 발걸음을 낭비할 뿐이며, 머리에 도달했다고 생각할 때는 겨우 엉덩이에 있을 뿐이다. 그리하여 나는 여러 차례 등반한 적이 있는 주최자에게 캐물었다. 라킨스는 낡아빠진 중절모자를 테이블 위에 놓더니 한 손은 모자의 한쪽 면에, 또 다른 손은 모자의 또 다른 면에 올려놓으면서 이렇게 말했다. "자, 저기 슬라이드산이 있습죠. 두 갈래의 개울 사이에 말입죠. 꼭 이 모자가 두 손 사이에 있는 것처럼 말입죠. 데이비드와 당신은 개울의 물줄기로 가서 위로 쭉 올라가면 됩니다." 하지만 라킨스는 그 모든 산들을 여러 차례 횡단했음에도 옳지 않았다. 우리가 이제 막 올라가려고 했던 봉우리는 두 물줄기 사이에 있지 않았다. 정확히 두 물줄기 중 하나의 맨 앞에 있었다. 나중에 알게 되었지만, 개울은 바로 슬라이드산의 오솔길에서 흐르기 시작하고 있었다.

　우리는 아침 일찍 텐트를 걷고 배낭에 담요를 묶고 이틀 치 식량을 호주머니에 넣고는 군데군데 흔적이 사라진 오랜 등산로를 따라 출발했다. 개울을 건너고 또 건넜다. 아침은 눈부시고 따뜻했지만 바람이 잠깐씩 심술을 부리는 통에 비가 내릴 것 같았다. 황폐한 숲길을 헤치며 걸을 때 얼마나 고독이 숲을 이루며 가로막았는지 모른다! 8킬로미터의 원시림을 헤쳐나가서야 우리는 물줄기에 닿을 수 있었고, 5킬로미터를 더 가서야 "타버린 오두막"에 도착할 수 있었다. 25년이 지난 지금은 없는 이름뿐인 오두막이다. 껍질이 벗겨진 나무들의 잔해를 여전히 볼 수 있었으며, 지금은 썩어 문드러진 솔송나무 밑동들이 빽빽하게 널브러져 있는 공간으로 야생의 벚나무가 제멋대로 자라 있었다. 또, 이끼가 잔뜩 긴 거대한 통나무들이 너도밤나무와 단풍나무 사이에 흩어져 있었다. 이 통나무들 중 일부는 아주 부드러운 이끼가 끼어서 소파처럼 앉거나 몸을 기댈 수도 있었다.

　하지만 제일 어여쁜 것은 이끼로 뒤덮인 바위들과 조약돌들 한복판에서 음악적인 선율로 홀로 졸졸졸 흐르는 개울이었다. 얼마나 깨끗해 보였는지, 얼마나 맑아 보였는지 모른다! 문명은 인디언들을 타락시키듯 개울을 타락시켰다. 이제는 그토록 외진 숲속에서만 본래의 신선함과 영롱함을 지닌 시냇물을 볼 수 있다. 오로지 바다와 깊은 산 속 시냇물만이 맑다. 그 사이에 있는 모든 것은 인간의 소행에 의해 얼마간 오염되었다. 이상적인 송어 하천은 바로 그것이었다. 서두르다가도 쉬엄쉬

엄 흐르며, 물에 씻겨 반들반들해진 바위 주위는 깊다가도 잿빛이 감도는 녹색 조약돌과 자갈이 깔린 바닥은 매끄러워 미끄러질 정도였다. 어떤 종류의 침전물도 녹도 없다. 다만 봄철에 눈이 녹아내린 물처럼 투명하게 반짝일 뿐이며, 거의 차갑기까지 하다. 정말로 모든 캐츠킬산맥 지역의 물은 가히 세계 최고이다. 처음 며칠 동안 우리는 마치 물만 먹고도 살 수 있을 것 같은 기분이 든다. 아무리 먹어도 모자란 듯한 기분 말이다. 이런 점에서 이곳은 특히 성서에 나오는 "골짜기든지 산지든지 시내와 분천과 샘이 흐르는"* 아름다운 땅이다.

갈림길 근처에서 우리는 빈터 사이로 슬라이드산을 얼핏 보았다. 아니 얼핏 보았다고 생각했다. 그것은 슬라이드산이었을까? 그것은 우리가 찾아 헤매던 털북숭이 괴물의 머리였을까, 엉덩이였을까? 아니면 어깨였을까? 갈림길에는 거목들과 그 밑에서 자라는 덤불들이 갈피를 못 잡을 정도로 미로 같이 자라나 있었기에 길을 도통 확신할 수 없었다. 긴 장고를 마친 데이비드도 우리를 안심시켜 줄 수 없기는 마찬가지였다. 하지만 산을 습격할 때는 요새를 습격할 때 그렇듯 담대함이 표어이다. 우리는 거의 1.6킬로미터에 걸쳐 눈부시게 빛나는 나무들이 줄지어 있는 길을 재촉하였고, 그런 다음 왼쪽으로 돌면서 슬라이드산 등반을 시작하였다. 험준하고 고된 등반이었다. 곰과 사슴의 흔적은 수도 없이 보았으나, 간혹 여기저기서 휙휙 날아다니는 굴뚝새만 빼고는 새를 전혀 보지 못했으며, 굴뚝새는 여기저기 널브러진 통나무 밑을 쥐처럼 쏜살같이 날아다녔다. 때때로 쉬지 않고 뿜어내는 열정적이고도 아름다운 노래가 침묵을 깨뜨리곤 했다. 한두 시간 정도 올라가자 구름이 몰

*신명기 8:7에 나오는 구절.

려들기 시작하더니 이내 비를 뿌리기 시작했다. 이 때문에 맥이 빠졌지만, 우리는 나무와 바위에 등을 기댄 채 소나기가 지나가기를 기다렸다.

"산중 소나기에 흠뻑 젖었어도 피할 곳이 없어 바위를 안고 있나니라"는 욥기에 나오는 욥의 시간이나 다를 바 없었다. 하지만 소나기는 짧고 가볍게 내렸으며 우리는 곧 다시 길을 떠났다. 갈림길에서 세 시간 정도 가자 산의 광대한 등줄기가 나왔다. 그 위에 슬라이드산이 우뚝 솟아있었는데, 꼭 외딴 봉우리인 것만 같았다. 잠시 후 우리는 가문비나무가 빽빽하게 자란 곳에 들어섰다. 가문비나무는 약간 움푹 들어간 고원을 뒤덮고 있었다. 이끼가 짙게 끼었고 땅은 푹신푹신했으며 빛은 어슴푸레했고 대기는 잠잠했다. 나뭇잎이 우거진 탁 트인 숲에서 어슴푸레하고 고요하고 기이한 숲으로의 이행은 참으로 특색 있었다. 길거리에서 신전으로 들어가는 통로 같았다. 여기서 우리는 잠시 멈추어 점심을 먹고, 이끼에 파묻힌 작은 샘에 고인 물로 기운을 되찾았다.

가문비나무 숲의 조용한 휴식은 폭풍 전의 고요함으로 밝혀졌다. 그곳에서 나오자 우리는 곧장 거의 수직에 가까운 슬라이드산의 흙벽을 맞닥뜨렸다. 평야처럼 넓게 트인 곳에서 보니 산은 거대한 바위투성이의 요새처럼 솟아 있었다. 툭 튀어나온 바위 위에 또 바위가 툭 튀어나와 있었고, 벼랑 위에 또 벼랑이 있었다. 우리는 그 위로 천천히 올라갔지만 몹시 고되었다. 이제는 아예 손을 먼저 짚은 다음 조심스럽게 발 디딜 틈을 찾아 왼쪽에서 오른쪽으로 바위턱에서 바위턱으로 지그재그로 갔다. 산의 북향은 이끼류와 지의류로 빽빽하게 덮여 있었다. 꼭 나무의 북향 같았다. 이끼 덕에 발밑은 푹신푹신했으며 여러 차례 미끄러지거나 굴러떨어지는 것을 막아주었다. 어느 곳에서나 성장이 저하

된 황자작나무, 마가목, 가문비나무, 전나무가 우리가 가는 길을 막아섰다. 등에 담요 꾸러미를 지고 그러한 각도에서 산을 등반하는 것은 나무를 오르는 것과 다르지 않다. 앞으로 나아갈 때면 나뭇가지들이 죄다 훼방하며 뒤로 물러나도록 밀친다. 그래서 약 360미터에서 460미터 정도 이런 식으로 간 뒤 마침내 정상에 도달했을 때는 그 싸움은 거의 젖 먹던 힘까지 다 짜낸 것이었다. 그때는 거의 두 시가 다 되어 있었다. 11킬로미터를 오는데 약 일곱 시간이 걸린 것이었다.

그곳 산꼭대기에서 우리는 봄을 따라잡았다. 골짜기에서는 거의 한 달 전에 사라진 것이었다. 저 아래 골짜기에서는 붉은토끼풀이 이제 막 싹 트고 있었으며, 산딸기가 이제 막 익어가고 있었다. 정상에서는 황자작나무가 이제 막 꽃차례를 내밀고 있었으며, 클레이토니아, 즉 쇠비름과의 야생풀이 이제 막 꽃을 피우고 있었다. 나무의 잎눈이 이제 막 싹을 틔워 희미한 녹색 안개를 만들고 있었는데 시선을 아래쪽으로 향하면 녹색이 점차 짙어지면서 이윽고 골짜기 속에서 빽빽하고 자욱한 녹색 구름이 되었다. 산기슭에서는 백합과의 나도옥잠화와 장미과의 채진목이 열매를 맺기 시작하고 있었지만, 꼭대기에 이르니 꽃을 활짝 피우고 있었다. 나는 4월의 꽃인 쇠비름 꽃이 흐드러지게 피어 있는 한복판에 서 있어 본 적이 없었으며, 들판을 내려다보니 딸기가 익어가고 있었다. 300미터 고도마다 식물들이 약 열흘씩 차이가 나는 것처럼 보였으므로 산꼭대기의 계절은 저 밑의 계절보다 한 달 이상 늦었다. 산허리에서부터 접하기 시작한 어여쁜 꽃은 연령초로 자색의 줄무늬가 있는 흰 꽃이 피어 있었다.

슬라이드산 꼭대기를 덮고 있는 가문비나무와 전나무는 성장이 저

하되어 가장 높은 지점의 좁은 공간을 도려내면서 거의 사방팔방의 전경을 드러내고 있었다. 우리는 그곳에 앉아 승리를 자축했다. 3천 피트 상공에서 매나 열기구를 타는 사람처럼 세상을 보았다. 내려다보이는 구릉지와 산의 윤곽은 얼마나 부드럽고 유려하던지! 광활한 숲은 파도 모양의 구릉지와 산을 카펫처럼 뒤덮고 있었다. 동쪽으로는 허드슨강과 그 너머의 위튼버그산 인근이 내려다보였고, 남쪽으로는 가파른 산마루가 있는 피카무스산과 정상에 기다란 평지가 있는 테이블산, 이 두 산이 한눈에 들어왔으며, 서쪽으로는 각기 1,200미터 정도 되는 그레이엄산과 더블탑산이 시선을 사로잡았다. 북쪽으로 향하자 팬더산 정상 너머로 북부 캐츠킬산맥의 무수한 봉우리들이 내려다보였다. 사방팔방이 온통 나무가 우거진 숲과 산이었다. 문명은 거칠고 텁수룩한 지면을 여기저기 할퀴어 상처를 낸 것에 지나지 않는 것 같았다. 어떤 전경에서 보아도 야생적이고 토착적이고 지리적인 면이 대단히 지배적이었다. 인간의 소행은 점점 줄어들어 거대한 지구의 원래 모습이 드러났다. 모든 대상이나 지점이 난쟁이처럼 작아 보였으며, 허드슨강 계곡은 지면의 주름에 불과할 뿐이었다. 우리는 놀라운 마음으로 위대한 것은 지구 자체이며, 이는 우리의 이해력을 훨씬 넘어서서 사방으로 펼쳐져 있다는 사실을 알았다.

아랍인들은 지구가 흔들리지 않도록 산이 균형을 잡아주고 서로 붙들어 준다고 믿는다. 하지만 그들은 산이 얼마나 대수롭지 않은지, 또 산이 없어도 지구가 얼마나 충분히 잘 지낼 수 있는지 보기 위하여 결국엔 높은 산 정상에 이르러야만 했다. 상상력이 풍부한 동양인들에게 산은 우리에게보다 훨씬 더 큰 의미를 가졌던 것 같다. 산은 성스러운 곳이었으며, 그들의 신들이 거처하는 곳이었다. 그들은 산에 제물을 바쳤다. 성경에서 산은 위대함과 거룩함의 상징으로 쓰인다. 예루살렘은 "거룩한 산"으로 이야기된다. 시리아인들은 유대인들에게 패배한 이유를 이렇게 말했다. "그들의 신은 산의 신이므로 그들이 우리보다 강하였도다."* 하나님이 모세에게 나타난 곳이 바로 "불꽃이 이는 데도 타지 않는 가시덤불"이 있는 호렙산이었으며, 시나이산에서 하나님은 모세에게 십계를 전했다. 요세푸스**는 히브리인 목동들이 여호와가 사는 곳이라고 믿는 시나이산에서는 결코 가축을 치지 않았다고 한다. 산 정상의 적막함은 특유의 감동적인 면이 있으며, 저 아래 골짜기보다는 "불꽃이 이는 데도 타지 않는 가시덤불"에서 신이 나타났다고 믿는 편이 확실히 훨씬 더 쉽다. 하늘에서 구름 또한 내려와 산꼭대기를 에워싸는 상황이라면 신을 경외하는 독실한 옛 히브리인들이 얼마나 깊이 감동받았겠는가! 모세는 마음속 깊이 경외심과 숭배의식을 불러일으키는 거창한 의식으로 십계를 둘러싸야 한다는 것을 잘 알고 있었다.

그러나 구름이 내려와 슬라이드산에서 우리를 에워쌌을 때, 그 웅장함과 엄숙함은 눈 깜빡하는 사이에 사라져 버렸다. 거창해 보이는 구름은 우리를 촉촉이 적시고 온 세상을 지워버리는 지표면의 안개에 불과하다는 사실이 밝혀졌다. 그 광경은 그 즉시 얼마나 재미없고 지루하고 따분해졌는지 모른다! 하지만 안개가 걷히자 우리는 이제 막 뚜껑을 들어 올린 냄비 밑에서 바라보듯 안개 밑에서 바라보았으며 우리의 시선은 달아나는 새처럼 발치에 펼쳐진 광활한 심해 속으로 다시 맹렬

*열왕기상 20:23절에 나오는 구절.
**Titus Flavius Josephus(37?~c100). 유대인 역사가.

히 돌진하였으며, 웅장하고 엄숙한 느낌이 재빨리 되살아났다.

휴식을 좀 취한 후, 슬라이드산 정상에서 우리가 가장 부족하다고 느낀 것은 물이었다. 여럿이 이리저리 둘러보았으나 물의 흔적을 찾을 수 없었다. 하지만 물은 반드시 있어야 했기에 모두가 찬찬히 물을 찾아 나서기 시작했다. 얼마 안 가 우연히 바위 밑에서 얼음동굴을 발견했다. 수정처럼 맑은 물웅덩이를 가진 방대한 양의 얼음덩어리였다. 정말 다행스런 상황이었다. 우리는 이제 한결 환하고 밝은 표정을 지을 수 있었다.

알려진 바로는 슬라이드산은 뉴욕주에서 다른 어떤 산보다도 영예를 누렸다. 슬라이드산에서만 서식하는 특유의 지빠귀를 통해서다. 그 지빠귀는 1880년 뉴욕의 유진 P. 빅넬*이 발견하고 기술해서 빅넬지빠귀라는 이름이 붙여졌다. 아직까지는 오로지 이 산에서만 발견할 수 있기에 슬라이드산지빠귀라는 이름이었다면 더욱 좋았을 텐데 그 점이 좀 아쉽다.[원주─빅넬지빠귀는 회색뺨지빠귀의 남쪽 유형인 것으로 밝혀졌으며, 뉴욕과 뉴잉글랜드의 높은 산에서도 발견된다.] 위튼버그산에서는 빅넬지빠귀의 노래를 듣거나 보지 못했다. 거리도 얼마 떨어지지 않은 데다 겨우 150미터 정도밖에 낮지 않은 데도 말이다. 나무들 사이에 있을 때 육안으로는 회색뺨지빠귀나 황록등지빠귀와 외양을 구별할 수 없을 테지만, 노래는 완전히 다르다. 노래를 듣는 순간 나는 이렇게 말하였다. "새로운 새군. 새로운 지빠귀야." 지빠귀들의 노래의 특색은 모두 다 똑같기 때문이다. 조금 더 있다가 나는 그 새가 빅넬지빠귀라는 사실을 알았다. 노래는 단음조로 다른 지빠귀의 노래보다 더욱 곱고 가녀리고 나긋나긋했다. 마치 섬세하고 가느다란 황금 관에서 소리를 내는

---

*Eugene Pintard Bicknell(1859~1925). 미국의 조류학자, 식물학자.

듯 무척이나 여리면서도 피리 같은 소리가 낭랑하게 울려 퍼졌다. 때로는 대단히 감미로우면서도 힘차게 속삭이는 것 같았다. 빅넬지빠귀는 슬라이드산 정상에는 수도 없이 많았지만 다른 어느 산에서도 보지 못했다. 우리가 머무르는 동안 여러 차례 저 아래 산허리에서 갈색지빠귀의 메아리만 들려왔을 뿐, 다른 어떤 지빠귀도 보이지 않았다. 그 산 정상에서 보거나 들을 거라고는 생각도 못한 새가 바로 검은머리솔새였는데 바로 그곳에 있었다. 대개 검은머리솔새는 훨씬 더 북쪽에서 발견된다. 그런데 여기 발삼전나무들 사이에서 간결하면서도 특유의 혀 짧은 소리를 내고 있었다.

이 산맥의 정상에 있는 바위들은 사람들의 시선을 사로잡기에 충분하다. 아무리 그러한 것을 보는 눈이 없을지라도 말이다. 바위들은 불그스름한 역암 덩어리로 파도의 운반작용에 의해 마멸된 둥근 자갈들로 이루어져 있다. 자갈은 모두 고대의 해안에서 형성되어 반질반질하게 닦여왔을 것이다. 아마 데본기*일 터이다. 바위는 날씨에 가장 많이 노출되어 있는 곳에서 분해되어 모래와 자갈투성이의 거칠거칠한 토양을 형성한다. 이 바위들은 석탄층을 형성하지만, 캐츠킬산맥 지역에서는 기저에만 남아 있으며, 상부에는 존재하지도 않았거나 휩쓸려 온 적도 없다. 그런고로 이곳에서는 발 아래에서보다는 오히려 머리 위의 공중에서 탄광을 찾을 수 있을 것이다.

이 바위는 다른 바위처럼 힘들여 올라가지 않아도 된다. 바다 저밑에서 몸을 굽힌 산이 등으로 바위를 떠받친 다음, 다시 한번 치켜들

---

*고생대를 여섯 개의 기로 구분하였을 때, 오래된 순서로 네 번째의 지질 시대. 지금으로부터 약 3억 9500만 년 전부터 약 3억 4500만 년 전까지의 기간에 해당한다.

었기 때문이다. 이는 무척이나 오래전에 일어난 일이라 그 시기에 대해서는 고령의 주민들도 실마리를 주지 못한다.

밤에 대비하여 발삼나무 가지로 오두막의 지붕과 바닥을 다시 까는 일은 매우 즐거웠다. 작은 발삼나무들이 사방에 수도 없이 자라 있었다. 얼마 안 가 우리는 낡은 오두막에 나뭇가지들을 한 무더기 쌓아 올렸다. 참으로 멋진 변신이었다! 신선한 녹색 카펫과 향긋한 침대는 꼭 거대한 동물의 두꺼운 털로 만든 예복 같았으며, 우중충한 실내에 잘 어울렸다! 두세 가지가 잠을 방해했다. 저녁식사 용으로 가져간 진한 곰국 한 그릇이 속을 더부룩하게 하였으며, 그다음에는 호저들이―오두막 바로 뒤편의―우리 머리맡에서 계속해서 찍찍거리는 바람에 통 잠을 잘 수가 없었다. 비몽사몽하는 와중에 나는 작은 토끼 때문에도 확 짜증이 났다. 그 녀석은 곧 부서질 듯한 문으로 뛰어들어와 우리가 가져간 빵과 건빵을 야금야금 물어뜯었다. 녀석은 동이 뜨기 시작한 후에도 계속해서 물어뜯고 있었다.

그러다가 네 시 경에 비가 살살 내리기 시작했다. 첫 빗방울이 떨어지는 소리를 들었던 것 같다. 일행들은 모두 곯아떨어져 있었다. 빗줄기가 점점 거세어지자 잠들어 있던 일행들이 하나둘 깨어났다. 모두가 예상했던 전진하는 적의 발걸음 같았다. 우리 위에 드리워진 지붕은 형편없었기에 우리는 지붕을 믿을 수가 없었다. 가문비나무와 발삼나무의 얇은 껍질로 만들어진 지붕은 움푹 꺼지거나 쑥 들어간 곳투성이였다. 이내 그 움푹 꺼진 곳들이 빗물로 가득 찼다. 그때 밑에서 잠들어 있는 사람들 위로 크고 작은 실개천처럼 폭우가 동시에 쏟아져 내렸다. 한 남자가 벌떡 일어나 자고 있는 사람들에게 각자 담요를 챙기라고 말했다. 하지만 그중 일부가 가까운 바위 밑으로 대피할 즈음 비가 그쳤다. 그것은 흔히 이러한 고도에서 맴돌던 밤안개가 스르르 녹아내리는 것에 지나지 않았다. 동이 틀 무렵, 나는 오두막 근처에 흩어져 있는 여러 나무에서 새로운 지빠귀의 노래를 들었다. 요정이 피리를 부는 것처럼 고운 선율로, 거무스름한 가문비나무 꼭대기에서 나오는 절제된 음악적 속삭임이었다. 설령 그저 순수히 화음이었다 할지라도, 그날을 반기려고 새가 그 거대한 산꼭대기로 올라가 노래를 부르지는 않았을 것이다. 그 노래는 내가 여태까지 들었던 그 어떤 지빠귀의 노래보다 현저하게 내적인 잔향을 가진 음색이었다. 고도나 상황 때문에 새가 단조음을 낸 것일까? 그런 곳에서는 소란스럽게 지저귀는 것이 별 소용이 없다. 산꼭대기에서는 소리가 멀리까지 들리지 않는다. 텅 빈 공중의 심연 속에서 소리는 사라진다. 하지만 이처럼 키가 작고 무성하고 거무스름한 가문비나무로 에워싸인 모든 땅은 나뭇가지들이 지붕 모양을 드리워 일종의 은둔처가 된다. 그러니 이보다 섬세한 음악적 속삭임을 더욱 잘 유지할 수 있는 곳이 있을 수 있을까? 그것은 발삼나무의 부드러운 콧노래가 새의 목소리로 해석되고 구현된 것이었다.

슬라이드산을 넘어 론다우트샛강으로 간 뒤 거기에서 쇼칸의 작은 마을에 있는 철길로 나가는 것이 동료 둘의 계획이었다. 그 길은 그들에게 미지의 길이었으며, 거의 온종일 길이라곤 없는 황야를 헤쳐나가야 한다는 것을 뜻했다. 우리는 망루 꼭대기로 올라갔다. 그리고 그 지역의 지형에 대해 내가 아는 선에서 경로를 가리키며 론다우트샛강의 계곡이 있어야 하는 곳을 일러주었다. 광대하게 펼쳐진 숲은 슬라이드산 기슭에서부터 시야에 들어왔을 때 우리 시각에서 보자면 매우 균일했다. 숲은 남동쪽으로 완만한 곡선을 이루며 길게 펼쳐져 론산과 피카무스산을 분리하는 산등성이 쪽으로 완만하게 오르막을 이루고 있었으며, 상대적으로 쉬운 문제처럼 보였다. 경로의 단서는 다음과 같았다. 어두컴컴한 띠 혹은 말안장 모양과도 같은 가문비나무들이 그들이 둘러가야 하는 산등성이를 뒤덮고 있었으며, 그 경계선 끝에서 명확하고 뚜렷하게 시작되는 낙엽수 지대를 쭉 따라가면 되는 것이었다. 그 길은 곧장 드넓고 평평한 산등성이 꼭대기로 이끄는 두 개의 높은 봉우리와 연결되었으며, 바로 뒤에는 론다우트샛강의 수원이 있었다. 지도를 꼼꼼히 살펴보고 여러 지점을 파악한 후 그들은 담요를 둘둘 말아 올리고 대략 아홉 시 정도에 길을 나섰다. 친구와 나는 슬라이드산에서 하룻밤 더 묵기로 했다. 친구들이 그 무시무시한 심연 속으로 가파르게 내려가는 모습을 보며 우리는 그들에게 오래된 경구를 외쳤다. "담대하라, 담대하라, 그러나 적당히." 나는 그 젊은이들이 잘 해내리라는 것을 알고 있었지만, 그러한 미지의 세계로 뛰어드는 것은 용기가 필요했으며 그것은 또한 신중함을 수반하는 일이기도 했다. 마음이 약해지거나 머리가 혼란에 빠지면 심각한 결과를 가져올 수도 있다. 이론은 실천보다 훨씬 더 쉬운 법이니 말이다! 이론은 공중에 있고, 실천은 숲속에 있다. 우리의 두 눈과 생각은 발걸음을 멈추거나 발을 헛디디는 곳으로 쉽게 이동한다. 하지만 우리의 친구들은 이론과 현실을 일치시켰다. 그들은 가문비나무와 자작나무 사이의 경계선을 따라갔으며 산등성이를 지나 무사히 계곡으로 갔다. 하지만 옷이 찢어지고 멍이 들고 여러 차례 소나기가 퍼붓는 바람에 온몸이 흠뻑 젖었으며, 오로지 의지와 용기만 품은 채 이제 얼마 안 남은 여정을 이어나갔다. 그들이 마지막으로 가진 결정적인 힘은 엉망진창으로 널브러져 있는 바위들과 통나무들을 뚫고 골짜기 수원으로 내려갈 때 다 써버렸다. 그러한 위급상황에서 사람들은 자신이 가진 힘보다 더 많은 것을 끌어낸다. 사람들은 저녁밥과 잠자리를 구할 수 있을 거라는 기대에 힘입어 여정을 이어나갈 수 있다. (내가 살면서 여러 차례 그랬듯) 그러한 여행을 직접 하지 않는다면, 그것이 어떤 것인지 어렴풋하게만 머릿속으로 그릴 수 있을 것이다. 그러한 시도가 육체에 어떤 의미가 있는지, 또 마음에는 어떤 의미가 있는지를 말이다. 우리는 매복하고 있는 적과 전투를 치르고 있는 것이다. 저 황야에 숨겨진 얼마나 먼 길을 빙 둘러가야 하는가! 가다 보면 또 얼마나 가야 할 길이 늘어날 것인가! 통나무와 바위와 쓰러진 나무들은 또 얼마나 굳건히 쌓여있을 것인가! 또 얼마나 깊은 협곡으로 피신하고, 예기치 않은 고지 뒤에서 조심조심 걸어야 할 것인가! 우리의 육체는 전투의 피로를 느낄 것이며 우리의 마음은 맡은 바 소임에 대한 중압감을 느낄 것이다. 표적을 놓칠 수도 있을 것이다. 산은 우리의 허를 찌를지도 모른다.

그날 내내 그 미덥지 않은 황야를 내려다볼 때마다 나는 두 친구가 더듬거리며 갈 거라는 불안한 마음과 더불어 모쪼록 잘 갈 수 있는 요령을 더 많이 알려주지 못했다는 생각이 들었다. 그들은 아마 우리가 걱정하는 것보다는 덜 걱정했을 것이다. 자신들 앞에 있는 것에 대해 우리보다 더 몰랐기 때문이다. 그런 다음, 속으로 그들에게 알려주었던 지형의 어떤 지점이 틀렸을지도 모른다는 두려운 생각이 슬슬 들었다. 하지만 기우였다. 내가 짰던 작전에 따라 승리를 거두었다. 그로부터 일주일 뒤, 그 친구들의 집 앞에서 인사를 나누었을 때는 상처도 거의 다

나왔고 찢어진 옷들은 다 꿰매져 있었다.

산꼭대기에 있을 때, 우리는 그토록 보고자 애썼던 경관을 보는 데 대부분의 시간을 보낸다. 거의 시간마다 새로운 것을 관찰하기 위해 망루에 오른다. 나는 망원경으로 북서쪽으로 약 65킬로미터 떨어진 고향의 구릉지를 볼 수 있었다. 나는 이제 슬라이드산이라는 말의 등 위에 있다. 그렇다, 말 어깨의 가장 높은 곳에 있는 것이다. 어렸을 적 수도 없이 내 시선을 사로잡았던 바로 그곳 말이다. 우리는 발삼나무로 뒤덮인 등을 따라 엉덩이까지 볼 수 있다. 그곳에서부터 네버싱크강의 삼림지대까지 한눈에 훑고, 또 다른 한편으로는 고개 숙여 풀을 뜯어 먹거나 물을 마시는 곳인 만灣까지 시선을 던진다. 낮 동안은 북부 캐츠킬산맥을 따라 웅대한 천둥구름 행렬이 줄을 이어 비의 장막을 드리우며 산을 에워쌌다. 그러한 고도에서 보면 초원이나 바다에서 보는 것과 동일한 구름의 전경을 볼 수 있다. 구름은 구릉지를 가로지르며 얹혀 있거나 구릉지에 의해 들어 올려진 것이 아니라 흐릿한 서쪽에서 엷고 희미하게 나온 것으로 보이며, 점점 구릉지에 가까워진 뒤 구릉지에 의해 굴러가며 점점 커지고 위쪽으로 위치하면서 도로와 같은 높이에서는 볼 수 없는 바람과 폭풍의 거대한 마차가 된다.

오후 들어서 짙은 구름이 우리를 위협했지만, 한파를 알리는 수증기의 응결로 밝혀졌다. 얼마 가지 않아 기온이 현저히 떨어졌고 밤이 다가오면서 추운 시간을 보내게 될 거라는 사실이 꽤 확실해졌다. 바람이 일고 우리 머리 위로 수증기 방울이 굵어지면서 추운 시간은 점점 가까이 다가왔다. 이윽고 바람이 산꼭대기를 가로지르며 호리호리한 유령의 모습으로 휘몰아치기 시작하더니 벼랑 위로 굽이치며 전경을 차단했다. 우리는 부지런히 밤에 땔 나무를 모으고, 오두막 틈새를 메울 나뭇가지들도 더 많이 모았다. 우리가 긁어모은 나무는 개탄스러운 양이었다. 가령 도끼를 쓰지 않고 모을 수 있는 썩은 가문비나무의 가지, 밑동, 뿌리와 같은 것들이거나 자작나무 껍질 부스러기와 같은 것들이었다. 오두막 한켠에 불을 지폈는데 동쪽 면과 지붕 위의 큰 구멍을 통해 연기는 쉬이 빠져나갈 수 있었다. 우리는 더욱 두툼하고 더욱 보금자리 같은 침대를 만들어 같이 썼다. 어둠이 찾아오자 담요 안으로 몸을 집어넣었다. 모진 바람은 머리맡과 어깨 주위의 온갖 틈새를 찾아내었으며, 얼음장같이 차가웠다. 그럼에도 우리는 잠이 들었고, 한 시간쯤 자고 있을 때 나와 같이 자던 일행이 벌떡 일어났다. 평소에는 아주 차분하던 남자가 평소와 달리 흥분한 상태였다. 그는 별안간 척추 자리에 얼음막대기가 있다며 흥분해 있었다. 이를 딱딱 맞부딪치며 오한으로 온몸을 부들부들 떨었다. 나는 그에게 일단 불을 다시 때고 담요로 몸을 감싸 제한된 공간에서 할 수 있는 한 최대한 힘차게 풀쩍풀쩍 뛰라고 조언했다. 그는 즉각 그렇게 했다. 어둑어둑한 불빛 속에서 그는 필사적으로 격렬하게 날뛰었다. 키 큰 사람이 담요를 펄럭거리며 이를 딱딱 맞부딪치고 있었다. 바깥에서는 호저들이 찍찍거리며 제자리걸음을 하고 있었다. 그 일을 생각하면 지금도 미소가 지어진다. 당시에는 대단히 중대한 문제였지만 말이다. 시간이 조금 지나서 그는 온기를 되찾았지만 다시는 나뭇가지에 몸을 맡기려 하지 않았다. 그는 포위하고 있는 적과 싸우듯 밤새도록 추위에 맞서 싸웠다. 꼼꼼하게 연료를 아껴야 포위하고 있는 원수를 아침이 올 때까지 막을 수 있을 터였다. 하지만 아침이 오기도 전에 그는 의자로 사용했던 거대한 나무뿌리까지 다 써버렸다. 나는 발삼나무 가지 밑에서 담요를 둘둘 말고 얼마간 푹 잤다. 밤새도록 우울하게 불침번을 서는 친구는 거의 잊을 정도였다. 식량이 얼마 남아있지 않았다. 전날 배급이 다소 부족했으며, 그러잖아도 불편한 게 한둘이 아닌 데다 허기까지 더해졌다. 당시 그 친구의 아내가 길을 나서는 그에게 보낸 편지에는 다음과 같은 예언자적인 글귀가 적혀 있었다. "당신이 외딴 산꼭대기에서 추위와 허기로 고생하지 않기를 바라요."

추위에도 불구하고, 빅넬지빠귀는 동이 틀 조짐이 보이는 순간 다시 노래를 부르기 시작했다. 나는 나뭇가지 밑에 파묻혀 있으면서 가슴을 후벼 파는 아름다운 속삭임을 들을 수 있었다. 얼마 안 있어 일어나서 친구에게 잠깐이라도 눈을 좀 붙이라고 청했다. 그동안 나는 나무를 모아오고 커피를 끓였다. 세차게 활활 타오르도록 불을 지핀 뒤 물도 좀 길어오고 세수도 하려고 샘물이 있는 곳으로 떠났다. 빈 땅 어디든 뒤덮고 있는 국화과의 여러해살이풀인 메역취 잎사귀들이 꽁꽁 언 수증기 입자로 뒤덮여 있었다. 안개에 갇힌 그 광경은 오싹하면서도 을씨년스러웠다.

이제 우리는 슬라이드산에게 진 빚을 청산하고 떠날 준비를 하고 있었다. 함박눈이 펄펄 휘날리기 시작했다. 우리는 6월 10일에 11월의 기온 속에서 눈보라를 맞으며 산을 내려오기 시작했다. 우리의 목적은 우리가 왔던 계곡으로 돌아가는 것이었다. 윤곽이 뚜렷한 산길은 산꼭대기에서 북쪽으로 이어졌으며, 우리는 혼신의 힘을 다해 갔다. 몇 분후, 우리는 슬라이드라는 이름을 짓게 만든 산사태가 났던 맨 앞부분에 이르렀다. 현장으로 가는 방문객들이 다진 좁은 길이었다. 그 길이 끝나자 산사태의 흔적이 시작되었다. 처음에는 분명 우리 손보다 더 크지 않았지만, 급격하게 커지다가 이윽고 폭이 아주 넓어졌다. 화살과도 같이 우리 발밑에서 쭉 흘러내리다가 이윽고 안개 속에서 사라졌으며 위태로울 정도로 가파르게 보였다. 그 가장자리에 매달려 있는 거무스름한 가문비나무의 모습은 마치 동료 나무들에게 자신들을 구해달라고 손을 내미는 것 같았다. 우리는 벼랑 끝에서 잠시 주춤하였지만 마침내 조심조심 하강하기 시작했다. 바위는 무방비로 노출되어 미끄러웠으며 산사태가 났던 가장자리만이 발을 디딜 바위가 있거나 손으로 짚을 만한 덤불이 무성하게 자라 있었다.

우리는 경로를 선택하려고 잠시 멈추었다. 그때 그 여행에서 가장 멋진 깜짝선물이 우리를 기다리고 있었다. 산들바람이 불자 우리 앞에 있던 안개가 재빨리 빙글빙글 소용돌이쳤다. 꼭 연극 막간에 무대 위에서 들어 올리는 커튼 같았다. 다만 안개가 훨씬 더 빨랐으며, 눈 깜짝할 사이에 광활한 심연이 우리 앞에 펼쳐졌다. 너무나 갑작스러워서 거의 정신을 못 차릴 지경이었다. 세상은 책처럼 펼쳐졌으며, 엷은 안개가 없는 공간에서 나무로 뒤덮인 숲과 산은 놀랍도록 가까워 보였다. 북부 캐츠킬산맥 한가운데 있는 야생의 골짜기에는 햇살이 쏟아지고 있었다. 그런 뒤 커튼이 다시 내려지자 우리가 매달려 있는 길고 가느다란 잿빛 바위밖에는 아무것도 남겨지지 않은 채 어둠 속으로 내동댕이쳐졌다. 우리는 계속해서 아래로 내려갔다. 그때 안개가 다시 걷혔다. "잭과 콩나무"가 다시 시작된 것이었다. 새로운 경이로움과 새로운 전경이 몇 분 간격으로 우리를 기다리고 있었다. 이윽고 마침내 우리 아래에 있는 골짜기 전체가 투명한 햇살을 받고 있었다. 절벽을 내려가자 골짜기 사이로 구불구불 흐르는 샛강의 시작점인 실개천이 있었다. 더 멀리 걸어가니 깊게 움푹 파인 곳에 오래된 눈더미의 잔해가 쌓여 있었다. 겨울은 이곳에서 최후의 저항을 하였으며, 4월의 꽃은 거의 겨울의 유해 한가운데에서 피어나고 있었다. 우리는 콩나무 끝에서 궁전도, 굶주린 거인도, 공주도 찾지 못하였으나, 초라한 지붕과 라킨스 부인의 따뜻한 마음을 찾았다. 이는 우리의 목적에 더 꼭 들어맞는 것이었다. 그리고 우리는 또한 잭이 발견하였던 그 어떤 거인과라도 먹기 시합을 벌일 기분이었다.

캐츠킬산맥 한가운데에서 내가 찾아낸 모든 은둔지 중에서 내게는 라킨스의 초라한 거처가 있는 그 산골짜기만큼이나 매력이 많은 곳도 없다. 그곳은 자연 그대로이며, 아주 조용하고, 빼어난 산 경치를 지니고 있었다. 골짜기로 올라오는 도중에 우리는 수 킬로미터 아래에 펼쳐져 있는 문명의 정상에 다다랐다. 그곳에서 얼기설기 대충 만든 작은 집들은 끝나고, 왼쪽으로 방향을 틀자 숲이 나왔다. 얼마 안 있어 다시 숲속의 빈터에 들어서자 바위투성이의 들쑥날쑥한 산마루가 있는 팬더산이 우리 앞에 솟아 있었고, 바로 그 옆의 낮은 고원에 라킨스의 초라한 지붕이 솟아 있었다. 아마 팬더산과 농가의 모습이 한눈에 그려지리라. 농가 위쪽에는 숲으로 뒤덮인 깎아지른 듯한 높은 절벽이 있는데, 거무튀튀하게 말라버린 나무줄기 주변에서 도가머리딱따구리가 따다다닥 우는 소리를 들을 수 있었다. 왼쪽의 우거진 숲은 뾰족뾰족한 가문비나무로 뒤덮인 원뿔 모양의 위튼버그산까지 완만한 곡선을 이루며 길게 이어졌는데, 거의 1,200미터 높이지만, 골짜기 맨 앞부분에서는 슬라이드산이 모두를 제치고 우뚝 솟아 있었다.

라킨스네 헛간 바로 뒤에 있는 목초지에서는 이 모든 산맥의 경치를 볼 수 있는 반면, 크로스산의 계단식 측면은 즉각 동쪽으로 경치를 제한하고 있었다. 팬더산 꼭대기에서 슬라이드산 쪽으로 시선을 돌리니 봉우리에 전나무가 시커멓게 줄지어 있는 거대한 암벽이 보였다. 숲이 갑작스럽게 끝나고, 그 대신 산신령들이 지었던 어떤 성벽처럼 암석으로 된 거대한 절벽 정면이 솟아있는 것이다. 독수리들은 그곳에 둥지를 틀 것이다. 그 광경은 숲의 단조로움을 아주 인상적으로 깨뜨렸다.

이러한 고지대 들판의 바위에 앉아 팬더산 뒤로 해가 지는 것을 보는 게 나의 낙이다. 내 아래에서 빠르게 흐르는 개울은 모든 골짜기를 졸졸졸 흐르는 소리로 가득 채운다. 산들바람은 불지 않지만 대기의 조석은 서늘한 숲 쪽으로 서서히 흐른다. 이는 석양이 비칠 때 환히 빛나는 공기 속 먼지를 통해 볼 수 있다. 이내, 공기가 약간 서늘해지면서 대기의 조석은 방향을 틀어 서서히 바깥으로 흐른다. 구불구불 긴 골짜기는 8킬로미터의 원시림에 걸쳐진 슬라이드산의 기슭까지 이어지는데, 샛강이 일제히 졸졸 흐르는 소리와 그 모습은 얼마나 야생적이고 멋스러운지 모른다! 위튼버그산에서 햇살은 오래도록 머문다. 이제 위튼버그산은 어둠의 바닷속에서 섬처럼 서 있다가 서서히 파도 밑으로 가라앉는다. 해 질 무렵 지빠귀가 우짖는 소리는 정적이 흐르는 쓸쓸한 황야에 깊은 감동을 준다.

다음날, 친구와 나는 전에도 두 번 텐트를 친 적이 있던 개울가 숲에 텐트를 쳐서 며칠 동안 즐거운 나날을 보냈다. 개울에는 송어가 풍성했고 야생 딸기도 드문드문 있었다. 라킨스 부인의 크림병과 버터통, 빵상자는 쉽게 닿을 수 있는 곳에 두었다. 야영지 근처에 이례적으로 커다란 샘이 있었는데 얼음장같이 차가워서 냉장고 역할을 했다. 송어나 우유가 든 양철통을 그 샘에 담가놓으면 나흘이나 닷새 정도는 고소한 맛이 그대로 유지되었다. 어느 날 밤, 스라소니나 미국너구리로 추정되는 동물이 와서 송어가 담긴 양철통 위에 올려놓은 돌을 들어 올려 송어 꿰미를 꺼내 송어를 묶어놓은 줄과 대가리 하나만 남겨 놓은 채 모조리 그 자리에서 먹어치웠다. 예나 지금이나 8월에는 곰들이 블랙베리를 찾아 덤불이 우거진 숲 근처로 내려온다. 하지만 그 두메산골에서 제일 들끓는 동물은 호저이다. 호저는 스컹크만큼이나 멍청하고 아무 생각이 없다. 녀석의 넓고 뭉툭한 코는 머리가 얼마나 비어있는지를 가리킨다. 커다란 설치동물인 호저는 우리가 주의를 기울이지 않으면 우리 집까지 갉아먹어 버릴 것이다. 미리 대책을 세워두지 않으면 여름날 저녁에 뻔뻔하게 열린 문으로 걸어 들어올지도 모른다.

그 지역의 야영객들에게 제일 성가신 동물이자 제일 조심할 필요가 있는 동물은 소이다. 두메산골의 소들과 송아지들은 늘 소금에 굶주린 것 같다. 그래서 기회만 주어진다면 어부가 입은 옷의 등을 날름날름 핥아먹고, 텐트와 장비를 망가뜨릴 것이다. 한번은 숲에서 방목하는 암송아지들과 수송아지들이 며칠 동안 우리 야영지 주변을 어슬렁거리고 있다가 우리가 없는 틈을 타 불시에 덮쳤다. 텐트는 닫혀 있었고 모든 게 그 안에 가둬져 있었지만, 녀석들은 긴 혀로 텐트 밑을 날름거리며 뭔가 맛난 것을 맛보고 있는 것 같았다. 녀석들이 긴 혀로 낚아챈 것은 우리 중 한 명이 숲에서 읽겠다는 일념으로 가져온 존 스튜어트 밀의 『종교에 대하여』였다. 녀석들은 그 책 둘레를 꽤 많이 핥아먹었지만 밀의 논리가 너무 억셌는지 그 책을 감싸고 있던 종이만 먹어치우는 것으로 만족해야 했다. 만약 소들이 밀의 관점을 보고 깜짝 놀라지만 않았더라도 텐트는 열렬한 호기심과 소금에 대한 갈증 앞에서 일찌감치 목구멍으로 넘어갔을 것이다.

라킨스의 개가 우리 야영지에 불시에 들이닥친 것은 성가시기보다는 재미있었다. 녀석은 아주 살갑고 똑똑한 양치기 개로 아마 콜리 종이었을 것이다. 야영지에서 점심으로 첫 끼니를 때우려고 앉자마자 녀석이 찾아왔다. 하지만 지나치게 친한 척하면서 자기 몫의 점심을 너무 많이 요구하기에 우리는 녀석을 다소 쌀쌀맞게 대했다. 녀석은 다시는 오지 않았다. 하지만 이후 몇 밤이 지나고 우리가 사소한 용무가 있어 라킨스의 집으로 설렁설렁 걸어가고 있을 때 개에게 번득이는 계획이 불쑥 떠오른 것 같았다. 개는 우리를 보자 꼭 이렇게 혼잣말하는 것 같았다. '지금 둘 다 오는군. 내가 딱 바라던 바야. 자, 저들이 자리를 비운 동안 얼른 가서 뭐 먹을 게 있는지 알아볼까나.' 우리가 도착하자 개가 몸을 일으키더니 잽싸게 야영지 방향으로 가는 것을 친구가 보았다. 친구는 "평소에 똥개들이 하는 짓으로 봐선 아무래도 서둘러 떠나는 목적이 있는 것 같아"라고 했다. 그 사실이 내 주의를 환기시켰기에 우리는 황급히 돌아갔다. 살금살금 야영지 근처에 다가가자 개가 얕은 샛강 속에 있는 양철통에 대고 킁킁거리고 있는 모습이 보였다. 녀석이 버터통 뚜껑을 열고 막 맛을 보려 하고 있을 때 우리는 소리를 꽥 질렀다. 그러자 녀석은 "양을 잡아 죽일 듯한" 모습으로 집으로 냅다 달려갔다. 다음날 라킨스의 집에서 녀석을 다시 만났을 때, 녀석은 우리의 얼굴을 똑바로 쳐다보지 못하더니 완전히 풀이 죽은 채 슬그머니 빠져나갔다. 이것은 개의 입장에서는 명백한 추론의 사례였으며, 그 뒤의 일은 나쁜 짓을 저지른 데서 나오는 명백한 죄책감의 사례였다. 그 개는 아마 다른 어떤 동물에 앞서 인간이 될 것이다.

어느 자연주의자의 기쁨

I

    자연은 틈새마다 또 구석구석마다 얼마나 생명체가 빽빽이 들어차 있는지 모른다! 특히 기온 차이가 심하지 않은 미국의 북부 지역에는 말이다! 내가 태어난 농장에서 도로를 보수하느라 여념이 없던 6월 며칠 동안 나는 이 사실에 깊이 감명받았다. 얇은 층으로 헐겁게 차곡차곡 포개진 채 썩어가는 바위를 열어젖히는 것은 작은 생물학 박물관과 동물학 박물관을 열어젖히는 것이었다. 무수히 많은 작은 생명체가 그곳을 집으로 삼고 있었다. 얼룩다람쥐에서부터 개미, 거미에 이르기까지 동물이 번성했다. 우리는 헐겁게 포개진 바위 밑 약 45센티미터 정도의 굴속에 있는 얼룩다람쥐들을 불안하게 했다. 잘게 부서진 마른 단풍나무 이파리들이 깔린 폭신하고 따뜻한 둥지에 두 마리가 있었다. 녀석들은 문 밖으로 쫓겨날 때까지 기다려주지 않았다. 머리 위에서 시끄러운 소리가 들리자마자 번개처럼 단숨에 튀어 나갔기 때문이다. 나는 두 마리가 함께 사는 것을 보고 놀랐다. 지금까지 굴속에서 한 마리만 산다고 알고 있었기 때문이다. 그 근처에는 밀크뱀* 한 마리가 바위틈에 몸을 숨기고 있다가 우리가 낸 작은 지진에 끔찍하게 으스러졌다. 30센티미터 정도 되는 작은 붉은배뱀 두 마리 또한 그곳에 은신해 있었다.

개미들은 느닷없이 알이 노출되자 대경실색하며 우왕좌왕했다. 실제로 우리 주위에 있는 모든 돌멩이 밑에는 살아있는 자연의 역사가 있었다. 아이들 몇 명이 내게 돌멩이 몇 개를 가져왔다. 아이들이 들어 올려 자세히 보니 거미들이 알주머니를 숨기고 있었다고 했다. 검은색 줄무늬가 있는 조그만 거미는 알주머니들을 차고 다니고 있었는데, 크기는 커다란 완두콩만 했으며 몸 뒤쪽에 붙어 있었다. 거미가 알주머니들을 단단히 부여잡고 다리 사이에 품고 있을 때 돌멩이가 분리된 것이었다. 사람 손만 한 크기의 또 다른 돌멩이 파편에는 나비의 번데기가 은신해 있었는데 꼬리 부분이 돌멩이에 붙어 있었다. 눈도 못 뜨고 귀도 들리지 않는 채로 완전히 감싸여진 동물들이 마치 그들의 성역을 침범한 우리에게 격노하여 위협하는 듯 꿈틀거리고 허우적대는 모습을 보는 것은 대단히 놀라운 일이었다. 머지않은 시일 내에 우리는 알의 저항을 보게 될 것이다.

자연주의자는 이런 식으로 도처에서 즐거움을 발견한다. 그에게는 도처에 고독이 가득하다. 아침이나 저녁마다 산책하는 것은 눈과 귀를 호강시킨다.

타고난 자연주의자는 세상에서 제일 운이 좋은 사람 중 하나이다. 겨울이든 여름이든, 비가 내리든 해가 비치든, 국내이든 해외이든, 걸

*미국 동북부 지방에 많이 있는 회색의 독 없는 작은 뱀.

어가든 말이나 마차를 타든, 그에게는 언제나 즐거움이 바로 가까이에 있다. 자연의 위대한 책이 그 앞에 펼쳐져 있기에 그는 책장을 넘기기만 하면 된다.

며칠 전, 우리 집 현관에 히코리나무로 만든 흔들의자에 앉아 있던 친구는 그 의자를 차지하고 싶어 하는 것으로 보이는 조그만 단생벌한 마리 때문에 몹시 성가셨다. 벌은 다리에 조그만 벌레를 붙들고 있었다. 그녀는 "휘이" 하며 벌을 쫓았으나 몇 초 만에 다시 돌아올 뿐이었다. 나는 벌이 그녀를 쏘려고 하는 게 아니라 그 의자 어딘가에 보금자리가 있기 때문이라고 그녀에게 장담했다. 그리고 아나나 다를까 그녀가 평정을 되찾자마자 벌은 의자 팔걸이 끝에 있는 작은 입구로 들어가 벌레를 두었으며, 이내 또 다른 벌레를 갖고 다시 돌아왔다. 이 일은 서너 번 반복되었다. 그리고 날이 저물기 전에 벌은 진흙을 뭉친 조그만 알들을 갖고 오더니 입구를 봉해버렸다.

Ⅱ

너도밤나무 숲으로 걸어가는 나의 아침 산책길은 수시로 내게 자연에 대한 새로운 지식과 새로운 시선을 가져다준다. 오늘 아침에는 작은 물푸레나무 위에 맺힌 커다란 이슬방울에 목욕을 하는 벌새를 한 마리 보았다. 나뭇잎에 맺힌 이슬이나 빗방울에 목욕을 하는 다른 새들을 본 적은 있지만 벌새가 그리 하는 것은 전에는 알지 못하던 것이었다.

오늘 아침처럼 이슬이 내린 날에 길에서 작은 거미들이 친 거미줄에 수분이 흠뻑 스며들면 프리즘 같은 빛깔을 드러낸다는 사실 또한 발견했다. 모든 거미줄에는 미세한 구체 모양의 물방울이 매달려 있었으며, 그것들은 모두 무지갯빛을 띠었다. 그것들 각각에서 아주 자그마한 무지개를 받치고 있는 다리를 하나 보았다. 맞은편으로 한두 걸음 떼자 또 다른 다리를 하나 볼 수 있었다. 물론 그렇게 작은 범위에서는 완전한 무지개를 볼 수 없다. 이러한 단편들은 구름 속의 무지개만큼이나 다가가기 어렵다. 나는 또한 매달려 있는 이슬방울이 보석이 되거나 무지갯빛를 드러내는 곳에서는 오른쪽으로든 왼쪽으로든 한 번에 하나씩만 볼 수 있다는 것도 알았다. 그 또한 무지개의 단편이다. 무성한 나뭇잎사귀 속에서 또는 한차례 소나기가 내린 뒤의 풀밭에서 거대한 프리즘과 같은 것을 보았다는 사람들은 믿을 수 없는 사람들이다. 유리구슬처럼 햇빛에서 반짝이는 물방울을 볼 수는 있지만 프리즘 같은 빛깔을 드러내지는 않으며, 한 번에 오직 하나의 무지개만 볼 수 있다. 위치를 바꾸면 또 다른 무지개를 볼 수는 있으나 한꺼번에 프리즘과 같은 빛깔을 드러내지는 않는다.

며칠 전 아침 산책길에서 돌멩이를 뒤집어 거미와 개미를 찾아내었다. 이들 외에도 잎꾼개미*의 개미집 두 개를 찾아내었다. 사내아이들은 잎꾼개미를 "땀벌"이라고 부르는데, 우리 주위로 날아와서 마치 소금기를 찾듯 땀 냄새가 나는 손이라든가 팔 같은 곳에 내려앉기 때문이다. 잎꾼개미는 꿀벌 크기 정도로 꿀벌보다 좀 더 밝은 빛을 띠며 복부는 노란색으로 매우 유연하다. 꽃가루를 뒷다리의 넓적다리마다가

---

*아메리카 대륙의 열대 지방 전역에 걸쳐 서식하며 "가위개미"라고도 불린다. 턱으로 잘라낸 나뭇잎을 집으로 옮긴 다음 발효시켜서 곰팡이 농사를 짓는다. 하나의 군집이 5백만 마리 이상으로 이루어져 있기 때문에 하루에 소비하는 나뭇잎의 양은 소 한 마리가 먹는 양과 비슷할 정도라고 한다.

아니라 복부에 달고 다닌다. 개미집들은 녹색빛 나는 갈색이었다. 각각이 꼭 소형의 불룩한 통 같았는데, 그 안에 알과 함께 꽃가루가 밀봉되어 있었다. 알이 부화하면 유충은 영양분을 얻으려고 가까이에 있는 먹이를 한 조각 찾는다. 그 작은 통들은 위로 향하고 있었는데 마치 컴퍼스를 갖고 원통에 맞게 정확히 잘라낸 듯한 수많은 둥근 나뭇잎 조각들이 포개져 있었다. 원통형의 벽은 타원형으로 길쭉하게 잘라낸 나뭇잎으로 이루어져 있었으며, 대략 1.5센티 너비에 5센티미터 길이로 서로 무수히 겹쳐지며 최고의 일꾼다운 솜씨로 끼워 맞추어져 있었다.

어린 시절 나는 이따금 땅벌이 둥지 재료를 잘라내는 것을 보았다. 아래턱뼈가 꼭 커다란 가위처럼 완벽하게 작동했다. 둥그렇게 혹은 타원형으로 길쭉하게 잘라낸 나뭇잎을 굴려 다리 사이에 넣은 채 날아가곤 했다. 그 나뭇잎들을 낡은 철도 레일이나 닳아빠진 기둥의 조그만 구멍으로 나르는 것을 본 적도 있다. 부화기에 대해서는, 글쎄다, 잘 모르겠다.

III

제비들은 곤충을 잡으려고 공중에서 습격할 때 진정한 딱새류가 하듯 사냥감을 휙 낚아채 가지 않는다. 제비의 주둥이는 비행기의 속도로 대기를 뚫고 나가는 작은 그물이다. 며칠 전 아침 공기는 쌀쌀했지만, 모기만 한 크기에서부터 각다귀 크기에 이르기까지 솜털이 보송보송하고 투명한 곤충들이 많이 돌아다니고 있었다. 곤충들은 땅 가까이에 있었다. 나는 우연찮게 바위의 양지바른 쪽에 앉아 제비들이 쏜살같이 지나가는 것을 보게 되었다. 한 마리가 내게서 3미터도 떨어지지 않은 곳으로 날아오더니 눈에 확 띄는 곤충에게 곧장 돌진했다. 곤충은 눈 깜짝할 사이에 제비 주둥이 속으로 사라졌다. 제비들은 얼마나 수없이 많은 곤충들을 매일 그렇게 먹어치울까! 그렇다면 날아다니며 곤충을 잡아먹는 딱새류라든가 울새, 또 그 외 곤충을 잡아먹는 다른 새들이 계절이 흐르면서 얼마나 많은 곤충을 먹어치우는지에 대해 한번 생각해보는 건 어떨까!

IV

우리는 숲과 길가의 여러 곳이 얼마나 생명체들로 득실거리는지를 거의 생각하지 않는다. 지켜보고 기다리지 않는 한 우리는 그러한 생명체들을 거의 볼 수 없다. 야생의 생물들은 자신을 드러내는 것을 매우 경계한다. 적들이 늘 주시하고 있기 때문이다. 어떤 숲에서는 밤에 날다람쥐들이 북적거리는 모습을 볼 수 있지만 우발적인 경우를 제외하고는 낮에는 전혀 보지 못한다. 숲에는 또한 먹이를 찾아 살금살금 돌아다니는 밤손님들도 있다. 스컹크, 여우, 미국너구리, 밍크, 올빼미, 쥐가 그들이다.

야생쥐는 거의 볼 수가 없다. 조그만 아메리카두더지*는 내가 아는 한 밤에 활동하는데 딱 한 번밖에 보지 못했다. 한번은 숲속의 바위들 옆에 일명 "착각의 덫"**이라 불리는 덫을 놓은 적이 있었다. 다른 어느

*동아시아 · 북미 등지에 서식하는 두더지과科 동물 중, 꼬리가 비교적 긴 것의 총칭. 아메리카두더지는 몸길이 약 8cm로, 북미 서해안 지역에 서식한다.
**delusion trap. 1876년 네브래스카주에 사는 존 모리스라는 사람이 특허를 낸 쥐덫. 쥐가 미끼를 물려고 안에 들어가면 쥐의 무게로 인해 문이 닫힌다. 그때 쥐가 구멍 사이로 풀쩍 뛰면 쥐는 자신이 밖으로 나갔다고 생각하지만 또 다른 구멍 안에 갇히게 된다.

곳보다 쥐가 더 많을 거라고 추측할 만한 아무런 이유가 없는 곳이었다. 이틀 후 아침에 보니 덫에는 그야말로 쥐들이 득실득실했다. 여섯 마리는 족히 넘었다.

들판에서 돌멩이를 뒤집었을 때 그 아래에 있던 개미, 민달팽이, 벌레, 구더기, 거미와 같은 작은 종족들이 얼마나 혼비백산하는지를 보라. 모두가 백일하에 드러나는 것을 거부한다. 그들의 악한 행실 때문이 아니라 자기보존 본능이 그리하도록 촉발하기 때문이다. 내가 지금 이 글을 쓰고 있는 동안에도 길가 근처의 둑에 은신처를 갖고 있는 얼룩다람쥐는 몇 미터 떨어진 덤불에서 자란 반쯤 익은 커런트를 비축하느라 몹시 분주할 것이다. 당연히 커런트는 발효되어 썩을 테지만 다람쥐는 그러한 것을 생각하지 않는다. 씨앗은 계속해서 보존될 것이며, 다람쥐가 찾는 것은 바로 씨앗이다. 견과류나 곡식이 익기 전인 초여름에 크기가 작은 설치류들 사이에서 높은 생활비는 대단히 큰 문제이며, 그들은 온갖 종류의 임시변통에 의존해야 한다.

V

이렇듯 자연의 숨겨진 곳에서의 생명의 충만함과 관련하여 다윈은 전체로서의 세계를 이렇게 말한다.

세계의 모든 구석구석이 살기에 적합하다고 단언해도 좋을 것이다. 바닷물로 이루어진 호수든, 따끈한 광천수가 나오는 화산 아래의 숨겨진 지하동굴이든, 광활하게 펼쳐진 깊은 바다이든, 대기의 상층부이든, 심지어 만년설의 표층이든 간에 그 모두가 유기체를 지속시킬 것이다.

이제까지 다윈만큼이나 자연사를 아끼고 소중히 여기는 사람은 없었다. 다윈은 땅에서, 공기에서, 물에서, 암석에서, 모래에서, 진흙에서 이전에는 살펴본 적이 없었던 식으로 지구의 위대한 생물학적 기록을 세심히 살폈다. 비글호를 타고 항해하는 동안 그는 자신의 자연 지식의 창고에 온갖 고난을 보태는 것을 회피하지 않았다. 조사를 진행하는 동안 편안한 배를 떠났으며, 새로운 사실을 모으려고 말을 타고 황량하고 위험한 지역을 수백 킬로미터를 돌아다녔다. 노새에게는 풀과 물로, 자신에게는 식물학이나 동물학, 인류학으로 보답하며 그는 행복해했다. 안데스산맥의 고지대 사람들은 "푸나"라고 부르는 고산병으로 호흡 곤란을 겪고 있었는데 그것을 고치려고 양파를 먹었다. 다윈은 눈을 반짝이며 이렇게 말했다. "나로서는 패석*만큼 좋은 것을 발견하는 일이 없다."

다윈의 『비글호 항해기』는 자연사 지식에 대한 정기적인 관찰 기록이다. 생물학적 사실이 그처럼 면밀하고 샅샅이 조사된 지역이 그때까지 있었던가? 그의 만족할 줄 모르는 시선은 호수든 강이든 늪이든 숲이든 그 어디든 뚫고 들어간다. 사람들은 언제나 다른 시각을 가질 목적으로 그의 글을 다시 읽는다. 곤충에 관심을 갖게 되었을 때는 그 이유 때문에 읽는다. 혹여 새에게 관심이 생기면 그 이유 때문에 읽는다. 여러분이 포유류나 화석, 파충류, 화산, 인류학과 같은 주제들을 각기 염두에 두고 있다면 다윈을 읽으면 된다.

나는 최근 높이 나는 콘도르에 대한 문제를 염두에 두고 있어 그

*지질 시대에 살았던 조개의 유해遺骸. 흔히 퇴적암 같은 바위 속에 남아 있다.

이유 때문에 다윈을 다시 읽었다. 아니나 다를까, 다윈은 그 문제에 대해서도 역시 연구하였으며 이미 통달해 있었다. 북아메리카와 남아메리카, 이렇게 두 대륙의 생물학적 특성이 어떻게 서로 일치하는지 혹은 대비되는지에 대해 관심이 있다면, 여러분이 알고 싶은 것을 찾을 수 있을 것이다. 여러분은 남아메리카의 반딧불이와 개똥벌레류의 유충이 북아메리카에서와 동일하다는 사실을 배울 수 있을 것이다. 딱정벌레나 방아벌레는 뒤집어져 있으면 우리 미국의 종이 그러하듯 다리를 움츠린 후 공중으로 톡 하고 튀어 올라 몸을 뒤집는 데 성공한다. 지긋지긋한 곰팡이 따위의 균류나 말뚝버섯은 열대우림을 오염시킨다. 비슷한 종이 가끔 우리의 앞마당과 목초지 경계선을 오염시키듯 말이다. 진흙으로 된 작은 둥지 속에 알을 까는 나나니벌은 새끼를 위해 둥지를 거의 죽어가는 거미들로 채워 넣는다. 이는 북아메리카에서도 똑같다. 당연히 남아메리카에도 새로운 종의 동물과 식물이 있지만 많지는 않다. 종의 변형 시 환경의 영향을 끊임없이 염두에 두기 때문이다.

VI

자연주의자는 아주 사소한 것들로 하루 종일 흡족할 수 있다. 자연 서적에서 한 음절의 단어만 읽어도 그것을 최대한 활용할 수 있다. 며칠 전 아침, 어리지만 깃털이 다 날 수 있게 된 검은눈방울새를 지켜보고 있을 때였다. 그 새에게 저녁참새와 비슷한 반점이 있다는 사실을 인지했을 때 나는 그 말이 무슨 뜻인지 이해할 수 있었다. 어린 새들에게는 언제나 짧은 기간 동안 부모 혈통으로부터 갈라져 나온 반점이 되풀이된다. 그리하여 미국산 개똥지빠귀의 새끼는 지빠귀 종족이란 사실을 드러내는 작은 반점들이 가슴에 있는 것이다. 또, 검은눈방울새의 새끼는 가슴과 등에 줄무늬가 있으며 꼬리 측면에 흰 깃털이 있다. 저녁참새와 혈족관계인 것이다. 충충한 회색빛이 얼마 가지 않아 그러한 흔적을 대부분 없애지만 꽁지의 흰 깃털은 여전히 남아있다. 검은눈방울새는 둥지를 짓는 선조들의 습성에서 벗어났다. 저녁참새는 탁 트인 들판의 땅 위에 둥지를 짓지만, 검은눈방울새는 이끼 긴 둑이나 길가의 풀숲, 또는 숲속을 고르며, 마른 풀과 털로 기가 막히게 예술적인 솜씨를 발휘하는데 지나가는 사람이 둥지가 있다는 사실을 좀처럼 알아채지 못할 정도로 꼭꼭 숨겨 놓는다.

또 하나의 대수롭지 않은 단어를 읽으면서 고향인 캐츠킬산맥의 암석들에 대해서도 알게 되었다. 얇은 층이 겹겹이 쌓인 것 같은 청회색 사암이 그것으로, 쇠로 만든 쐐기나 큼직한 망치로 그 암석을 쪼개거나 다이너마이트를 사용하여 폭파했을 때 우리를 맞이하는 것은 회색의 새로운 표면이 아니라 흔히 붉은 진흙이 굳어진 표면이다. 마치 표면에 진흙으로 도료를 입혔거나 전기판으로 뜬 것처럼 말이다. 그 모습은 마치 진흙 창조의 첫날이 시작된 날인 것처럼 보인다. 내 "우드척 오두막"*에 있는 문 앞의 섬돌에도 그러한 것이 하나 있다. 섬돌 위에 뜨거운 물을 붓고 비누칠을 하여 쓸고 닦고 하면서도 섬돌에 어떠한 인상도 남기지 못하는 것을 보면 참 재미있다. 그곳 빼고는 다른 어느 곳에서도 태곳적 진흙으로 표면이 굳어진 암석을 본 적이 없다. 캐츠킬산맥의 암석

*Woodchuck Lodge. 존 버로스가 태어난 지 15년 후인 1862년에 버로스 가족 농장의 동쪽 끝에 존의 형이 지었다. 존 버로스는 은퇴 후 이곳에서 지냈다.

에 대한 기원은 틀림없이 강이나 호수가 어떤 식으로든 설명해줄 것이다.

VII

우리는 모두가 날씨에 관심이 아주 많다. 다만, 자연주의자는 날씨를 지배하는 법칙에 대한 통찰력을 얻기 위해 날씨를 탐구한다. 어느 계절엔가, 나는 12월 1일이 매우 혹독한 겨울이 될 거라고 예측하여 날씨 예측자로서의 명성을 얻었다. 그것은 추측하기 쉬웠다. 디트로이트에서 최북단에서 날아온 새를 한 마리 보았는데 그때까지 한 번도 본 적이 없던 새였기 때문이다. 시끄럽게 울기로 유명한 황여새였다. 그 새는 북극권에서 번식하며 북반구와 남반구 모두에서 흔히 볼 수 있다. 나는 북극권 새들이 날아오면 틀림없이 한파가 몰아친다고 말했을 뿐이었다. 그리고 그렇게 증명되었다.

새들이 다가오는 겨울에 있을 법한 특성에 대한 암시를 주지 않는다면, 과연 어떤 믿을만한 신호들이 남아있을까? 다음과 같은 것들이 남아있는 신호들이다. 즉, 12월이 갑작스럽고 극심한 더위와 추위를 보여준다면 겨울은 끝날 것이다. 즉, 추위가 지속되지 않는다는 얘기이다. 나는 12월에 꿀벌이 윙윙거리는 소리가 겨울의 진혼곡이라는 말을 어디선가 한 적이 있다. 그러나 계절이 아주 고르게 간격을 둔다면 추위는 11월과 12월에 천천히 그리고 꾸준히 상승하여 서두름도 없고 급격함도 없는 포근한 겨울을 맞이할 것이다.

습한 여름과 건조한 여름에 관해 말하자면, 언제나 태평양 연안의 강수량에 따른다고 말할 수 있다. 서부 해안의 강수량 부족은 동부 해안의 강수량 초과를 의미한다. 지난 4~5년 동안 캘리포니아는 강수량이 부족했다. 따라서 그만큼 댐과 저수지에 비축된 공급량이 점차 줄어들고 있다는 전반적인 경고신호였다. 여름철 동안 내가 꽤 정통한 뉴잉글랜드와 뉴욕의 일부 지역은 우기가 매우 길었다. 즉, 한여름에 홍수가 났고, 샘과 우물은 언제고 흘러넘쳤다. 따라서 가뭄은 일시적이고 지역적이었다.

우리는 툭하면 "날씨만큼이나 변덕스럽다"라고 말하지만, 기상의 법칙은 꽤 잘 정의되어 있다. 가뭄 시에는 모든 신호가 쓸모가 없어지며, 우기 시에도 모든 신호가 쓸모가 없어지기는 마찬가지이다. 남풍이 불 때 비가 내리지 않으면, 북풍과 북서풍이 불 때 비가 내린다. 강과 호수와 산맥의 대륙 지역에 걸친 복잡한 조건은 우리가 해독하기에는 너무 방대하다. 즉, 만물의 본성에 내재되어 있다고 할 수 있다. 그것은 질료가 가진 잠재성과 가능성 중 하나이다. 우리는 그 이상으로 나아갈 수 없다.

VIII

윌리엄 제임스*가 "불멸의 인간" 강연에서 이용한 유비analogy논법은 내 생각에는 잘못된 추론인 것 같다. 그는 뇌가 정신의 기관이라는 것은 인정하지만, 오직 정신을 지속시키기만 하는 관계일 뿐이라고 했다. 전선이 전류를 지속적으로 흐르게 하거나 파이프가 물을 지속적으로

*William James(1842~1910). 미국의 실험심리학 창시자 중 한 명으로 실용주의를 널리 사상운동으로 발전시켰으며, 현대의 심리학, 철학 등에 큰 영향을 미쳤다. 1890년에 세계적인 석학의 명성을 안겨준 『심리학의 원리』를 출간하였다. 만년에 여러 곳으로부터 초빙을 받아 강의를 하였는데, 그 결과가 나중에 책으로 출판되었다. 소설가인 헨리 제임스의 형이기도 하다.

흐르게 하는 것처럼 말이다.

자, 전류의 원천과 근원은 전류를 전달하는 전선 외적인 것이며, 전류는 바로 전류가 통과하는 외부 물질과의 관계에서만 지속이 가능하다. 그러나 우리가 조금이라도 안다면, 우리는 인간의 마음이나 정신이 인체에 필수적인 부분이라는 것을 안다. 즉, 인체의 원천은 뇌와 신경계에 있다. 그러므로 인체와 인체를 통하는 기관은 본질적으로 하나임이 입증된다.

뇌를 전기의 흐름을 일으키는 배터리나 발전기에 비유하는 것은 논리적으로 허용 가능한 것일 뿐이다.

IX

마테를링크*는 사려 깊게도 다음과 같이 썼다.

곤충은 우리 세계에 속하지 않는다. 다른 동물들, 심지어는 식물들조차도 무언의 삶을 살며 그들이 소중히 여기는 엄청난 비밀들에도 불구하고 우리에게 전혀 이질적으로 보이지 않는다. 우리 모두는 우리도 모르게 그들에게 지상의 형제애 같은 것을 느낀다. …… 한편, 곤충에게는 우리 지구의 습성이라든가 윤리, 심리에 속하지 않는 무언가가 있다. 사람들은 곤충이 또 다른 행성 즉, 우리의 행성보다 더욱 기괴하고, 더욱 강력하

---

*Maurice-Polydore-Marie-Bernard Maeterlinck(1862~1949). 벨기에의 시인이자 극작가이며 수필가. 희극으로 명성을 얻었으나 독자적인 자연관찰인 『꿀벌의 생활』, 『꽃의 지혜』, 『개미의 생활』 등의 저서로도 유명하다. 제2차 세계대전을 맞아 미국으로 건너갔지만, 생애의 태반은 프랑스에서 보냈다. 1911년 노벨문학상을 받았다.

고, 더욱 분별없고, 더욱 극악하고, 더욱 지옥 같은 곳에서 왔다고 말하고 싶어 한다.

우리보다 더욱 잔혹하고 기괴한 면이 있다는 것은 확실하다. 예를 들어, 거미들 사이에서 암컷은 수컷을 잡아먹고 종종 자신이 낳은 새끼도 먹어치운다. 전갈도 똑같은 일을 저지른다. 내가 아는 한 곤충계 외부에 있는 육상동물들 가운데는 그와 같은 동물이 없다.

곤충은 확실히 우리가 개념을 거의 갖고 있지 않은 이상한 나라에 살고 있다. 그 조그만 종족이 가진 능력에 비하면 우리가 가진 모든 능력은 극도로 과장되어 있다. 우리가 조야한 화학적 분석에 의해 얻을 수 있는 것보다 곤충은 훨씬 더 직접적으로 물질의 내부 분자구조를 잘 알 수 있는 능력이 있다. 우리의 세계는 거칠거나 섬세한 여러 진동에 의해 흔들리는데 그중에서 우리의 감각은 좀 더 느린 것만 받아들일 수 있다. 진동이 1초당 3천 회를 초과하면 우리는 귀청이 찢어지는 느낌을 받게 된다. 곤충의 소리의 세계는 우리가 도저히 들을 수 없는 곳에서부터 시작된다고 한다. 곤충의 귀의 고막기관과 현음기관은 대단히 세심하다. 우리에게 연속적으로 들리는 소리는 그들에게는 서로 별개로 일련의 타격을 가하는 소리로 들릴 것이다. 우리가 연속적인 소리로서 일격을 듣기 시작할 때 그 소리는 대략 1초당 30회에 달한다. 집파리는 대략 4천 개의 수정체가 있다. 배추흰나비와 잠자리는 대략 17,000개이다. 일부 딱정벌레 무리는 25,000개이다. 우리는 동물이 얼마나 동요하는 세계에 사고 있는지 생각하지 않을 수 없다. 그 정도의 떨림과 진동 속에 산다면 아마 우리는 미쳐버릴 것이다. 만약 우리가 곤충들과 동일하게 현미경으로나 볼 수 있는 미시적인 재능을 갖고 있다면 세상의 양상은 얼마나 바뀔까! 어디선가 혹 불어오는 한 줄기 연기를 조그만 청띠신선나비 떼처럼 볼 수 있거나, 모기가 앵앵거리는 소리를 트럼펫이 빵- 하는 소리처럼 들을 수 있을 것이다. 반면, 곤충은 그만큼 우리를 불안하게 하는 것들에서 벗어나 있는 게 틀림없다. 지나치게 미세한 나머지 곤충의 감각은 그러한 것들을 받아들일 수 없기 때문이다. 곤충은 천둥소리를 듣지 못하거나 지진을 느낄 수 없는 게 틀림없다.

곤충은 우리보다 추위와 더위에 훨씬 더 민감한데 거기에는 여러 이유가 있다. 우리에게 열에 대한 감각을 주는 에테르*의 파동수라든가 적외선이나 자외선을 생성하는 데 필요한 진동수는 우리 눈에는 보이지 않지만 곤충은 필시 이 모든 진동에 반응할 것이다. 이는 더듬이라고 불리는 경이로운 기관이 우리가 감지하지 못하는 세계와 접촉하기 때문인 것으로 보인다.

X

얼마나 많은 것들이 우리의 인생과 비교되는지 모른다! 바람의 방향과 반대로 흐르는 조류와 폭풍우를 헤치고 마침내 안전한 피난처로 가는 여정을 보라. 아침부터 한낮, 밤에 이르기까지 하루 종일, 또 봄, 여름, 가을, 겨울에 이르기까지 온 계절에 걸쳐 사냥하고, 무리 짓고, 싸움을 벌이는 것에 이르기까지 얼마나 비교되는지 말이다.

*19세기에 널리 유행된 빛·열·전자기電磁氣의 복사현상輻射現象의 가상적 매체.

헉슬리*는 노동자들을 대상으로 한 강연에서 인생을 체스게임에 비유했다. 게임을 성공적으로 치르고 싶다면 각 말의 이름과 가치, 움직임, 그리고 게임의 모든 규칙을 알아야 한다. 체스판은 세상이고, 각 말들은 삼라만상의 현상이며, 게임의 규칙은 우리가 소위 자연의 법칙이라고 부르는 것이다. 그러나 그러한 비유가 만족스러운 것인지에 대해서는 의문이 제기될 수 있다. 인생은 그런 의미에서의 게임이 아니며 머리를 식히려고 하는 오락이나 심심할 때 나누는 잡담, 상대편에게 승리를 거두기 위한 시합도 아니다. 간혹 단발적인 사건들만 제외하고는 말이다. 체스를 숙달하는 것이 인생을 숙달하는 데 도움이 되는 것은 아니다. 인생은 하나도 새로울 것 없는 일상적인 것이며, 체스판보다 훨씬 더 막연하고 다양하고 파악할 수 없는 곳에서 힘을 이용하고 힘을 극복해야 하는 전쟁이다. 인생은 다른 생명체들과의 협동이다. 우리는 다른 사람들이 이길 수 있도록 도울 때 비로소 이긴다. 나는 일이 인생보다 더 게임 같다는 생각을 자주 한다. 누군가의 이득은 종종 다른 사람의 손해이며, 의도적으로 경쟁자와 정적을 앞지르는 것을 목표로 한다. 그러나 건전하고 정상적인 인생에서는 어떤 종류든 게임을 연상케 하는 것은 거의 없다.

우리 모두는 돈이나 그에 상응하는 것을 갖고 있어야 한다. 돈, 재화, 노동. 이 세 가지가 중 가장 위대한 것은 노동이다. 노동은 모든 가치의 합계이다. 사물의 가치는 사물을 생산하거나 획득하는 데 필요로 하는

*Thomas Henry Huxley(1825~1895). 영국의 생물학자로, "불가지론agnosticism"이라는 말을 만들어냈다. 해파리 등 강장동물의 해부학적 생태와 고등동물을 비교하여 발생학적 측면에서 서로 같은 점이 있음을 지적하였다. 다윈의 학설을 널리 알리고, 정치 제도의 개선, 과학 교육의 발전 등 여러 방면에 크게 활약하였다.

노동의 가치이다. 금이 풍부하고 은이 드물었다면 은이 더욱 귀해졌을 것이다. 석탄광산과 철광에서 땅을 파고 괭이질을 하는 사람들이 1순위여야 한다. 이 사람들은 우리 모두가 가져야만 하는 것을 자연으로부터 얻어내는데, 이것들은 우리가 그것들을 얻는 것을 막으려고 하는 사람들이나, 우리에게서 도움과 자원을 빼앗는 것을 목적으로 하는 사람들의 수중에 있거나 비호 아래 있는 것이 아니다.

체스에 직유한 것은 수사학적 가치만 있을 뿐이다. 헉슬리가 강연한 런던의 노동자들은 자신들의 인생 문제에서 체스게임과 유사한 게 있는지, 또는 체스게임이 개념적으로 어떤 유익한 암시를 주는지 주위를 둘러보며 찾아보겠지만 허사일 것이다. 그들은 아마 기계공, 상인, 숙련공, 마차꾼, 뱃사공, 화가 등등일 것이며, 그들이 다루어야 했던 힘을 경험을 통해 알았을 것이다. 하지만 인생에서 성공한 사람 중 자신들이 다루어야 하는 힘과 조건에 대해 전문가적인 식견을 가진 이들이 얼마나 될까? 마치 두 체스 선수가 체스판에서 "폰"과 "나이트"와 "비숍"과 "퀸"에 대해 전문가적인 식견을 갖고 게임하듯 말이다.

헉슬리는 거의 언제나 감명을 주고 설득력이 있었으며, 대부분의 작가들보다 훨씬 더 논리력이 방대한 인물이었다.

인생은 실로 산자락의 샘이나 산에 그 원천이 있는 강과 더욱 비교될 수 있다. 순수하게 반짝이며 생기를 발산하거나 거품이 일며 요란하게 콸콸 흐르는 청춘을 보낸 다음, 더욱 차분하고 더욱 강력하며 더욱 커다란 물결을 이루고는 마침내 유유히 평온하게 바다로 흐르는 강. 흐르는 물처럼 스스로를 정화하는 인생은 축복이다. 여러 숭고한 용도에 도움을 주며, 결코 결속의 끈에서 벗어나 파괴적인 힘이 되지 않는, 흐르는 물과 같은 것이 인생이다.

XI

일전에 어떤 남자로부터 편지를 한 통 받았다. 그는 왜 들판이나 초원에 서식하는 들쥐들이 땅에 눈이 소복이 쌓였을 때 사과나무의 껍질을 벗기거나 갉아먹는지 알고 싶다고 했다. 먹을 씨앗을 구하려고 꽁꽁 얼어붙은 눈 사이를 뚫고 나가 지면으로 올라가는 게 힘겹다는 것을 들쥐들이 알고 있기 때문일까? 그는 들쥐들이 씨앗을 먹지 않고 풀과 뿌리를 먹고 살며 낮에는 땅속에 잘 숨어 있다가 폭설이 내리면 고양나 여우, 올빼미, 매 등의 위험에서 벗어나기 때문에 소굴에서 나와 안전한 곳으로 도피하여 쌓인 눈 밑에서 자유로운 휴가를 만끽한다는 사실을 알지 못하는 것 같았다. 그때 삶은 일종의 소풍이 된다. 그들은 땅속에 새로운 보금자리를 짓고 새로이 지나다니는 길을 만들며 명백히 축제 분위기 속에서 흥겹게 논다. 눈은 그들의 보호막이다. 그들은 나무의 껍질을 벗겨내며 여유롭게 시간을 보낸다. 눈이 녹으면 겨울 소풍도 끝나며, 다시 땅속이나 평평한 돌 밑의 소굴로 도피하여 또다시 공포에 벌벌 떠는 삶을 산다.

XII

최근 가벼운 병에서 회복되어 담요를 두르고 매일 현관에 앉아있다 보니 연한 자주색으로 꽃을 피운 라일락들, 거의 다 자란 단풍나무

잎사귀들, 밤나무와 참나무의 송이털이 축축 늘어진 노란빛 도는 하얀 꽃송이들, 포도 덩굴의 새싹 등등 내 앞에 펼쳐지는 일상적인 자연의 양상이 흥미진진해지는 기분이었다. 이 모든 것들은 근처의 야생동물을 위한 배경이거나 무대일 뿐이었다.

XII

새들은 이 위대한 나무의 신전 속에서 나를 살짝 엿보거나 내 앞에서 잠깐 멈추거나 나를 신기한 듯 주시하는 조그만 종족들이다. 굴뚝새, 참새, 개똥지빠귀, 파랑새, 고양이소리새, 삼색미국솔새, 또 어쩌다 드물게 찾아오는 철새 등이 그들이다. 며칠 전 아메리카솔새가 느닷없이 모퉁이에 휘리릭 나타나서는 계단 밑의 땅에서 나를 휙 훑어보았다. 내가 일어나서 난간 너머로 살펴보자 새는 날아가 버렸다. 그다음에는 얼룩덜룩한 반점이 있는 캐나다솔새가 라일락 덤불과 고광나무 나뭇가지로 와서 내게 근사한 풍경을 안겨주었다. 암갈색가슴솔새가 돌집 옆의 상록수에서 산다는 건 알고 있었지만 여기에 "보금자리"를 틀고 사는지는 몰랐다. 어찌된 일인지 암컷 삼색미국솔새가 내 밑에 있는 자갈길로 여러 차례 왔다. 둥지를 짓기 시작할 재료를 찾으러 온 게 분명했다. 노래 부르는 것을 주체할 수 없는 집굴뚝새도 있었는데 몇 분 간격으로 베란다 구석에 있는 상자 속에 둥지를 지을 재료를 나르느라 몹시 분주한 모습이 눈에 띄었다. 암컷 집굴뚝새는 얼마나 열성적이고 힘찬지 모른다! 수컷은 또 얼마나 간드러지게 떨리는 소리로 노래 부르는지 모른다! 어제는 불청객이 한 마리 나타났다. 암컷인지 수컷인지 모를 그 새는 뒷길에 있는 우편함 말뚝에 올라가서는 우편함 상자 꼭대기에서 폴짝 뛰어 내려오더니 잠시 멈추었다. 마치 들킬 위험이 없는지 보려는 듯 말이다. 그 새는 자신을 침입자로 느끼는 듯 행동했다. 번개처럼 순식간에 10미터 떨어진 단풍나무 가지에서 갈색의 기다란 줄이 그어졌다. 우편함의 소유자는 그 녀석을 뒤쫓았다. 범인은 그 사건을 변호하는 것을 그만두지 않았으나 그럴수록 더욱더 멀리 맹렬하게 쫓길 뿐이었다. 나는 15미터 이상 떨어진 단풍나무에 둥지를 짓고 있던 숲지빠귀 한 쌍을 잊을 수 없다. 그 새들이 땅 위의 내 발치에 있는 모습이 얼마나 어여뻤는지 모른다! 움직임과 몸짓 하나하나가 눈으로 보는 음악 같았다! 수컷의 머리와 목은 선명한 홍조를 띠었으며, 얼룩덜룩 반점이 있는 가슴은 멋지고 늠름했다.

고양이소리새 한 쌍이 우리 집 남쪽 끝에 있는 매자나무 덤불에 둥지를 틀고 있었다. 밤이고 낮이고 항시 거기에 있는 게 분명했다. 하지만 둥지가 완성되고 알이 부화하기 시작하자 최대한 사람들 눈에 띄지 않았다. 무대 앞에 있다가 커튼 뒤로 물러난 것이었다.

어느 날 이곳에 앉아있을 때 등이 올리브 빛깔인 스웨인슨의개똥지빠귀가 내 밑에 있는 커런트 덤불로 내려앉아 지저귀는 소리를 들었다. 나는 그 즉시 내 고향인 캐츠킬산맥의 깊은 숲속과 송어 하천으로 날아갔다. 졸졸졸 흐르는 시냇물 소리를 듣고, 우거진 숲속 은신처의 청량함을 느꼈다. 연상 기억장치와도 같은 마법이었다! 조금 전에 노란목비레오 한 마리가 단풍나무에서 짧게 지저귀었다. 거친 음이었다. 찌르레기가 끊임없이 큰소리로 외치는 소리가 그 불안한 소리에 보태졌다. 내게는 찌르레기가 아무짝에도 쓸모없다. 그 녀석에게는 음악적인 선율이라곤 하나도 없으며, 포도가 익는 시기에는 녀석의 부리가 우리가 기껏 키운 포도의 즙으로 붉은 자주색을 띠기 때문이다.

하지만 이 조그만 종족들 대부분은 나에게 은인이며 5월의 축제에 또 하나의 한 줄기 빛을 보탠다. 나는 희귀한 조그만 솔새가 현관 모퉁이에서 꼭 작은 요정처럼 나를 힐끔힐끔 엿보다가 사라진 광경을 쉽사리 잊지 못할 것이다.

새에 대한 지식을 추구하고 탐구하는 것만으로는 충분하지 않다. 우리는 새들과 함께 살아가야만 한다. 이를테면, 우리에게 무척 소중한 존재가 되기까지 매일매일, 또 계절에 따른 관계를 맺어야 하는 것이다. 우리가 사는 집이나 야영장 주위에서 더 오래 머물거나 산책길에 볼 수 있을 때 새들은 우리 삶의 일부가 되며 우리의 나날을 더욱 다채롭고 풍요롭게 만들어 준다.

　『셀본의 자연사』를 쓴 길버트 화이트가 산문체의 담백한 문체로 고향인 햄프셔 마을의 동식물을 관찰하고 연대순으로 기록하는 일에 헌신한 이래, 자연사에 대한 문학적 대우는 자연 자체의 시적 개념만큼이나 확대되고 향상되었다. 그 결과 숲이라든가 들판, 개울에 대한 강렬한 공감으로 표현되는 근대 시의 경향은 식물학과 동물학처럼 사실을 중요시해야 하는 비-시적인 영역에도 크게 영향을 미치며 스며들었다. 그리하여 한편으로는 양, 나이팅게일, 장미, 백합처럼 시인들이 특정하게 선호하는 종들에 관심을 가두지 않는 작가군들이 생겨나게 되었고, 또 한편으로는 자연사를 단지 과학적 연구에 가두지도 않는 작가군들이 생겨났다. 그러한 작가들은 매우 상상력 넘치는 능력을 발휘함과 동시에 인내심을 가지고 세심하게 관찰하는 힘을 결합하려고 시도해왔다. 이러한 "자연주의 시인들" 중 일인자는 콩코드의 초월주의자 헨리 데이비드 소로였다. 그가 쓴 일기와 출간된 책들을 보면 모든 페이지마다 자연의 비밀에 대한 놀라운 통찰력과 철학적 성찰이 스며든 신비주의적 경향이 짙게 배어있다.

1862년에 소로가 죽은 이래, 그를 이은 두 명의 후계자가 운명적으로 나왔다. 한 명은 영국에서, 또 한 명은 미국에서다. 그들은 그 일을 하는 데 필요한 자료를 수집하는 데 몰두했다. 당시 열네 살 소년이었던 리처드 제프리스는 고향인 잉글랜드 윌트셔에서 변두리나 저지대를 헤매다니며 고향의 풍경에 대한 이미지들로 마음을 가득 채우고 있었다. 이는 후에 일련의 눈부신 작품들 속에서 계속해서 놀라울 정도로 충실하게 그려진다.

또 다른 한 명이 바로 이 책의 저자인 존 버로스이다. 시골의 농장에서 태어나 자란 존 버로스는 당시 스물다섯 청년으로 야생의 자연에 대한 해박한 지식을 갖고 있었으며 물리적인 나이보다 훨씬 앞서는 실제적인 경험 또한 갖고 있었다. 버로스의 가족은 일부는 잉글랜드, 또 일부는 아일랜드 출신이었다. 그의 조부모는 뉴욕주 델라웨어 카운티의 정착민으로, 황소 한 쌍만 끌고 제2의 고향으로 이주해 숲에 길을 내었다. 이웃들의 도움을 받아 자작나무와 단풍나무로 오두막을 짓고, 통나무를 잘라 마루를 깔았으며 검은물푸레나무 껍질로 지붕을 이었다.

존 버로스는 1837년 4월 3일에 태어났다. 그는 한 에세이에서 이렇게 말한다. "4월은 태어나기 제일 좋은 달이다. 4월에는 모든 자연이 우리와 더불어 시작하기 때문이다." 광활한 대자연에서 어린 시절을 보낸 그는 또 다른 에세이에서 "나는 어릴 때부터 소박한 헛간이라든가 소나 말 같은 것들에 친숙했다. 초봄에 단풍나무 숲에서 설탕을 만드는 일이라든가, 옥수수밭, 건초밭, 감자밭에서 하는 일도 익숙했다. 가을철에는 메밀을 타작하고 사과를 따고 가을걷이를 마친 들판에 불을 놓았다. 정말이지 탁 트인 대지의 숨결과 그로 인한 즐거움이 가득했다. 감히 말하자면, 나는 그들에게 속했다. 나의 본질과 취향은, 내 몸이 자연에서 나는 음식에 동화되듯, 자연에 동화되었다." 하지만 그의 마음은 어린 시절 추억과 결부된 광경들에 늘 충실했을지라도, 얼마 지나지 않아 들끓는 청춘의 혈기가 어서 더 큰 세상 속으로 나가보지 않겠냐고 충동질했다. 소년 시절 고향에서 생산한 유제품을 가지고 증기선을 타고 긴니긴 읍내에서 온 갖 경이로운 것들을 감탄의 눈길로 바라보기만 했던 그 세상 속으로……. 열일곱 살에 그는 집을 떠나 울스터 카운티의 올리브에 정착했다. 그곳에서 그는 아이들을 가르쳐 생계를 유지했다. 1863년에서 1873년까지 워싱턴 재무부에서 관직을 맡았지만, 인생 말기에는 주로 뉴욕시에서 북쪽으로 130킬로미터 떨어진 허드슨강 둑에 있는 에소푸스에서 기거했다. 하지만 어떤 곳에 있든 또 어떤 상황에 놓여있든 그가 지칠 줄 모르는 자연 관찰자인 것은 그의 글을 읽어본 사람이라면 누구나 알 수 있다.

버로스의 수필은 주제에 따라 편의상 자연, 여행, 문학이라는 세 가지로 분류될 수 있는데, 그중에서도 자연에 관한 수필이 가장 중요하고도 특색 있다고 볼 수 있다. 자연주의 시인으로서 그는 바깥 세계에 존재하는 목가적인 매력을 그림과 같이 생생하게 재현해 독자로 하여금 숲과 새들의 신비로운 세계에 빠져들게 한다. 일견 소로와 제프리스와 유사한 지점들이다. 그들과 마찬가지로 지독하게 신중하며, 지독하게 침착하며, 특정 장소에 대해 눈과 귀를 집중한다. 소로가 한 모든 경구적인 발언 중에서도 아마 자신의 고향마을인 콩코드가 자연을 관찰하기에 가장 좋은 곳이라는 별난 주장만큼 의심 많은 독자들에게 곧잘 비판이나 문제제기를 받은 발언도 없을 것이다. 그런데 신기하게

도 제프리스에게서나 존 버로스에게서도 정확히 똑같은 정서를 볼 수 있다. 제프리스는 "그 고장이 자연세계의 완벽한 보기이며, 실제로 자연의 산물과 접촉하고 친숙하게 되면서 그것이 의미하고 대표하는 바를 와서 보게 된다면 지상에 존재하는 모든 것들에 대한 지식을 갖게 된다는 것은 나의 오래된 환상 중 하나"라고 말한다. 한편, 버로스는 "나는 해마다 플로리다나 서인도제도, 또는 태평양 연안에 가겠다는 일념으로 허드슨강의 향나무 한복판에 앉아 있다. 그런데 계절이 지나도 여전히 나는 이곳에서 어슬렁거리고 있다. 혹여나 하는 마음으로, 내가 조용히 자리를 지키고 있고 한치도 방심하지 않는다면 그 고장들이 내게로 올지도 모른다는 마음에서다." 그는 또한 상당히 제한적이긴 하지만, 이따금 초월적인 환상이 흐르는 가운데 도덕적으로 고찰하거나 인간의 삶에 적용하기 위해 자연의 이미지들을 빌린다는 점에 있어서 소로와 닮아있었다. 그래서 「지붕」이라는 에세이에서 그는 소로처럼 이상적인 방식으로 집을 짓는 기쁨을 묘사한다. "내가 보기엔, 숲에서 돌멩이를 얻으며 보낸 멋진 가을날들 하나하나가 우리 집에 들어가 있는 것 같다. 나는 그 향기로운 날씨를 기억 속에서 떠내지 않은 것처럼 우리 집 벽을 장식하려고 석회암을 떠내지도 않았다. 집으로 지고 간 모든 짐에는 나의 마음과 행복이 깃들어 있었다." 이러한 정서는 어떤 이에게는 곧장 『월든』을 떠올리게 할 것이다. 특히 야생의 자유로운 삶에 대한 열정을 드러내는 곳에서는 소로 뿐만 아니라 동시대 영국인인 제프리스의 기질과 사유가 밀접하게 닿아있음을 연상케 하는 구절들이 있다. 하지만, 버로스의 글에서는 제프리스의 글의 기저를 이루는 신비주의나 소로의 글에서 명확히 드러나는 자의식 같은 게 보이지 않는다. 버로스는 "자기자신을 잊는 사람이야말로 우리가 좋아하는 사람이다"라고 한다. 그는 존재의 신비로움이나 형이상학자를 괴롭히는 복잡한 정신적 문제에 대해 고뇌하지 않는다. 그의 관심을 사로잡는 것은 가장 단순하고 복잡하지 않은 형태로서의 자연의 물리적 측면이다.

그의 특별한 재능은 견고하고 건강하고 진실한 사유 방식과 동시에 강력하고 생생하고 독특한 문학적 스타일 속에서 드러난다. 그는 문학적 호사가도 아니고, 유명세를 얻으려는 야심가도 아니다. 그저 진심 어린 자연 애호가로서 길버트 화이트 같은 순박함과 성실함을 갖추고 있으며 또한 시인과도 같은 섬세한 본능과 깊은 연민을 갖고 있을 뿐이다. "나라의 옥새를 맡는 임금이 되기보다는 차라리 소를 치는 사람이 되겠다"고 그는 말한다. 그의 모든 글에는 진심으로 사리사욕에는 무심한 정신, 강력한 두뇌와 명징한 눈, 육체의 힘과 정신의 힘 사이에서 균형을 유지하는 건전함이 곳곳에 담겨있다. 그는 「아메리칸 저널」에 다음과 같은 글을 쓴 바 있다. "내가 쓰는 하찮은 작품은 전적으로 나의 건강함 여하에 달려있다. 만약 내가 음식에 대한 욕구라든가 잠을 자고 싶어 하는 욕구, 바깥 공기를 쐬고 싶어 하는 욕구 같은 것을 삶에서 느끼지 못한다면 나의 글도 없을 것이다. 잠을 제대로 못 자거나 충분히 못 잔다면 다음날 나는 글을 쓸 수 없을 것이다. 그렇다면 건강을 유지하려면 어떻게 해야 할까? 온당하고 단순한 삶을 살아야 한다. 아홉 시 정각에 잠자리에 들고, 여름에는 다섯 시에 일어나고, 겨울에는 여섯 시에 일어나, 매일 야외에서 하루의 절반을 보내고, 차와 커피, 담배와 자극적인 모든 음료를 피하고, 주로 과일과 채소 식단을 고수하고, 열정을 갖고 할 수 있는 일을 하는 것을 목표로 삼아야 한다." 그의 글에서 시골의 확 트인 맑은 공기가 숨을 쉬고 있는 건 당연한 일이다. 어린 시절의 추억을 바탕으로 한 「농장 생활 천태만상」에서 그러한 정서는 오롯이 드러난다. 덮개가 달린 문과 거대한 박공지붕이 달린 네덜란드식 헛간, 타작하는 광경과 유제품을 만드는 장면, 소년이 되어 아버지와 함께 시장이 있는 읍내로 증기선을 타고 가던 일. 그는 "갑판 제일 높은 곳에 앉아 여행을 했으며, 그때 이후로 여행하면서 보았던 것이나 앞으로 다시 보게 될 그 어떤 것보다 더욱 경이로운 광경들을 많이 보았다." 또, 쟁기로 밭을 갈고 울타리를 짓고 건초를 수확하고 봄철에 단풍나무 숲에서 설탕을 만드는 일에 대한 기억은 훗날 그가 자연주의 작가로서 평생을 바치게 되는 근거가 된다.

이 책에서도 언급했지만, "시답잖은 후손"인 존 버로스는 어쩔 수 없이 도시와 도시에서의 인위적인 방식을 택해 워싱턴에서 살아간다. 물론 그 당시에도 완전히 도시 생활을 한 것만은 아니었을지라도 말이다. 워싱턴에서 살면서 그는 「수도에서의 봄」이라는 글을 통해 진정한 자연주의자는 언제나 자연과 벗하며 살아야 한다고 피력한다. "당시 나는 아주 운 좋게도 1에이커의 땅이 붙어 있는 낡은 집을 빌렸다. 국회의사당 지붕이 엎어지면 코 닿는 거리에 있었다. 오래되어 닳아빠진 판자로 만든 울타리 뒤에서 나는 사무직원 같지 않은 시골스러운 취향에 흠뻑 빠져 있었다. 대문 안은 아늑하고 원시적인 삶을 연상시키는 작은 농장이었다. 곧 쓰러질 것 같은 집과 마구간, 농업과 원예에 필요한 도구들, 한배에서 난 병아리들, 잘 여문 호박들…… 인위적인 삶에 지친 나를 치유해주는 수많은 해독제가 있었다. 대문 밖에는 대리석과 철로 만든 궁전들이 있었고, 울퉁불퉁 포장된 거리가 있었으며, 공석인 고위 정부 관료의 마호가니로 만든 책상이 있었다." 「강변 풍경」이라든가 에소푸스에서의 말년의 삶을 그린 여러 글에서 그는 문명의 가도 중 하나인 허드슨강의 다양한 풍경에 대해 생기 넘치게 묘사한다. 우리는 절정을 맞이한 한여름의 강이 "예민하게 떨며 두근대는" 장관을 본다. 이제 온화한 가을이 된 강은 잔잔한 바람 속에서 무아의 경지에 다다르며, 겨울의 서리를 맞은 강은 마법에 걸린 채 침묵하고 있거나 연례행사 중 하나인 얼음을 수확하는 소리를 내며, "벌판에서 수정인 체한다." 그리고 이제 다시 비가 내리고 바람이 살랑살랑 불며 빗장이 풀린 봄날의 강은 콸콸 흐르기 시작한다. 버로스만큼 끊임없이 이어지는 사계절의 행진을 생생하고 인상적으로 그려내거나 사계절을 나누는 모호한 단계적 변화를 섬세하게 묘사한 작가는 거의 없을 것이다. 에머슨이 "자연주의자로서 덫도 총도 사용하지 않은 소로"의 인도주의에 대해 말한 것을 버로스에게 적용할 수는 없다. 직접적이든 함축적이든 버로스는 여러 차례 들판과 숲에서 사냥 원정에 참여한 죄를 인정하였다. 겨울에 눈밭에서 여우를 추적하여 포획하거나, 가을 숲에서 회색다람쥐를 총으로 쏘거나, 초봄에 자신이 키우는 개가 미국너구리의 소재를 파악하였을 때는 미국너구리를 잡으러 다니곤 했다.

하지만 버로스가 관심과 애착을 가진 주요 대상은 짐승이 아니라 새이다. 윌슨도 오듀본도 버로스만큼이나 열정적으로 새에게 몰두하지는 않았을 것이다. 첫 수필집인 『연영초』는 조류에 대한 논의에 전부 할애하며, 「새와 시인」이라든가 그 외 다수의 수필들에서 새에 대한 편파적인 애정을 오롯이 드러내고 있다. 그는 허드슨강 계곡이 다른 물길과 마찬가지로 매년 철새들의 거대한 자연 이동로를 형성한다는 사실에 주목하였다. 또한 에소푸스에서 다양한 종의 움직임을 관찰했는데, 그의 기록에 따르면 4월에는 미국지빠귀가 한차례 몰려오고, 5월에는 쌀먹이새가, 여름에는 노래참새가 지저귄다. 또한 숲지빠귀라든가 갈색지빠귀, 피위새, 박새, 딱새 등 수도 없이 많은 새들을 관찰했다. "새에 대한 바로 그 생각이 시인에게는 상징이자 연상"이라고 그는 말한다. "새는 최상의 계급에 있는 것처럼 보이며, 새의 삶은 치열하고 맹렬하다. 머리가 크고 폐활량도 크다. 몸은 하늘을 향해 날아오르지만 가슴은 무아지경에 빠진 채 뜨겁게 노래를 부른다. 온갖 미덕을 갖춘 아름다운 나그네, 모든 선율의 거장, 한계를 모르는 그들의 비행과 노래는 시인에게 얼마나 많은 것을 연상시키는지 모른다!" 그런 마음이 글에서 그대로 드러나서일까, 버로스의 수많은 글 중에서 독자들이 백미로 꼽는 글은 당연히 이 책의 맨 앞에 실린 「나이팅게일을 둘러싼 모험」이다. 나이팅게일의 노래를 꼭 듣고야 말겠다는 일념으로 좌충우돌 펼쳐지는 모험담은 마치 긴장감 넘치는 한편의 소설 같은 느낌을 준다.

야생의 미미한 존재에 대한 애정, 그것을 예리하게 관찰하는 눈, 그리고 새와 짐승의 길과 움직임을 주목하거나 드러내는 본능적인 능력은 그가 가진 시적 통찰과 어우러지면서 단순히 그를 자연주의자가 아닌 문학적 품격을 갖춘 문필가라는 사실을 확인시켜준다.

2019. 1.

지은현

어느 자연주의자의 기쁨

존 버로스
지은현 옮김

초판 1쇄 발행 _ 2019년 2월 23일

펴낸이 강경미 **｜ 펴낸곳** 꾸리에북스 **｜ 디자인** 앨리스

출판등록 2008년 8월 1일 제313-2008-000125호

주소 121-840 서울 마포구 합정동 성지길 36, 3층

전화 02-336-5032 **｜ 팩스** 02-336-5034

전자우편 courrierbook@naver.com

ISBN 9788994682334

「이 도서의 국립중앙도서관 출판예정도서목록(CIP)은 서지정보유통지원시스템 홈페이지(http://seoji.nl.go.
kr)와 국가자료공동목록시스템(http://www.nl.go.kr/kolisnet)에서 이용하실 수 있습니다.(CIP제어번호:
CIP2019002254)」